LE SECRET

DE

LADY AUDLEY

ROMANS DE M. E. BRADDON

TRADUITS PAR

CHARLES BERNARD DEROSNE

ET EN VENTE CHEZ LES MÊMES ÉDITEURS

(à 1 franc le volume)

———————

———

COULOMMIERS. — Typographie A. MOUSSIN.

M. E. BRADDON

LE SECRET

DE

LADY AUDLEY

TRADUIT DE L'ANGLAIS

PAR

Mme CHARLES BERNARD-DEROSNE

AVEC L'AUTORISATION DE L'AUTEUR

NOUVELLE ÉDITION REVUE ET CORRIGÉE

TOME SECOND

PARIS

LIBRAIRIE DE L. HACHETTE ET Cie

BOULEVARD SAINT-GERMAIN, No 77

1869

LE SECRET

DE

LADY AUDLEY

CHAPITRE I

Investigation rétrospective.

Janvier, ce mois lugubre à Londres, tirait à sa triste fin. Les dernières fêtes, si courtes, du temps de Noël étaient passées, et Robert Audley restait encore dans la capitale.... passant toujours ses soirées solitaires dans son paisible salon de réception de Fig-Tree Court, errant toujours nonchalamment dans les jardins du Temple par les matinées de soleil, écoutant, l'esprit absent, le babil des enfants et considérant paresseusement leurs jeux. Il avait de nombreux amis parmi les habitants des vieilles et élégantes maisons qui l'entouraient ; il avait d'autres amis au loin, dans de charmantes résidences de campagne, dont les petites chambres à coucher étaient toujours au service de Bob et dont les foyers pleins de gaieté avaient de commodes fauteuils spécialement réservés pour lui. Mais il semblait avoir perdu toute espèce de goût pour la société, toute sympathie avec les plaisirs et les occu-

pations de son monde habituel depuis la disparition
de George Talboys. Les hommes de loi âgés se permet-
taient des observations facétieuses sur la figure pâle
du jeune homme et sur ses manières fantasques. Ils
suggéraient la probabilité de quelque attachement
malheureux, de quelque mauvais traitement féminin,
comme cause secrète du changement opéré en lui. Ils
lui recommandaient de faire bonne chère, et l'invi-
taient à des soupers, auxquels « des femmes aimables,
avec tous leurs vices, que Dieu les protége, » tom-
baient ivres à côté de gentlemen qui répandaient des
pleurs en proposant les toasts, et devenaient hébétés
et malheureux après avoir vidé leurs verres lorsqu'approchait la fin du repas. Robert n'avait aucun
penchant pour les excès de vin et pour la confection
du punch. L'idée unique de sa vie le maîtrisait. Il était
l'esclave enchaîné d'une seule pensée sinistre, — d'un
horrible pressentiment. Un sombre nuage était suspendu sur la maison de son oncle, et c'était sa main
qui devait donner le signal au tonnerre et à la tempête
qui devaient détruire cette noble existence.

« Si elle pouvait seulement accepter l'avertissement
et s'enfuir, se disait-il quelquefois à lui-même! Dieu
sait que je lui ai offert une magnifique chance. Pourquoi n'en profite-t-elle pas, et ne prend-elle pas la
fuite! »

Il avait eu des nouvelles tantôt de sir Michaël, tantôt
d'Alicia. La lettre de la jeune fille renfermait rarement plus que quelques lignes courtes, pour l'informer que son père se portait bien et que lady Audley
était de très-belle humeur, occupée à se divertir selon
ses manières frivoles habituelles et avec son habituel
dédain pour tout le monde.

Une lettre de M. Marchmont, le chef d'institution
de Southampton, informa Robert que le petit Georgey
allait très-bien, mais qu'il était en retard pour son

éducation et n'avait pas encore passé le Rubicon in-
tellectuel des mots de deux syllabes. Le capitaine
Madlon s'était présenté pour voir son petit-fils, mais
ce privilége lui avait été refusé, selon les instructions
de M. Audley. Le vieillard avait envoyé, en outre, un
gâteau et des sucreries pour le petit garçon, et on
avait aussi refusé le tout, sous le prétexte que ces co-
mestibles étaient indigestes et avaient des tendances
bilieuses.

Vers la fin de février, Robert reçut une lettre de sa
cousine Alicia qui le poussait d'un pas vers sa destinée,
en l'obligeant à retourner à la maison d'où il avait été
en quelque sorte exilé à l'instigation de la femme de
son oncle.

« Papa est très-malade, écrivait Alicia, pas dangereusement malade, Dieu merci, mais retenu dans sa
chambre par une fièvre lente qui a succédé à un rhume
violent. Venez le voir, Robert, si vous avez quelque
considération pour vos plus proches parents. Il a
parlé de vous plusieurs fois, et je sais qu'il sera enchanté de vous avoir près de lui. Venez de suite, mais
ne dites rien de cette lettre

« De votre affectionnée cousine,

« ALICIA. »

Une fiévreuse et mortelle terreur glaça le cœur de
George comme il lisait cette lettre, — une vague et
terrible crainte qu'il n'osait matérialiser sous aucune
forme définie.

« Ai-je bien fait ? pensait-il, dans les premières angoisses de sa nouvelle horreur, — ai-je bien fait de
temporiser avec la justice et de garder le secret de
mes soupçons, dans l'espoir que j'avais de préserver
ceux que j'aime du chagrin et de l'infortune ? Que

ferai-je si je le trouve malade, très-malade , mourant
sur son sein à elle? Que ferai-je? »

Une voie se présentait nettement devant lui, et le
premier pas dans cette voie était un voyage rapide à
Audley. Il fit son portemanteau, grimpa dans un cab,
et atteignit la station du chemin de fer avant la fin
de l'heure qui suivit la réception de la lettre d'Alicia,
arrivée par la poste de l'après-midi.

Le village obscur laissait vaciller faiblement ses lumières à travers l'obscurité grandissante, quand Robert Audley arriva à Audley. Il laissa son portemanteau au chef de la station, et traversa sans se hâter le
sentier qui conduit à la retraite calme du château.
Les arbres formant la voûte déployaient leurs branches sans feuilles au-dessus de sa tête, nues et fantastiques dans la demi-obscurité. Un vent mugissant
tristement balayait les prairies basses et secouait en
tous sens les branches de ces arbres sévères sur le
fond sombre et gris du ciel. On eût dit d'affreux bras
de géants courbés et vieillis, indiquant à Robert la
maison de son oncle. On eût dit des fantômes mena-
çants dans le glacial crépuscule d'hiver, gesticulant
vers lui pour lui faire hâter son voyage. La longue
avenue, si brillante et si délicieuse lorsque les tilleuls
parfumés éparpillaient leurs fleurs légères sur le sol,
et que les feuilles des églantiers flottaient dans l'atmosphère d'été, était terriblement sinistre et désolée
dans le morne intervalle qui sépare les simples ré-
jouissances de Noël de la pâle aurore du printemps
qui approche, — un temps d'arrêt mortel dans l'année,
pendant lequel la nature semble engourdie dans un
sommeil léthargique, attendant le merveilleux signal
pour parer les arbres et pour faire éclater les fleurs.

Un pressentiment plein de tristesse se glissa dans le
cœur de Robert Audley comme il se rapprochait de la
maison de son oncle. Chaque contour changeant dans

le paysage lui était familier ; il connaissait chaque in-
flexion des arbres, chaque caprice des branches indé-
pendantes, chaque ondulation dans les noires haies
d'aubépines, entremêlées de marronniers d'Inde
nains, de saules rabougris, de noisetiers et de cassis.

Sir Michaël avait été un second père pour le jeune
homme, un généreux et noble ami, un sérieux et attentif conseiller ; et peut-être le sentiment le plus fort
du cœur de Robert était-il son amour pour le baronnet à barbe grise. Mais son affectueuse reconnaissance faisait si bien partie de lui-même, qu'elle se
manifestait rarement en ses discours, et jamais un
étranger n'aurait soupçonné la force du sentiment
énergique qui existait à l'état de courant profond et
puissant, sous la surface stagnante du caractère de
l'avocat.

« Qu'adviendrait-il de cette résidence si mon oncle
venait à mourir ? pensa-t-il, tandis qu'il atteignait
l'arche couverte de lierre et les étangs paisibles, aux
eaux grises et froides par le crépuscule. D'autres personnages vivraient-ils dans la vieille maison et vien-
draient-ils s'asseoir sous les bas plafonds de chêne,
dans les simples appartements de famille ? »

Cette merveilleuse faculté d'association d'idées, si
entrelacée avec les fibres intimes de la nature même
la plus dure, remplit le cœur du jeune homme d'une
douleur prophétique, tandis qu'il pensait que toujours,
tôt ou tard, le jour devait venir où les volets de chêne
seraient fermés pendant quelque temps, et où la
lumière du jour ne pénètrerait pas dans la maison
qu'il aimait. Il lui était pénible même de songer à cela,
comme il est toujours pénible de songer à la brièveté
du bail que le plus grand de la terre puisse jamais
passer avec ses grandeurs. Est-il donc si surprenant
que des voyageurs tombent endormis sous les haies,
et prennent à peine souci de se traîner en avant dans

un voyage qui ne conduit à aucune demeure habitée ?
Est-il surprenant qu'il y ait eu dans le monde des
quiétistes depuis que la religion du Christ a été prê-
chée pour la première fois sur la terre ? Est-il étrange
qu'il existe des êtres d'une patience courageuse et
d'une résignation tranquille, qui attendent avec calme
ce qui doit arriver au delà sur le rivage du fleuve aux
ondes noires ? N'y a-t-il pas plutôt lieu de s'étonner
que quelqu'un se soucie jamais d'être grand pour l'a-
mour de la grandeur, pour aucune autre raison que
pure conscience, simple fidélité de domestique qui
craint d'exercer son habileté par le détournement
d'une serviette, sachant que l'indifférence est bien
près de la malhonnêteté. Si Robert Audley eût vécu
à l'époque de Thomas à Kempis, il se fût très-probablement construit un petit ermitage au milieu de
quelque forêt solitaire, et eût coulé sa vie dans la paisible imitation de l'auteur renommé de *l'Imitation*.
Tel qu'il était, Fig-Tree Court était un charmant ermitage dans son genre, et aux bréviaires et livres
d'heures je suis honteux de dire que le jeune avocat
substituait Paul de Kock et Dumas fils. Mais ses péchés
étaient d'un ordre négatif si simple, qu'il lui aurait
été vraiment facile de les abandonner pour des vertus
négatives.

Une seule lumière isolée était visible dans la longue
rangée irrégulière des fenêtres faisant face à l'arche ;
quand Robert passa sous l'ombre lugubre du lierre, fré-
missant sans cesse au vent glacé qui gémissait, il reconnut la croisée éclairée pour être le large œil-de-bœuf
de la chambre de son oncle. La dernière fois qu'il avait
vu la vieille habitation, elle retentissait de la gaieté des
invités, chaque fenêtre brillait comme une étoile basse
dans l'obscurité ; aujourd'hui sombre et silencieuse,
elle se dressait dans la nuit d'hiver comme un triste
manoir baronnial enfoncé dans la solitude des bois.

Le domestique qui ouvrit la porte au visiteur inattendu manifesta sa joie en reconnaissant le neveu de son maître.

« Sir Michaël sera bien content de vous voir, monsieur, dit-il en introduisant Robert Audley dans la bibliothèque où flambait un bon feu, et qui semblait désolée, le fauteuil du baronnet restant vide sur le large tapis du foyer. Vous apporterai-je quelque chose à dîner ici, monsieur, avant que vous montiez à l'appartement ? demanda le domestique. Milady et miss Audley dînent de bonne heure depuis la maladie de mon maître, mais je puis vous servir tout ce qui pourra vous faire plaisir, ajouta-t-il avec empressement.

— Je ne prendrai rien avant d'avoir vu mon oncle, répondit Robert précipitamment, c'est-à-dire si je puis le voir de suite. Il n'est pas assez malade pour ne pas me recevoir, je suppose ? ajouta-t-il d'un air inquiet.

— Oh ! non, monsieur... pas trop malade, un peu accablé seulement, monsieur. Par ici, s'il vous plaît. »

Il fit monter à Robert le court escalier en chêne conduisant à la chambre octogone dans laquelle George Talboys était resté si longtemps, cinq mois auparavant, à regarder d'un œil préoccupé le portrait de milady. Le tableau était terminé maintenant et était suspendu à la place d'honneur en face de la croisée, au milieu des Claudes, des Poussins et des Wouvermans, dont les teintes moins brillantes étaient écrasées par le vif coloris de l'artiste moderne. La lumineuse figure semblait ressortir au milieu de ce fouillis de cheveux dorés, délectation des préraphaélites, avec un sourire moqueur, au moment où Robert s'arrêta un instant pour jeter un coup d'œil sur le portrait bien présent à son souvenir. Deux ou trois minutes après, il avait traversé le boudoir de milady et son cabinet de toilette, et s'arrêtait sur le seuil de la chambre de sir Michaël. Le baronnet reposait d'un sommeil calme, son bras étendu sur le lit et sa vigoureuse main serrée par les doigts délicats de sa jeune femme. Alicia était assise sur une chaise basse auprès de la large ouverture du foyer, dans lequel des bûches énormes brûlaient avec furie par cette température glacée. L'intérieur de cette luxueuse chambre à coucher eût pu fournir un sujet saisissant pour le pinceau d'un artiste. L'ameublement massif, de couleur sombre et sévère, dont l'austérité était rompue et relevée çà et là par des ornements dorés et des masses de couleur éclatante; l'élégance de chaque détail, dans lequel la richesse était assujettie à la pureté du goût; et enfin, point le plus important, les gracieuses figures des deux femmes et la noble tête du vieillard eussent formé une étude digne d'un peintre.

Lucy Audley, la chevelure en désordre, jetée comme une pâle vapeur d'or jaune autour de son visage rêveur, les lignes flottantes de sa robe de chambre en mousseline légère, tombant en plis droits jusqu'à ses pieds, et serrées à la taille par une étroite ceinture d'anneaux en agate, eût pu servir de modèle pour une sainte du moyen âge d'une de ces petites chapelles cachées à l'écart dans les enfoncements et les coins d'une vieille cathédrale grise, épargnée par la Réforme ou par Cromwell; et quel saint martyr du moyen âge eût pu offrir un aspect plus vénérable que l'homme dont la barbe grise reposait sur la sombre couverture de soie de ce lit somptueux?

Robert s'arrêta sur le seuil, craignant d'éveiller son oncle. Les deux femmes avaient entendu son pas, quoiqu'il eût été plein de précaution, et levèrent la tête pour le regarder. La figure de milady veillant le vieillard malade, portait l'expression d'une ardeur inquiète qui la rendait plus belle; mais la même figure, en reconnaissant Robert Audley, perdit de sa beauté éclatante, et parut effrayée et livide à la clarté de la lampe.

« M. Audley, s'écria-t-elle d'une voix faible et tremblante.

— Silence, dit Alicia parlant bas, avec un geste d'avertissement, vous éveillerez papa. Que c'est bien à vous d'être venu, Robert, » ajouta-t-elle dans le même ton, à voix basse, en faisant signe à son cousin de prendre une chaise vide auprès du lit.

Le jeune homme s'assit sur le siége indiqué au pied du lit, en face de milady, qui se tenait près du chevet. Il examina longtemps et attentivement le visage du dormeur, plus longtemps et plus attentivement le visage de lady Audley, qui reprenait lentement ses couleurs naturelles.

« Il n'a pas été très-malade, n'est-ce pas ? demanda Robert en mettant sa voix au diapason de celle dans laquelle avait parlé Alicia. »

Milady répondit à cette question.

« Oh ! non, non pas dangereusement malade, dit-elle, sans ôter les yeux du visage de son mari, mais cependant nous avons été inquiètes, très, très-inquiètes. »

Robert ne cessa pas un instant d'examiner ce visage pâle.

« Elle me parlera, pensait-il, je la forcerai à rencontrer mes yeux, et je lirai dans les siens comme j'y ai lu déjà. Elle connaîtra combien sont inutiles ses artifices avec moi. »

Il s'arrêta pendant quelques minutes avant de reprendre la parole. La respiration régulière du dormeur, le tic-tac de la montre de chasse en or suspendue à la tête du lit, et le craquement des bûches qui brûlaient étaient les seuls bruits qui rompissent le silence.

« Je n'ai aucun doute que vous n'ayez été inquiète, lady Audley, dit Robert après un moment de silence, fixant les yeux de milady comme ils erraient furtivement sur lui. Il n'y a personne pour qui la vie de mon oncle puisse être d'une plus grande valeur que pour vous. Votre bonheur, votre prospérité, votre *sécurité*, dépendent entièrement de son existence. »

Le ton dans lequel il articula ces mots était trop bas pour pouvoir parvenir à l'autre côté de la chambre où Alicia était assise.

Les yeux de milady rencontrèrent ceux de Robert et eurent un certain rayonnement de triomphe dans leur éclat.

« Je sais cela, dit-elle, ceux qui me frappent doivent passer sur lui pour me frapper. »

Elle indiqua le dormeur en disant ces mots, les yeux toujours fixés sur Robert Audley. Elle le défiait avec ses yeux bleus, dont l'éclat était accru par un air de triomphe. Elle le défiait avec son sourire calme, — un sourire de beauté fatale, plein de pensées dissimulées et de voies mystérieuses, — le sourire que l'artiste avait exagéré dans le portrait de la femme de sir Michaël.

Robert se détourna du charmant visage, et cacha ses yeux avec sa main, plaçant ainsi une barrière entre milady et lui ; un écran qui déjoua sa pénétration et provoqua sa curiosité. L'examinait-il encore, ou était-il à réfléchir ? et à quoi était-il à réfléchir ?

Robert Audley resta assis à côté du lit pendant plus d'une heure avant que son oncle se réveillât. Le baronnet fut enchanté de la visite de son neveu.

« C'est très-aimable à vous d'être venu, Bob, dit-il. J'ai beaucoup pensé à vous depuis que j'ai été malade. Vous et Lucy devez être bons amis, savez-vous, Bob ; et vous devez apprendre à la considérer comme votre tante, monsieur ; quoiqu'elle soit jeune et belle, et... et... et vous comprenez, n'est-ce pas ? »

Robert saisit la main de son oncle, mais il baissa gravement les yeux en répondant :

« Je ne vous comprends pas, monsieur, dit-il avec calme; et je vous donne ma parole d'honneur que je suis cuirassé contre les fascinations de milady. Elle sait cela aussi bien que moi. »

Lucy Audley fit une petite moue avec ses jolies lèvres.

« Bah! vous êtes ridicule, Robert, s'écria-t-elle, vous prenez tout au sérieux. Si j'ai pensé que vous étiez tant soit peu trop jeune pour un neveu, c'était seulement dans la crainte des absurdes commérages des étrangers, non de quelque... »

Elle hésita un instant, et échappa à conclure sa phrase par l'intervention à point nommé de M. Dawson, son dernier maître, qui entra dans la chambre pour faire sa visite du soir, pendant qu'elle était en train de parler.

Il tâta le pouls du malade, adressa deux ou trois questions, déclara une amélioration constante dans l'état du baronnet, échangea quelques lieux communs avec Alicia et lady Audley, et se disposa à quitter la chambre. Robert se leva et l'accompagna à la porte.

« Je veux vous éclairer dans l'escalier, dit-il, en prenant une bougie sur une des tables, et l'allumant à la lampe.

— Non, non, monsieur Audley, ne vous dérangez pas, je vous en prie, supplia le chirurgien, je connais très-bien mon chemin, en vérité. »

Robert insista; et les deux hommes quittèrent ensemble la chambre. Comme ils entraient dans l'antichambre octogone, l'avocat s'arrêta et ferma la porte derrière lui.

« Voulez-vous fermer l'autre porte, monsieur Dawson? dit-il, en indiquant celle qui ouvrait sur l'escalier. Je désire avoir quelques minutes d'entretien particulier avec vous.

— Avec grand plaisir, répliqua le chirurgien, con-

descendant à la demande de Robert, mais si vous êtes
après tout alarmé sur l'état de votre oncle, monsieur
Audley, je puis mettre votre esprit en repos. Il n'y a
aucun motif d'avoir la moindre inquiétude. S'il eût
été malade tout à fait sérieusement, j'eusse envoyé
immédiatement une dépêche télégraphique au médecin
de la famille.

— Je suis certain que vous auriez fait votre devoir,
monsieur, répondit Robert gravement. Mais je ne viens
pas vous parler de mon oncle. Je désire vous adresser
deux ou trois questions sur une autre personne.

— Vraiment !

— La personne qui a vécu autrefois dans votre famille en qualité de miss Lucy Graham; la personne
qui est maintenant lady Audley. »

M. Dawson leva la tête avec une expression de surprise sur son calme visage.

« Pardonnez-moi, monsieur Audley, répondit-il,
vous pouvez difficilement espérer que je réponde à
quelques questions sur la femme de votre oncle, sans
la permission expresse de sir Michaël. Je ne puis comprendre quel motif peut vous pousser à m'adresser de
telles questions... aucun motif convenable au moins. »

Il lança un regard sévère sur le jeune homme,
comme pour lui dire : — « Vous êtes tombé amoureux de la jolie femme de votre oncle, et vous voulez
me faire intervenir dans quelque perfide amourette,
mais je n'y consentirai pas, monsieur, je n'y consentirai pas. »

« J'ai toujours respecté lady Audley aussi bien que
miss Graham, monsieur, dit-il, et je l'estime doublement depuis qu'elle est lady Audley.... non sous le
rapport du changement de sa position, mais parce
qu'elle est la femme de l'homme le plus noble de la
chrétienté.

— Vous ne pouvez respecter mon oncle ou l'honneur de mon oncle plus sincèrement que je ne le fais, répondit Robert. Je n'ai nul motif indigne pour vous faire les questions que je vous adresse, et vous devez y répondre !

— Vous devez !... répéta comme un écho M. Dawson d'un air outré.

— Oui, vous êtes l'ami de mon oncle. C'est dans votre maison qu'il a rencontré la femme qui est maintenant son épouse. Elle se disait orpheline, je crois, et fit jouer en sa faveur sa pitié aussi bien que son admiration. Elle lui disait qu'elle était seule dans le monde, ne le lui disait-elle pas?.... sans amis et sans parents. C'est tout ce que j'ai pu jamais apprendre de ses antécédents.

— Quelle raison avez-vous de désirer en connaître davantage? demanda le chirurgien.

— Une bien terrible raison, répondit Robert Audley. Depuis quelques mois je lutte avec des doutes et des soupçons qui ont rendu ma vie amère. Ces sentiments sont devenus plus forts chaque jour, et ne consentiront pas à s'apaiser au moyen des lieux communs, des sophismes et des arguments frivoles avec lesquels les hommes essayent de se tromper, plutôt que de croire ce que de toutes les choses qui sont sur terre ils doivent le plus craindre. Je ne pense pas que la femme qui porte le nom de mon oncle soit digne d'être son épouse. Je puis me tromper sur son compte. Dieu veuille qu'il en soit ainsi. Mais si je suis dans l'erreur, jamais fatale chaîne de circonstances évidentes ne fut aussi étroitement liée à une personne innocente. Je désire faire cesser mes doutes ou.... ou confirmer mes craintes. Il n'y a qu'une manière d'agir pour arriver à ce but. Je dois suivre les traces de la vie de la femme de mon oncle et redescendre en arrière, minutieusement et avec attention, à partir de cette soirée jusqu'à la période des six dernières années. C'est aujourd'hui le 24 février 1859. J'ai besoin de connaître chaque détail de sa vie entre la soirée présente et celle du mois de février 1853.

— Et votre motif est un motif honorable?

— Oui, je désire la purifier d'un très-horrible soupçon.

— Qui existe seulement dans votre esprit?

— Et dans l'esprit d'une autre personne.

— Puis-je vous demander qui est cette personne?

— Non, monsieur Dawson, répondit Robert d'un ton décisif, je ne puis révéler rien de plus que ce que je viens de vous dire. Je suis un homme très-résolu, très-vaillant dans beaucoup de choses. En cette affaire je suis forcé d'être déterminé. Je vous répète une fois de plus que je dois connaître l'histoire de la vie de Lucy Graham. Si vous refusez de m'aider dans la médiocre étendue de votre pouvoir, j'en trouverai d'autres qui viendront à mon secours. Quelque pénible que cela puisse être pour moi, je demanderai à mon oncle les informations que vous me refuseriez, plutôt que d'échouer au premier pas de mes investigations. »

M. Dawson resta silencieux quelques minutes.

« Je ne puis exprimer combien vous m'avez étonné et alarmé, monsieur Audley, dit-il. Je puis vous dire si peu de chose sur les antécédents de lady Audley, qu'il y aurait de ma part pure obstination à vous refuser la faible somme d'informations que je possède. J'ai toujours considéré la femme de votre oncle comme la plus aimable des femmes. Je ne puis me décider à penser autrement d'elle. Ce serait déraciner une des plus fermes convictions de ma vie, si j'étais forcé de changer d'avis. Vous désirez suivre sa vie en arrière, de l'heure présente jusqu'à l'année cinquante-trois!

— Je le désire.

— Elle se maria avec votre oncle il y a eu un an au mois de juin. Elle avait vécu dans ma maison un peu

plus de treize mois. Elle devint un membre de ma famille le 14 mai de l'année 1856.

— Et elle vint chez vous?...

— En sortant d'une institution de Brompton, une
institution dirigée par une dame du nom de Vincent.
Ce fut la vive recommandation de mistress Vincent
qui m'engagea à recevoir miss Graham dans ma famille sans aucune autre connaissance particulière de
ses antécédents....

— Vîtes-vous cette mistress Vincent?

— Non. J'avais fait une demande dans les journaux
pour avoir une gouvernante et miss Graham répondit
à mon avis. Dans sa lettre elle donnait pour répondant
mistress Vincent, propriétaire d'une institution dans
laquelle elle était alors en qualité de seconde sous-
maîtresse. Mon temps est toujours si complétement
occupé que je fus enchanté d'échapper à la nécessité
de perdre un jour en allant d'Audley à Londres, pour
prendre des renseignements sur la capacité de cette
jeune fille. Je cherchai dans l'Almanach des Postes le
nom de mistress Vincent, je le trouvai, je conclus
qu'elle était une personne recommandable et je lui
écrivis. Sa réponse fut parfaitement satisfaisante....
Miss Lucy Graham était assidue au travail et conscien-
cieuse, aussi bien que remplie des qualités dont j'avais
besoin pour la situation que j'offrais. J'acceptai cette
recommandation, et je n'ai pas sujet de regretter ce
qui aurait pu être une imprudence; et maintenant,
monsieur Audley, je vous ai dit tout ce qu'il est en
mon pouvoir de vous dire.

— Voudrez-vous être assez bon pour me donner
l'adresse de cette mistress Vincent? demanda Robert,
sortant son carnet de poche.

— Certainement. Elle demeurait alors au n° 9 de
Crescent Villas, Brompton.

— Ah, c'est cela, murmura M. Audley, un souvenir

du dernier mois de septembre éclairant subitement
sa mémoire tandis que le chirurgien parlait; Crescent
Villas.... oui, j'ai entendu l'adresse précédemment de
lady Audley elle-même. Cette mistress Vincent a envoyé une dépêche télégraphique à la femme de mon
oncle au commencement du mois dernier. Elle était
malade.... mourante, je crois.... et demandait à voir
milady; mais elle avait quitté son ancienne demeure
et on ne put la trouver.

— Vraiment? Je n'ai jamais entendu lady Audley
mentionner cette circonstance.

— Peut-être non. Cela arriva pendant mon séjour
ici. Je vous remercie, monsieur Dawson, pour le renseignement que vous m'avez donné de si bonne grâce
et avec tant d'honnêteté. Il me fait ressaisir deux ans
et demi dans l'histoire de la vie de milady; mais j'ai
encore une lacune de trois ans à remplir avant de
l'exonérer de mon terrible soupçon. Je vous souhaite
le bonsoir. »

Robert donna une poignée de main au chirurgien
et retourna à la chambre de son oncle; il avait été
absent environ un quart d'heure. Sir Michaël s'était
endormi encore une fois, et les tendres mains de
milady avaient tiré les lourds rideaux et voilé la lumière de la lampe à côté du lit. Alicia et la femme de
son père prenaient le thé dans le boudoir de lady
Audley, pièce voisine de l'antichambre dans laquelle
Robert et Dawson s'étaient assis.

Lucy Audley leva les yeux de son occupation et des
fragiles tasses de Chine, et observa Robert d'un air
presque inquiet, comme il allait doucement à la chambre de son oncle et retournait ensuite au boudoir.
Elle paraissait vraiment jolie et innocente, assise derrière le groupe gracieux du délicat opale de Chine et
de l'étincelante argenterie. Une jolie femme assurément ne semble jamais plus jolie que lorsqu'elle fait

le thé. La plus féminine et la plus domestique de toutes les occupations communique une harmonie magique à chacun de ses mouvements, un charme à chacun de ses regards. La vapeur flottante du liquide en ébullition dans lequel elle infuse les feuilles délicieuses dont les secrets sont connus d'elle seule l'enveloppe d'un nuage de vapeurs embaumées, à travers lequel elle semble la fée de la réunion, fabriquant des philtres puissants avec la poudre à canon et le Bohéa. A la table à thé, elle règne omnipotente et inabordable. Que connaissent les hommes au mystérieux breuvage? Lisez comment le pauvre Hazlitt fit son thé, et frissonnez à son affreuse barbarie, avec quelle maladresse les créatures disgraciées essayent d'assister la magicienne qui préside au thé; de quel air désespéré elles saisissent la bouilloire, comme elles compromettent sans cesse les tasses fragiles, les soucoupes et les mains effilées de la prêtresse. Éloigner une femme de la table à thé, c'est lui dérober son empire légitime. Condamner deux ou trois hommes à circuler parmi vos invités pour distribuer une boisson fabriquée dans la chambre de la gouvernante de la maison, c'est réduire la plus intime et la plus amicale des cérémonies à une bienséante distribution de rations. La charmante influence des tasses à thé et des soucoupes maniées par la main d'une femme est préférable à cette tendance peu convenable d'arracher la pointe de la plume, bon gré mal gré, des mains du sexe sérieux. Figurez-vous toutes les femmes d'Angleterre élevées au niveau insigne de l'intelligence masculine; supérieures à la crinoline; au-dessus de la poudre de perle et de mistress Rachel Levison; au-dessus des peines à prendre pour être jolies; au-dessus des fatigues pour se rendre aimables; au-dessus des tables à thé et des commérages terriblement scandaleux et quelquefois satiriques qui font même les délices d'hommes robus-

2

tes : et quelle triste, utilitaire, honteuse existence devra mener le sexe fort.

Milady n'était en aucune façon un esprit fort. Les étoiles de diamants entassées sur ses doigts blancs scintillaient çà et là parmi le service à thé, et elle courba sa jolie tête sur la merveilleuse boîte à thé indienne de bois de sandal et d'argent avec autant d'attention que si la vie n'avait pas de but plus élevé que l'infusion de Bohéa.

« Prendrez-vous une tasse de thé avec nous, monsieur Audley? demanda-t-elle, s'arrêtant, la théière dans la main, pour lever les yeux sur Robert qui était debout près de la porte.

— S'il vous plaît.

— Mais vous n'avez pas dîné, peut-être? Sonnerai-je pour vous faire apporter quelque chose de plus substantiel que des biscuits et des tartines transparentes ?

— Non, je vous remercie, lady Audley. J'ai pris une légère collation avant de quitter Londres; je ne veux vous déranger pour rien autre chose qu'une tasse de thé. »

Il s'assit à la petite table et regarda de l'autre côté sa cousine Alicia, un livre sur ses genoux, ayant l'air d'être très-absorbée par sa lecture. Le teint éclatant de la brunette avait perdu son vif cramoisi, et l'animation des manières de la jeune fille avait disparu.... en raison de la maladie de son père, sans aucun doute, pensa Robert.

« Alicia, ma chère amie, dit l'avocat après avoir bien contemplé à loisir sa cousine, vous ne paraissez pas bien portante.

— Peut-être pas, répondit-elle d'un air dédaigneux. Qu'importe cela? Je suis en train de devenir un philosophe de votre école, Robert Audley. Qu'importe? Qui se met en peine de savoir si je suis bien portante ou malade?

— Quel feu ! » pensa Robert.

Il comprenait toujours que sa cousine était fâchée quand, en s'adressant à lui, elle l'appelait Robert Audley.

« Vous n'avez pas besoin de tomber sur un am parce qu'il vous fait une question polie, Alicia, dit-il d'un ton de reproche. Quant à dire que personne ne se met en peine de votre santé, c'est une absurdité. Je m'en mets en peine. »

Miss Audley leva les yeux avec un brillant sourire.

« Sir Harry Towers s'en met en peine aussi. »

Miss Audley revint à son livre le sourcil froncé.

« Que lisez-vous là, Alicia? demanda Robert après un moment de silence pendant lequel il était resté pensif à remuer son thé.

— *Hasards et Changements.*

— Une nouvelle?

— Oui.

— Par qui?·

— Par l'auteur des *Folies et Fautes*, répondit Alicia poursuivant toujours la lecture de son roman sur ses genoux.

— Est-ce intéressant? »

Miss Audley fronça les lèvres et haussa les épaules.

« Non, pas précisément, dit-elle.

— Alors je crois que vous auriez mieux à faire que de lire cela pendant que votre cousin germain est assis en face de vous, observa M. Audley avec une certaine gravité, surtout lorsqu'il ne vient vous faire qu'une courte visite en passant et qu'il partira demain matin.

— Demain matin! » s'écria milady, levant soudain les yeux sur lui.

Quoique le regard de joie qui se montra sur le visage de lady Audley fût aussi rapide que la lumière d'un éclair dans un ciel d'été, il n'échappa pas à Robert.

« Oui, dit-il, je suis obligé de remonter à Londres

demain matin pour affaire ; mais je serai de retour le
jour suivant, si vous le permettez, lady Audley, et je
resterai ici jusqu'à ce que mon oncle soit rétabli.

— Mais vous n'êtes pas sérieusement alarmé sur
lui, n'est-ce pas ? demanda milady d'un air inquiet.
Vous ne pensez pas qu'il soit très-malade ?

— Non, répondit Robert. Grâce au ciel, il n'y a pas
le plus léger motif de crainte. »

Milady resta silencieuse pendant quelques instants,
regardant les tasses vides avec un visage gracieusement pensif, — un visage sérieux avec l'innocente gravité d'un enfant rêveur.

« Mais vous êtes resté enfermé pendant si longtemps avec M. Dawson, il n'y a qu'un moment, dit-
elle après ce court silence. J'étais presque alarmée de
la longueur de votre conversation. Avez-vous parlé de
sir Michaël tout le temps ?

— Non, pas tout le temps. »

Milady baissa de nouveau les yeux sur les tasses à
thé.

« Eh ! que pouviez-vous avoir à dire à M. Dawson
ou que pouvait-il avoir à vous dire ? demanda-t-elle
après un autre instant de silence. Vous êtes presque
étrangers l'un à l'autre ?

— Supposez que M. Dawson voulait me consulter
sur quelque matière de droit.

— Était-ce cela ? s'écria vivement lady Audley.

— Il serait tant soit peu contraire à ma profession
de vous le dire s'il en était ainsi, milady, » répondit
Robert avec sévérité.

Milady mordit ses lèvres et retomba dans le silence.
Alicia ferma son livre et observa l'air préoccupé de
son cousin. Il lui adressa de temps en temps la parole
pendant quelques minutes ; mais il faisait évidemment
un effort pour se tirer de sa rêverie.

« Sur ma parole, Robert Audley, vous êtes une très-

agréable société, s'écria enfin Alicia ; son fonds de patience tant soit peu limité se trouvait presque à bout
par deux ou trois essais avortés de conversation. Peut-
être que la prochaine fois que vous viendrez au château vous serez assez bon pour apporter votre esprit
avec vous. D'après votre apparence inanimée actuelle,
je pourrais penser que vous avez laissé votre intelligence telle quelle quelque part dans le Temple. Vous
n'avez jamais été un être des plus aimables ; mais depuis peu, vous êtes devenu presque insupportable. Je
suppose que vous êtes amoureux, monsieur Audley, et
que vous êtes occupé à penser à l'objet privilégié de
vos affections. »

Il pensait à la noble figure de Clara Talboys, sublime
dans son ineffable douleur ; à son langage passionné,
qui résonnait encore dans ses oreilles aussi clairement
que le jour où il l'entendit pour la première fois. Il la
voyait encore le regarder avec ses brillants yeux noirs.
Il entendait encore cette question solennelle : « Sera-
ce vous qui trouverez le meurtrier de mon frère ou
sera-ce moi ? » Et il était dans l'Essex, dans le petit
village d'où il croyait fermement que George Talboys
n'était jamais parti. Il était sur les lieux où finissait le
journal de la vie de son ami, aussi soudainement que
finit une histoire quand le lecteur ferme le livre. Et
pouvait-il maintenant sortir de l'investigation dans laquelle il se trouvait enveloppé ? Pouvait-il s'arrêter ?
avoir égard à aucune considération ? Non, mille fois
non. Non, avec l'image de ce visage abattu par la douleur imprimée dans son esprit. Non, avec les accents
de cet appel chaleureux qui résonnait à ses oreilles.

CHAPITRE II

Jusque-là et pas plus loin.

Le lendemain, Robert partit d'Audley par le premier train du matin, et arriva à Shoreditsch un peu après neuf heures. Il ne rentra pas chez lui. Il prit une voiture et se fit conduire tout droit à Crescent Villas, West Brompton. Il se doutait bien qu'il ne réussirait pas mieux que son oncle à trouver la dame qu'il allait chercher à cette adresse, mais il croyait pouvoir obtenir quelques renseignements sur la nouvelle demeure de la maîtresse de pension, bien que les efforts de sir Michaël eussent été déjoués quelques mois auparavant.

« Mistress Vincent était à son lit de mort d'après la dépêche télégraphique, se disait Robert; et si je ne trouve pas la dame, je saurai du moins si la dépêche n'était pas fausse. »

Il découvrit Crescent Villas avec quelque difficulté. Les maisons étaient grandes, mais elles étaient à moitié enterrées dans les briques et le mortier. Partout dans les rues, dans les squares, on voyait des tas de pierres et de plâtre. La boue s'attachait aux roues de la voiture et couvrait entièrement les fanons du cheval.

La désolation des désolations, — aspect désagréable que présentent toujours des constructions inachevées — régnait dans les rues nouvelles de Crescent Villas, et Robert perdit quarante minutes à sa montre et quarante-cinq à celle du cocher à monter et à descendre des rues inhabitées, pour trouver les Villas.

Il finit cependant par arriver à destination, et après avoir ordonné au cocher de l'attendre à un endroit désigné, il commença ses recherches.

« Si j'étais un célèbre jurisconsulte, pensait-il, je ne pourrais me permettre pareille chose ; mon temps vaudrait environ une guinée la minute, et j'en serais empêché par la grande affaire de Hoggs contre Boggs qui se juge aujourd'hui devant un jury particulier à Westminster Hall. Mais dans ma position rien ne me défend d'avoir de la patience. »

Il s'informa de mistress Vincent au numéro que M. Dawson lui avait désigné. La servante qui vint ouvrir n'avait jamais entendu le nom de cette dame ; elle alla rendre compte à sa maîtresse, et revint dire à Robert que mistress Vincent avait effectivement habité la maison, mais qu'elle l'avait quittée deux mois avant l'arrivée des nouveaux locataires. Elle ajouta même que sa maîtresse occupait le logement depuis quinze mois.

« Et vous ne pouvez me dire où elle est allée se loger en partant d'ici ? demanda Robert découragé.

— Non, monsieur ; ma maîtresse croit que cette dame fit faillite et qu'elle décampa sans mot dire, ne voulant pas qu'on sût son adresse. »

M. Audley se trouvait de nouveau dérouté. Si mistress Vincent était partie avec des dettes, évidemment elle avait dû cacher avec soin son changement de domicile. Il y avait donc peu d'espoir de savoir son adresse en la demandant aux commerçants, et pourtant il pouvait se faire que quelque créancier rusé se fût occupé de chercher en quel endroit elle s'était réfugiée.

Il jeta un coup d'œil sur les boutiques les plus rapprochées, et aperçut à quelques pas un boulanger, un papetier et une fruitière. Les trois boutiques avaient des prétentions à un extérieur convenable, quoiqu'elles ne fussent pas encombrées de marchandises.

Robert s'arrêta devant le boulanger, qui prenait le titre de pâtissier, et exhibait dans sa devanture des spécimens de pain d'épice sous globe et des gâteaux glacés recouverts d'une gaze verte.

« Il est probable que cette dame achetait du pain, se disait Robert en réfléchissant devant la boutique. Elle devait se servir au meilleur endroit. Essayons du boulanger. »

Le boulanger était derrière son comptoir, en train de discuter les articles d'une note avec une jeune femme dont la toilette avait dû jadis être élégante. Il ne se donna pas la peine de s'occuper de Robert Audley avant d'avoir fini. Quand il eut compté son argent et donné son acquit, il leva la tête et demanda à l'avocat ce qu'il désirait.

« Pourriez-vous me donner l'adresse d'une mistress Vincent qui habitait le n° 9, à Crescent Villas, il y a environ dix-huit mois ? demanda M. Audley d'un ton poli.

— Non, je ne puis pas, répondit le boulanger, devenant très-rouge et parlant beaucoup plus qu'il n'était nécessaire. Je le voudrais cependant bien, car cette dame me doit plus de onze livres pour du pain, et je ne suis pas assez riche pour perdre pareille somme de gaieté de cœur. Je serais très-obligé à quiconque me dirait où elle reste. »

Robert haussa les épaules et souhaita le bonjour au boulanger. Il comprit que la découverte du domicile de cette dame lui donnerait plus de peine qu'il n'avait

cru. Il pouvait recourir à l'Almanach des Postes et y
chercher le nom de mistress Vincent, mais très-cer-
tainement une dame qui était en état d'hostilité avec
ses créanciers n'allait pas leur fournir un moyen aussi
facile de la trouver.

« Si le boulanger ne peut la découvrir, comment
y parviendrai-je moi-même? se demandait-il avec
désespoir. Lorsqu'un gaillard résolu et actif comme
ce boulanger ne réussit pas, il est inutile que moi qui
n'ai pas la moindre énergie, je songe à résoudre la
difficulté. Ce serait même folie de ma part que d'essayer. »

M. Audley s'abandonnait à ces tristes réflexions en
revenant à l'endroit où l'attendait la voiture. A moitié
chemin, il fut arrêté par une femme qu'il entendit
marcher derrière lui et qui lui cria de l'attendre. Il se
retourna et se trouva face à face avec la femme qui
réglait son compte chez le boulanger.

« Que me voulez-vous? lui dit-il. Puis-je faire quelque chose pour vous, madame? Mistress Vincent vous
doit-elle aussi de l'argent?

— Oui, monsieur, répondit-elle d'une manière tout
à fait en harmonie avec sa toilette. Mistress Vincent
est ma débitrice, mais ce n'est pas là ce qui m'occupe,
monsieur, je.... je désire savoir, si cela ne vous déplaît pas, quelles affaires vous avez à traiter avec
elle.... parce que.... parce que....

— Vous pouvez me donner son adresse, si vous
voulez, n'est-ce pas? c'est là ce que vous avez l'intention
de me dire. »

La femme hésita un instant et regarda Robert avec
méfiance.

« Vous n'avez rien de commun avec.... avec les gens
de la taille, n'est-ce pas, monsieur? lui dit-elle après
avoir examiné la tenue de Robert pendant quelques
instants. »

— Les quoi.... madame? s'écria le jeune avocat, dévisageant son interlocutrice avec étonnement.

— Je vous demande pardon, monsieur, reprit la jeune femme s'apercevant qu'elle venait de commettre une erreur grossière. Vous auriez pu en faire partie, vous savez, quelques-uns des messieurs qui vont encaisser de maison en maison sont si bien mis que j'ai pu me tromper. Je sais que mistress Vincent doit beaucoup d'argent. »

Robert Audley posa sa main sur le bras de la jeune femme.

« Ma chère dame, lui dit-il, je ne veux rien savoir des affaires de mistress Vincent. Loin d'avoir quelque chose de commun avec ce que vous nommez les gens de la taille, je vous avoue que je ne comprends même pas ce que cela signifie. C'est peut-être une conspiration politique que vous désignez sous ce nom, ou bien encore un nouveau genre d'impôt. Mistress Vincent ne me doit rien, quels que soient ses démêlés avec ce terrible boulanger de là-bas. Je ne l'ai jamais vue de ma vie, et si je la cherche aujourd'hui, c'est pour lui adresser quelques simples questions au sujet d'une jeune fille qui a jadis vécu chez elle. Si vous savez où elle demeure et que vous vouliez me le dire, vous me rendrez un grand service. »

Il sortit un portefeuille, prit une carte de visite et la tendit à la jeune femme, qui examina attentivement le morceau de carton avant de reprendre la parole.

« Monsieur, vous m'avez tout à fait l'air d'un gentleman, dit-elle après un moment d'arrêt, et j'espère que vous m'excuserez si je me suis montrée méfiante. La pauvre mistress Vincent a eu bien des ennuis, et je suis la seule personne des environs qui sache son adresse. Je suis couturière en robes, monsieur, et j'ai travaillé pour elle pendant plus de six ans. Elle ne m'a pas payée très-régulièrement, mais elle me donne quelque argent de temps en temps, et je fais de mon mieux pour vivre. Je puis donc vous dire où elle demeure. N'est-ce pas, vous ne m'avez pas trompée?

— Sur mon honneur, non.

— Eh bien, monsieur, reprit la couturière baissant la voix comme si elle craignait que le pavé ou les barreaux des grilles en fer du devant des maisons ne l'entendissent, c'est à Acacia Cottage, Peckham Grove. J'y ai porté hier une robe pour mistress Vincent.

— Merci, dit Robert écrivant l'adresse sur son portefeuille. Je vous suis très-obligé, et vous pouvez compter sur ma parole : mistress Vincent ne sera pas tourmentée à cause de moi. »

Il souleva son chapeau, salua la petite couturière, et retourna vers la voiture.

« J'ai battu le boulanger quand même, se dit-il. En route maintenant pour la deuxième étape de mon voyage d'exploration dans la vie de milady. »

De Brompton à Peckham Road la distance est considérable, et Robert Audley eut le temps de réfléchir entre Crescent Villas et Acacia Cottage. Il songea à son oncle malade et affaibli dans sa chambre à coucher d'Audley. Il songea aux beaux yeux bleus qui veillaient sur le sommeil de sir Michaël, aux douces mains blanches qui le servaient quand il s'éveillait, à la voix musicale et enchanteresse qui charmait sa solitude et égayait sa vieillesse. Quel ravissant tableau c'eût été pour lui, s'il avait pu le contempler comme tout le monde, sans y voir autre chose que ce qu'y voyaient les étrangers! Mais le nuage noir qu'il apercevait ou qu'il croyait apercevoir s'étendait sur tout, et faisait de cette scène d'intérieur une moquerie diabolique, un tableau infernal.

Peckham Grove — très-agréable en été — offre un aspect assez triste par une sombre journée de février, alors que les arbres sont privés de leurs feuilles

et les jardins de tout ornement. Acacia Cottage ne
justifiait que très-peu son nom. Ses murs blanchis à
la chaux se dressaient sur la route, et quelques peupliers seulement les abritaient. Ce qui annonçait que
cette maison était Acacia Cottage était une petite plaque
en cuivre incrustée dans l'un des montants de la porte,
et cette indication suffit aux bons yeux du cocher. Il
arrêta sa voiture devant la petite porte, et M. Audley
sonna.

Acacia Cottage, dans l'échelle sociale, avait moins
d'importance que Crescent Villas, et la petite servante
qui vint parlementer avec M. Audley à travers les barreaux en bois était évidemment habituée à ne se trouver séparée que par cette faible barrière des créanciers intraitables de sa maîtresse.

Elle commença par avouer qu'elle ignorait si mistress Vincent était chez elle, mais que si le visiteur
voulait dire son nom et le genre d'affaire qui l'ame-
nait, elle irait voir si sa maîtresse n'était pas sortie.

M. Audley présenta sa carte et écrivit au crayon au-
dessous de son nom : « Un parent de miss Graham. »

Il recommanda à la servante de remettre cette carte
à sa maîtresse et attendit tranquillement le résultat.

Au bout de cinq minutes, la servante revint avec la
clef de la porte. Elle dit à Robert que mistress Vincent y était et le recevrait avec plaisir.

Le salon carré dans lequel Robert fut introduit offrait
dans tous ses ornements et dans chaque meuble les
marques incontestables de l'espèce de pauvreté qui
est la plus incommode, parce qu'elle n'est pas station-
naire. L'ouvrière qui meuble son petit appartement
avec une demi-douzaine de chaises cannelées, une table Pembroke, une horloge allemande, une glace, un
berger et une bergère en terre cuite, et quelques tasses à thé en porcelaine, se sert de ce qu'elle possède
et en retire généralement tous les avantages possibles;

mais la dame qui perd les beaux meubles de la maison
qu'elle est forcée d'abandonner et vient étaler dans un
logement plus petit les épaves sauvées du naufrage
par quelque ami généreux, amène avec elle cette espèce de misère élégante qui résume ce que le pauvre
a de plus désolant.

La chambre qu'examinait Robert Audley était meublée avec les tristes débris que l'imprudente maîtresse
de pension de Crescent Villas avait enlevés au moment
de sa ruine. Un piano, une chiffonnière six fois trop
grande pour l'appartement, et une table de jeu placée
au milieu, étaient les objets les plus importants. Un tapis de Bruxelles couvrait le milieu de la chambre e
étalait des roses et des lis qui se dessinaient sur un
fond vert fané. Les fenêtres étaient garnies de rideaux,
et des corbeilles en fil de fer tressé y étaient suspen-
dues; elles contenaient des plantes du genre cactus
qui poussaient dans tous les sens, comme quelques
espèces de végétation en démence, dont les membres
armés de piquants comme des araignées ont une disposition de passer par-dessus leurs têtes.

La table de jeu était couverte de livres magnifique-
ment reliés et placés à angles droits; mais Robert ne
mit pas à profit ces distractions littéraires. Il s'assit
sur une chaise à la mode de l'ancien temps, et attendit tranquillement l'arrivée de la maîtresse de pension.
Dans la salle à côté, il entendait le murmure d'une
demi-douzaine de voix et des variations peu harmo-
nieuses sur un piano dont toutes les cordes semblaient
prêtes à casser.

Il y avait environ un quart d'heure qu'il était assis,
lorsque la porte se rouvrit et livra passage à une dame
en grande toilette, dont la beauté n'avait plus que le
faible éclat d'un soleil couchant.

« Monsieur Audley, je suppose, dit-elle en faisant
signe à Robert de se rasseoir et s'asseyant elle-même

sur un fauteuil en face de lui. Vous me pardonnerez de vous avoir fait attendre si longtemps... mes devoirs...

— C'est moi qui dois m'excuser de venir vous déranger, répondit Robert poliment ; mais comme le motif qui m'amène chez vous est très-sérieux, il me servira d'excuse. Vous souvient-il de la dame dont j'ai écrit le nom sur une carte ?

— Très-bien.

— Puis-je vous demander ce que vous avez appris de son histoire depuis qu'elle a quitté votre maison ?

— Oh ! je ne sais pas grand'chose, et à vrai dire presque rien. Je crois que miss Graham entra comme institutrice chez un chirurgien du comté d'Essex. C'est même moi qui la recommandai à ce monsieur. Depuis lors je n'ai plus eu de ses nouvelles.

— Mais vous avez été cependant en rapport avec elle.

— Pas du tout. »

M. Audley garda le silence pendant quelques instants, et sa figure s'assombrit.

« N'auriez-vous pas, au commencement de septembre dernier, envoyé une dépêche télégraphique à miss Graham pour lui annoncer que vous étiez dangereusement malade et que vous désiriez la voir ? »

Mistress Vincent sourit à la question de son visiteur.

« Je n'ai pas eu occasion d'envoyer pareil message ; jamais de ma vie je n'ai été dangereusement malade. »

Robert Audley s'arrêta avant de poursuivre ses questions, et écrivit à la hâte quelques mots au crayon sur son portefeuille.

« Si je vous adressais quelques questions directes sur miss Lucy Graham, me feriez-vous, madame, la faveur d'y répondre sans me demander pour quel motif ?

— Certainement. Je ne connais rien qui soit au désavantage de miss Graham, et je n'ai pas lieu de faire un mystère du peu que je sais.

— Alors dites-moi, s'il vous plaît, à quelle date cette jeune fille entra chez vous ? »

Mistress Vincent sourit et secoua la tête. Elle avait un joli sourire, — le sourire franc d'une femme habituée à être admirée et qui est trop sûre de plaire pour que les revers de fortune lui enlèvent tout courage.

« Il est tout à fait inutile de me demander pareille chose, monsieur Audley ; je suis l'être le plus insouciant du monde ; je n'ai jamais pu me rappeler les dates, quoique je fasse mon possible pour convaincre mes élèves de l'importance qu'elles doivent attacher, dans l'intérêt de leur avenir, à la date précise du règne de Guillaume le Conquérant et à beaucoup d'autres du même genre. Je n'ai pas la moindre idée de l'époque à laquelle miss Graham entra chez moi. Je sais seulement qu'il y a longtemps et que c'était en été, car j'avais ma robe rose couleur de fleur de pêcher. Nous allons consulter Tonks... Tonks doit avoir la date dans la mémoire. »

Robert Audley se demanda ce que pouvait être ce ou cette Tonks ; un journal ou un agenda, — quelque rival obscur de Letsome.

Mistress Vincent sonna, et la servante qui avait introduit Robert parut.

« Dites à miss Tonks de venir, j'ai à lui parler en particulier. »

En moins de cinq minutes, miss Tonks se montra. Elle avait une figure tellement froide, qu'on aurait dit qu'elle apportait un courant d'air dans les plis de sa robe en mérinos sombre. Elle n'avait pas d'âge ; elle semblait n'avoir jamais été plus jeune, et ne devoir jamais vieillir. Elle paraissait destinée à fonctionner éternellement comme une machine à instruire les jeunes filles.

« Ma chère Tonks, lui dit mistress Vincent, monsieur est un parent de miss Graham. Vous souvient-il à quelle époque elle est arrivée à Crescent Villas?

— Elle vint au mois d'août 1854. Je crois que c'était le 18, sans affirmer toutefois que ce ne fût pas le 17, je crois pourtant que c'était un mardi.

— Merci, Tonks ; vous êtes bien précieuse, » s'écria mistress Vincent avec un de ses plus ravissants sourires.

C'était peut-être parce que les services de miss Tonks étaient si précieux, qu'elle n'avait pas reçu d'appointements depuis trois ou quatre ans. Mistress Vincent avait sans doute hésité à donner un maigre salaire à une institutrice si utile.

« Y a-t-il encore quelque chose que Tonks ou moi puissions vous dire, monsieur Audley, reprit la maîtresse de pension.

— Savez-vous d'où venait miss Graham quand elle entra chez vous?

— Pas précisément. Je me souviens vaguement d'avoir entendu miss Graham parler du bord de la mer sans désigner l'endroit. Tonks, miss Graham ne vous aurait-elle pas dit d'où elle venait?

— Oh! non, répondit Tonks secouant la tête avec une grimace significative. Miss Graham ne m'a rien avoué; elle était bien trop rusée pour cela. Elle savait garder ses secrets malgré son air d'innocence et ses cheveux bouclés, ajouta miss Tonks avec mépris.

— Vous croyez donc qu'elle avait des secrets? demanda vivement Robert.

— Oui, elle en avait, et de toutes sortes. Ce n'est pas moi qui l'aurais reçue comme institutrice sans un seul mot de recommandation de qui que ce fût.

— Vous n'avez donc eu aucun renseignement sur miss Graham? dit Robert à mistress Vincent.

— Aucun, répondit celle-ci avec quelque embarras.

Je passai là-dessus parce que miss Graham ne tenait pas à l'argent. Elle me dit qu'elle s'était querellée avec son père, et qu'elle voulait vivre loin de toutes les personnes qu'elle avait connues. Elle avait beaucoup souffert, et désirait éviter de nouveaux chagrins. Comment, en pareil cas, lui demander une recommandation, surtout en la voyant si convenable pour l'emploi. Vous savez, Tonks, que Lucy Graham était tout à fait comme il faut, et c'est mal à vous de trouver mauvais que je l'aie reçue chez moi sans renseignements.

— Quand on veut avoir des favorites, on s'expose à être trompée par elles, répondit miss Tonks d'un ton glacée et sans se préoccuper des paroles de mistress Vincent.

— Elle n'a jamais été ma favorite. Tonks. Vous êtes une jalouse. Ai-je jamais dit qu'elle m'était aussi utile que vous?

— Non. Elle n'était pas une *utilité*, elle était un *ornement* à montrer aux visiteurs ; elle faisait bonne figure au piano du salon.

— Alors vous ne pouvez me renseigner sur les antécédents de miss Graham ? » demanda Robert interrogeant de l'œil les deux femmes.

Il voyait clairement que miss Tonks avait porté envie à miss Graham, — et que sa rancune ne s'était pas calmée avec le temps.

« Si cette femme sait quelque chose de préjudiciable à lady Audley, elle me le dira, songeait-il; oui, elle me le dira d'elle-même. »

Mais miss Tonks ne paraissait pas savoir grand'chose. Elle avouait que miss Graham s'était posée plusieurs fois en victime, en disant qu'elle avait souffert par la faute d'autrui et qu'elle avait été réduite à la misère. Mais ces renseignements se bornaient là, et bien qu'elle les utilisât de son mieux, Robert s'a-

perçut promptement qu'il n'en retirerait pas grand'-
chose.

« Je n'ai plus qu'une question à vous faire, ajouta-t-
il. Miss Graham n'a-t-elle rien oublié chez vous lorsqu'elle a quitté votre établissement, un chiffon, une
parure, n'importe quoi ?

— Rien que je sache, dit mistress Vincent.

— Pardon, madame, s'écria miss Tonks, elle a laissé
un carton qui est en haut chez moi ; il renferme un de
mes vieux chapeaux. Voulez-vous le voir, monsieur ?

— Si cela ne vous dérange pas d'aller le chercher,
je le verrai avec plaisir.

— J'y cours ; il n'est pas bien gros. »

Avant que M. Audley l'eût remerciée, miss Tonks
était sortie de l'appartement.

« Comme les femmes sont sans pitié les unes pour
les autres, se disait Robert en l'abscence de l'institutrice. Miss Tonks devine très-bien que mes questions
cachent un danger quelconque. Elle flaire le malheur
qui menace son ancienne compagne, et elle m'aide de
tout son pouvoir. Qu'est-ce donc qu'un monde où les
femmes conduisent tout à notre place ? Helen Maldon,
lady Audley, Clara Talboys, et maintenant miss Tonks,
— rien que des femmes depuis le commencement jusqu'à la fin. »

Miss Tonks rentra pendant que Robert méditait sur
l'infamie de ses pareilles. Elle apportait un carton à
chapeau tout démantibulé, et elle le soumit à l'inspec-
tion de Robert.

M. Audley s'agenouilla pour examiner les imprimés
du chemin de fer et les adresses collées sur le carton.
Évidemment il avait couru les chemins de fer et longtemps voyagé, ce carton. Plusieurs adresses avaient
été déchirées, mais il en restait des fragments, et
sur un bout de papier jaune, Robert lut ces lettres :
TURI.

« Ce carton a été en Italie, pensa-t-il. Voilà les quatres premières lettres du mot Turin sur un imprimé étranger. »

La seule adresse qui n'avait pas été effacée ou déchirée était la dernière; elle portait le nom de miss Graham se rendant à Londres. En regardant attentivement cette adresse, Robert s'aperçut qu'elle était collée par-dessus une autre.

« Voulez-vous avoir l'obligeance de me faire apporter un peu d'eau et une éponge? dit-il à mistress Vincent. Je veux enlever l'adresse du dessus. Croyez bien que j'ai le droit d'agir de la sorte. »

Miss Tonks s'empressa d'aller chercher un verre d'eau et une éponge.

« Faut-il enlever l'adresse? dit-elle.

— Non, merci, répondit Robert froidement, je le ferai moi-même. »

Il mouilla soigneusement le papier pour décoller les bords, et après deux ou trois tentatives infructueuses, il réussit à l'enlever sans déchirer l'adresse du dessous.

Miss Tonks ne put parvenir à lire cette adresse par dessus l'épaule de Robert, malgré toute l'habileté qu'elle déploya dans ce but.

M. Audley recommença l'opération pour l'adresse inférieure, la détacha du carton, et la glissa soigneusement entre deux feuilles blanches de son portefeuille.

« Il est inutile que je vous dérange plus longtemps, mesdames, dit-il quand il eut fini. Je vous suis très-obligé des renseignements que vous m'avez fournis, et j'ai l'honneur de vous saluer. »

Mistress Vincent sourit, salua, et murmura quelques paroles polies sur le plaisir que lui avait procuré la visite de M. Audley. Miss Tonks, plus rusée, remarqua avec étonnement le changement visible qui s'était

opéré sur la figure du jeune homme depuis qu'il avait
détaché la dernière adresse.

Robert s'éloigna lentement d'Acacia Cottage.

« Si ce que j'ai trouvé aujourd'hui n'est pas une
preuve pour un jury, se dit-il, cela suffira certainement pour prouver à mon oncle qu'il a épousé une
femme rusée et méprisable. »

———

CHAPITRE III

En commençant par l'autre bout.

Robert Audley marchait lentement sous les arbres sans feuilles, et il songeait à la découverte qu'il venait de faire.

« Ce que j'ai dans ma poche, calculait-il, est l'anneau qui rattache la femme dont George Talboys a lu la mort dans le *Times* à celle qui est maintenant toute-puissante dans la maison de mon oncle. L'histoire de Lucy Graham finit brusquement au seuil de l'établissement de mistress Vincent. Elle est entrée chez la maîtresse de pension au mois d'août 1854. Mistress Vincent et miss Tonks n'ont pu me dire d'où elle venait, ni me fournir un seul renseignement sur les secrets de sa vie depuis le jour de sa naissance jusqu'au moment de son arrivée. Il m'est impossible d'aller plus loin dans cette recherche rétrospective des antécédents de milady; que faut-il donc que je fasse si je veux tenir la promesse que j'ai faite à Clara Talboys? »

Il fit quelques pas en agitant cette question dans son esprit. Les ombres du soir qui descendaient lentement sur sa figure ajoutaient encore à l'expression douloureuse de sa physionomie. Son cœur se serrait sous le poids du chagrin et de la crainte.

« Mon devoir est tout tracé, songeait-il, quoique pénible.... il n'en est pas moins clair, il me conduit fatalement à porter la ruine et la désolation chez ceux que j'aime. Il faut que je commence par l'autre bout.... oui, il faut que je découvre l'histoire d'Helen Talboys depuis le départ de George jusqu'au jour des funérailles dans le cimetière de Ventnor. »

M. Audley monta dans une voiture qui passait et se fit reconduire chez lui.

Il arriva à Fig-Tree Court assez à temps pour écrire quelques lignes à miss Talboys et mettre sa lettre à la poste de Saint-Martin-le-Grand avant qu'il fût six heures.

« Ce sera un jour de gagné, » se dit-il en se rendant à la Direction générale des Postes avec cette courte lettre.

Il avait écrit à Clara Talboys pour lui demander le nom du petit port de mer où George avait rencontré le capitaine Maldon et sa fille ; car, malgré l'intimité qui existait entre George Talboys et Robert, ce dernier savait à peine quelques détails insignifiants sur la vie qu'avait menée son ami depuis son mariage.

Depuis le moment où George Talboys avait lu dans le *Times* la nouvelle de la mort de sa femme, il avait évité toute allusion à l'histoire de son mariage, qui s'était terminée si brusquement, et à des souvenirs qui s'effaçaient devant une si terrible réalité.

Cette courte histoire renfermait trop de souffrances. George devait se reprocher sans cesse cet abandon qui avait dû paraître si cruel à celle qui attendait! Robert Audley avait surpris cela, et le silence de son ami ne l'avait pas étonné. Ils avaient tous deux évité ce sujet et Robert ignorait aussi complétement l'histoire de cette malheureuse année, dans la vie de son camarade de collége, que s'ils n'eussent jamais vécu en amis dans sa retraite du Temple.

La lettre écrite à miss Talboys, par son frère George, un mois après son mariage, était datée d'Harrowgate. C'était donc à Harrowgate, concluait Robert, que le jeune couple avait passé sa lune de miel.

Robert Audley priait Clara Talboys de répondre par le télégraphe, pour éviter un retard d'un jour dans l'accomplissement de la promesse qu'il avait faite.

La dépêche télégraphique parvint à Fig-Tree Court le lendemain avant midi.

Le nom du port de mer était Wildernsea, Yorkshire.

Une heure après la réception de ce message, M. Audley arriva à la station de King's-Cross et prit son billet pour Wildernsea. Le train express partait à deux heures moins un quart.

Il traversa, dans son voyage vers le nord, d'immenses plaines où se montrait çà et là quelque verdure. Cette route ne lui était pas familière, et ce paysage monotone l'attrista. Le but de son excursion, qu'il avait sans cesse présent à l'esprit, assombrissait tous les objets qui frappaient sa vue.

Il faisait nuit quand le train arriva au débarcadère de Hull; mais Robert Audley n'était pas au terme de sa course. On le conduisit à moitié endormi et en compagnie des facteurs chargés du bagage des voyageurs à un autre train qui devait l'amener à Wildernsea, en passant sur les bords de l'océan Germanique.

Une demi-heure après avoir quitté Hull, Robert sentit sur son visage la fraîcheur de la brise de la mer qui entrait par une portière ouverte, et au bout d'une heure le train s'arrêta à une station isolée bâtie au milieu d'un désert de sable et habité par deux ou trois employés dont l'un fit sonner à toute volée la cloche qui annonçait le train.

M. Audley fut le seul voyageur qui descendit à cette station. Le train continua sa marche vers d'autres coins de terre plus riants avant que l'avocat fût revenu à lui et eût ramassé son portemanteau, découvert avec peine au fond d'un wagon plein de bagages et éclairé par une seule lanterne.

« Est-ce que les colons de l'Amérique du Nord se trouvent aussi dépaysés que je le suis ce soir? » se demanda-t-il en essayant de voir clair dans les ténèbres.

Il appela un des facteurs et lui montra son portemanteau.

« Voulez-vous me porter cela à l'hôtel le plus voisin, lui dit-il, et pourrai-je y trouver un lit? »

Le facteur se mit à rire en soulevant le porte manteau.

« Vous aurez trente lits, si cela vous plaît, répondit-il. Les hôtels de Wildernsea chôment en cette saison. Par ici, monsieur. »

Le facteur ouvrit une porte, et Robert Audley se trouva sur une pelouse qui s'étendait tout autour d'un immense bâtiment dont deux fenêtres seulement étaient éclairées; et comme elles étaient très-loin l'une de l'autre, elles ressemblaient chacune à la lueur rouge d'un phare au milieu de la nuit.

« C'est ici l'hôtel Victoria, monsieur, lui dit le facteur. Vous ne sauriez croire combien de monde nous avons eu cet été. »

En voyant la pelouse privée de sa verdure, les kiosques en bois déserts et les sombres fenêtres de l'hôtel, il était en effet difficile de s'imaginer que la gaieté pût jamais régner en pareil endroit; mais Robert Audley écouta de bonne grâce ce qu'il plut au facteur de lui dire, et suivit tristement son guide vers une petite porte du grand hôtel. Par cette porte on entrait dans une salle confortable où les visiteurs peu fortunés trouvaient, en été, les rafraîchissements qu'ils désiraient prendre sans être exposés aux regards narquois des garçons en livrée qui se tenaient à l'entrée principale.

Les visiteurs n'étaient pas nombreux à cette époque de l'année, et ce fut le maître d'hôtel lui-même qui introduisit Robert dans un appartement encombré de tables et de fauteuils qu'il appela pompeusement le salon.

M. Audley s'assit à côté du feu et allongea ses jambes de chaque côté du foyer, tandis que le maître d'hôtel enfonçait son tisonnier dans un amas de charbon et en faisait jaillir une flamme réchauffante.

« Si vous préfériez un salon particulier, monsieur.... commença le maître d'hôtel.

— Non, merci, celui-ci me paraît suffisamment désert. Je vous serais obligé de me commander une côtelette de mouton et une pinte de sherry.

— Tout de suite, monsieur.

— Je vous serais encore plus obligé si vous vouliez m'accorder quelques instants de conversation avant de songer à mon dîner.

— Mais avec plaisir, monsieur; nous voyons si peu de monde en ce moment, que nous sommes bien aises de contenter les personnes qui nous arrivent. Désirez-vous des renseignements sur les environs de Wildernsea et les distractions qu'on y trouve, ajouta le maître d'hôtel, tirant de sa poche, sans y prendre garde, un petit guide de l'endroit qu'il vendait au comptoir.... Je serais très-heureux de....

— Ce ne sont pas les environs de Wildernsea qui m'intéressent, interrompit Robert, protestant faible-ment contre la volubilité du maître d'hôtel. Je veux vous adresser quelques questions sur des personnes qui ont vécu ici autrefois. »

Le maître d'hôtel s'inclina en souriant d'un air qui témoignait de toute sa bonne volonté à débiter la bio-graphie de tous les habitants du petit port de mer, si cela pouvait plaire à M. Audley.

« Depuis combien de temps habitez-vous ici? demanda Robert, sortant son agenda de sa poche. Cela vous ennuierait-il si je prenais des notes sur vos réponses?

— Pas le moins du monde, monsieur, reprit le maître d'hôtel enchanté de la tournure solennelle que Robert donnait à l'affaire. Notez les détails qui peuvent avoir quelque importance pour vous dans un temps à venir....

— C'est ce que je vais faire.... murmura Robert en interrompant ce flux de paroles. Merci.... Vous êtes ici depuis....

— Six ans, monsieur.

— Depuis 53.

— Depuis novembre 1852. J'étais à Hull avant cette époque. Cette maison n'était finie que depuis le mois d'octobre quand j'y entrai.

— Vous souvient-il d'un lieutenant de navire qui était, je crois, en demi-solde à cette époque.... il se nommait Maldon.

— Le capitaine Maldon, monsieur.

— Oui, on l'appelait d'habitude le capitaine Maldon.... Je vois que vous vous souvenez de lui.

— Oui, monsieur. C'était une de nos meilleures pratiques. Il passait toutes ses soirées dans le salon où nous sommes, quoique les murs fussent humides, car nous ne pûmes faire poser les tentures qu'une année après. Sa fille épousa un jeune officier qui vint ici avec son régiment vers Noël de 1852. Le mariage eut lieu à Wildernsea; ils passèrent un mois sur le continent et revinrent ensuite. Mais le mari partit pour l'Australie en laissant sa femme une semaine ou deux semaines après qu'elle fut devenue mère. L'affaire fit grand bruit dans Wildernsea, et mistress.... mistress.... j'ai oublié le nom.

— Mistress Talboys.

— C'est cela même, mistress Talboys. On plaignit beaucoup mistress Talboys dans Wildernsea, car elle était très-jolie et savait se faire aimer de tout le monde.

— Combien de temps M. Maldon et sa fille restèrent-ils à Wildernsea après le départ de M. Talboys? demanda Robert.

— Je ne sais.... voyons.... ma foi, je ne pourrais vous le dire au juste. Je sais que M. Maldon venait d'arriver ici et racontait à qui voulait l'entendre comment sa fille avait été traitée par un jeune homme en qui il avait toute confiance; mais j'ignore à quelle époque il quitta Wildernsea.... Mistress Barkamb vous le dirait certainement.

— Mistress Barkamb?

— Oui, mistress Barkamb, la propriétaire du n° 17, North Cottages, où habitaient M. Maldon et sa fille. C'est une femme très-polie, et je suis sûr qu'elle vous racontera tout ce que vous lui demanderez.

— Merci, j'irai voir mistress Barkamb demain.... Attendez.... encore une question. Reconnaîtriez-vous mistress Talboys, si vous la voyiez?

— Sans doute, monsieur, aussi bien qu'une de mes filles. »

Robert Audley inscrivit l'adresse de mistress Barkamb sur son agenda, mangea sa côtelette, but quelques verres de sherry, fuma un cigare, et se retira ensuite dans son appartement, où un bon feu avait été allumé.

Il s'endormit promptement : la fatigue des deux jours précédents était en dehors de ses habitudes. Mais son sommeil ne fut pas long. Il entendit le vent gémir sur la vaste étendue des sables du rivage et le clapotement monotone des vagues. Ces bruits étranges, joints aux pensées mélancoliques suggérées par un voyage désagréable, se transformèrent, en reparaissant sans cesse dans son cerveau alourdi, en visions d'objets fantastiques qui n'ont jamais existé ni pu exister sur la terre, et qui avaient cependant quelques vagues liaisons avec les événements réels dont se souvenait le dormeur.

Dans ces rêves pénibles, il vit le château d'Audley arraché aux verts pâturages et aux ombrages du comté d'Essex, transplanté sans tous ses accessoires sur cette plage déserte, et menacé par les vagues mugissantes qui semblaient prêtes à engloutir la maison qu'il aimait. A mesure que les vagues s'approchaient de plus en plus de la maison, le dormeur aperçut une figure pâle au milieu de l'écume argentée, et il reconnut milady, qui, transformée en sirène, attirait son oncle vers l'abîme. Au-delà des eaux, des nuages gigantesques plus noirs que l'encre et plus épais que les ténèbres apparaissaient aux yeux du rêveur; mais pendant qu'il regardait cet horizon étrange, ces nuages précurseurs de la tempête disparurent peu à peu, et un rayon de lumière vint danser sur les vagues hideuses qui se retirèrent lentement sans entraîner la maison loin du bord.

Robert s'éveilla avec le souvenir de ce rêve et éprouva une sensation de bien-être, car le poids immense qui oppressait sa poitrine venait d'être enlevé.

Il se rendormit ensuite et ne s'éveilla que lorsque le pâle soleil d'hiver pénétra dans sa chambre à travers les persiennes. La voix aiguë d'une servante vint retentir à sa porte en annonçant qu'il était huit heures et demie passées. A dix heures moins un quart il avait quitté l'hôtel Victoria et cheminait sur une plate-forme solitaire en face des maisons qui se dressaient sur le bord de la mer.

Ces maisons carrées s'étendaient jusqu'au petit port dans lequel deux ou trois vaisseaux marchands et des bateaux à charbon se trouvaient à l'ancre. Au delà du port se dessinaient les murs grisâtres d'une caserne séparée de Wildernsea par une crique et reliée par un pont en fer. L'habit rouge de la sentinelle qui se promenait entre deux canons postés aux angles du mur était le seul objet de couleur qui relevât la teinte grise des maisons et de la mer.

D'un côté du port, une longue jetée s'avançait dans la mer. On l'aurait crue bâtie pour quelque Timon moderne, trop misanthrope pour se contenter de la solitude de Wildernsea et désireux de s'éloigner plus encore de ses semblables.

C'était sur cette jetée que George Talboys avait rencontré sa femme pour la première fois pendant que le soleil charmait la vue et que la musique du régiment déchirait les oreilles. C'était là que le jeune cornette s'était laissé aller pour la première fois à cette douce illusion qui avait exercé sur sa vie une si fatale influence.

Robert contempla d'un air hargneux la ville solitaire et le port en miniature.

« Et dire, pensa-t-il, qu'un pareil endroit suffit pour conduire un homme vigoureux à sa ruine ! Il vient ici le cœur vide et heureux, et sans plus d'expérience de la femme qu'on ne peut en acquérir à une exposition de fleurs ou dans un bal. Il ne la connaît pas plus que les satellites des planètes les plus reculées ; il sait vaguement que c'est un bouton qui tourbillonne en robe bleu ou violette et une poupée gracieuse bonne à faire ressortir le talent d'une couturière. Il arrive ici ou dans quelque autre endroit du même genre, et l'univers se rétrécit tout à coup ; l'immensité du monde se condense en une centaine de mètres, et toute la création se renferme dans une boîte de carton. Les femmes belles et jeunes qu'il a vaguement entrevues dans le délire de son imagination sont là sous ses yeux, et avant qu'il ait le temps de revenir de son égarement, le charme a commencé, le cercle magique est tracé

autour de lui, les enchantements se préparent, toutes
les puissances de la sorcellerie sont en jeu, et la victime ne peut pas plus s'échapper que le prince aux
jambes de marbre dans le conte oriental. »

En ruminant de la sorte, Robert atteignit la maison
qui lui avait été désignée comme celle de mistress
Barkamb. Il fut introduit aussitôt par une servante
âgée et à figure sèche qui le fit entrer dans un salon
où se trouvait mistress Barkamb, bonne vieille de
soixante ans qui se chauffait au coin d'un maigre feu.
Un vieux terrier à poil noir et gris dormait sur ses
genoux. Tout dans l'appartement avait un air de vé-
tusté, d'ordre et de confortable annonçant le calme
extérieur.

« J'aimerais à vivre ici, se dit Robert, et à contempler la mer qui roule ses flots gris sous ce ciel calme
et sombre. J'aimerais à vivre ici pour prier et me repentir dans cette paisible retraite. »

Il s'assit dans un fauteuil en face de celui de mistress Barkamb sur l'invitation de cette dame, et posa
son chapeau par terre. Le terrier quitta les genoux de
sa maîtresse et aboya au chapeau pour témoigner
l'ennui qu'il lui causait.

« Je suppose, monsieur, que vous désirez louer un...
sois sage, Dash.... un des cottages, » dit mistress Barkamb, dont l'esprit n'allait pas au-delà d'un cercle
très-étroit et qui depuis vingt ans ne songeait qu'aux
locations.

Robert Audley expliqua le but de sa visite.

« Je viens vous faire une seule question, dit-il en
concluant. Je veux savoir la date précise où mistress
Talboys a quitté Wildernsea. Le propriétaire de l'hôtel
Victoria m'a conseillé de m'adresser à vous, qui pouvez seule me la fournir. »

Mistress Barkamb réfléchit quelques instants.

« Je puis vous donner la date du départ de M. Maldon, dit-elle, car il a quitté le n° 17 me devant beaucoup d'argent, et j'ai tout cela par écrit; quant à mistress Talboys... »

Mistress Barkamb s'arrêta un moment avant de continuer.

« Vous savez que mistress Talboys est partie précipitamment? demanda-t-elle.

— Je l'ignorais.

— Ah! oui, elle partit précipitamment, la pauvre petite femme ! Elle avait essayé de gagner sa vie, après la fuite de son mari, en donnant des leçons de musique; elle était bonne pianiste, et elle réussissait assez bien, mais je crois que son père lui prenait son argent et le dépensait au café? Quoi qu'il en soit, ils eurent un jour une explication sérieuse, et le lendemain, mistress Talboys quitta Wildernsea en laissant son enfant qui était en nourrice dans les environs.

— Et vous ne sauriez me dire la date de son départ?

— Je crains bien que non.... Cependant, attendez. Le capitaine Maldon m'écrivit le jour même du départ de sa fille. Il avait du chagrin, le pauvre homme, et il venait toujours à moi quand il était triste. Si je trouvais sa lettre.... elle est peut-être datée... Pensez-vous qu'elle le soit? »

M. Audley répondit que c'était probable.

Mistress Barkamb se dirigea vers un secrétaire à côté de la fenêtre, et l'ouvrit après avoir enlevé la serge verte qui le couvrait. Ce secrétaire était bourré de papiers qui s'échappaient en tout sens des casiers. Des lettres, des reçus, des notes, des inventaires étaient entassés pêle-mêle, et ce fut parmi ces documents que mistress Barkamb tenta de retrouver la lettre du capitaine Maldon.

M. Audley attendit patiemment en suivant de l'œil les nuages grisâtres qui couraient dans le ciel et les navires qui sillonnaient la mer.

Après dix minutes de recherche et un grand bouleversement dans tous ses papiers, mistress Barkamb poussa un cri de triomphe.

« J'ai la lettre, dit-elle, et elle renferme un billet de mistress Talboys. »

La figure pâle de Robert Audley se colora d'une vive rougeur pendant qu'il tendait la main pour recevoir ce document.

« La personne qui a volé chez moi les lettres d'amour d'Helen Maldon dans la malle de George, aurait pu s'épargner cette peine, » songea-t-il.

La lettre du vieux lieutenant n'était pas longue, mais presque tous les mots en étaient soulignés.

« Ma généreuse amie — écrivait le capitaine,

« Je suis *au désespoir*. Ma fille m'a *quitté*. Vous devez *vous imaginer ma douleur*. Nous avons eu quelques mots hier soir à propos d'argent. Cette maudite question d'argent a toujours amené des *désagréments* entre nous.... et ce matin, en me levant, je me suis vu *abandonné*. Le billet d'Helen ci-inclus m'attendait sur la table du salon.

« A vous dans *ma douleur et mon désespoir*,

« HENRI MALDON.

« North Cottages, 16 août 1854. »

Le billet de mistress Talboys était encore plus concis. Il commençait ainsi sans préambule :

« Je suis fatiguée de la vie que je mène ici, et je veux, si je peux, en trouver une plus agréable. Je vais courir le monde après avoir brisé tous les liens qui me rattachent à un passé odieux, et j'espère me faire une autre famille et une autre position. Pardonnez moi mes caprices, mes bouderies. Vous devez me pardonner, car vous savez *pourquoi* j'ai agi de la sorte. Vous connaissez le *secret* qui explique ma vie.

« HELEN TALBOYS. »

Ces lignes avaient été écrites par une main que Robert connaissait trop bien.

Il réfléchit pendant longtemps à la lettre d'Helen Talboys.

Que signifiaient ces deux dernières phrases : — « Vous devez me pardonner, parce que vous savez *pourquoi* j'ai agi de la sorte. Vous connaissez le *secret* qui explique ma vie. »

Il mit son cerveau à la torture pour trouver un sens à ces deux phrases. Il ne se rappelait rien, il n'imaginait rien qui pût lui en donner l'explication. Le départ d'Helen, d'après la lettre du capitaine Maldon, datait du 16 août 1854. Miss Tonks avait déclaré que Lucy Graham était entrée à Crescent Villas le 17 ou le 18 août de la même année. Entre la fuite d'Helen Talboys de chez son père et l'arrivée de Lucy Graham à l'école de Brompton, il ne s'était pas écoulé plus de quarante-huit heures. C'était un anneau bien petit dans la chaîne de l'évidence, mais c'était pourtant un anneau et qui tenait convenablement sa place.

« M. Maldon reçut-il des nouvelles de sa fille après qu'elle eut quitté Wildernsea? demanda Robert.

— Je crois que oui, répondit mistress Barkamb, mais je ne vis plus guère le vieux capitaine à partir de ce mois d'août. Je fus obligée de faire saisir ses effets en novembre, le pauvre diable, car il me devait le loyer de quinze mois, et ce ne fut que de cette manière que je parvins à le déloger de chez moi. Nous nous séparâmes en bons amis malgré cette petite exécution, et le capitaine se rendit à Londres avec l'enfant, qui avait tout au plus un an. »

4

Mistress Barkamb n'avait plus rien à dire, et Robert plus rien à demander. Il obtint la permission de garder les deux lettres, et quitta la maison en les emportant dans son portefeuille.

Il revint tout droit à l'hôtel juste à l'heure du déjeuner. Un express pour Londres partait à une heure un quart. Robert envoya son portemanteau à la station, paya sa note et se promena sur la plate-forme en face de la mer en attendant le départ du train.

« J'ai découvert l'histoire de Lucy Graham et d'Helen Talboys autant que faire se pouvait, pensait-il ; il me reste maintenant à découvrir celle de la femme qui est enterrée dans le cimetière de Ventnor. »

CHAPITRE IV

Caché dans la tombe.

A son retour de Wildernsea, Robert Audley trouva chez lui une lettre de sa cousine Alicia.

« Papa va beaucoup mieux, écrivait la jeune fille, e il désire vous voir au château. Pour un motif que je ne m'explique pas, ma belle-mère s'est mis en tête que votre présence était nécessaire ici, et me fatigue de ses questions frivoles sur tous vos mouvements. Venez donc sans retard pour faire cesser ces inquiétudes. Votre cousine affectionnée,

« A. A. »

« Ainsi donc, mes mouvements préoccupent milady, se dit Robert en réfléchissant, la pipe à la bouche, au coin de son feu. Elle est inquiète et questionne sa belle-fille avec ses jolies manières enfantines qui ont une charmante apparence d'innocente frivolité. Pauvre petite femme, pauvre pécheresse à la chevelure dorée, la lutte entre nous me semble terriblement inégale. Pourquoi ne fuit-elle pas lorsqu'il en est temps encore ? Je l'ai pourtant bien avertie. Je lui ai montré les cartes de mon jeu et j'ai joué à découvert avec elle. Pourquoi ne s'en va-t-elle pas ? »

Il se répéta cette question à plusieurs reprises en fumant son meerschaum et s'entourant de la fumée bleuâtre de sa pipe, jusqu'à ce qu'il eût l'air de quelque magicien moderne au milieu de son laboratoire.

« Pourquoi ne fuit-elle pas ?... Sur cette maison moins que sur toute autre, je ne voudrais pour rien au monde attirer la foudre. Je veux seulement remplir mes devoirs envers mon ami disparu et envers cet homme brave et généreux qui a donné sa confiance à cette femme indigne. Le ciel m'est témoin que je ne désire pas le châtiment. Je ne suis pas né pour être un redresseur de torts et le persécuteur des méchants. Je ne demande qu'à remplir mon devoir. Je l'avertirai une fois encore, ouvertement et en termes précis, et puis... »

Ses pensées s'envolèrent vers ce sombre avenir où pas un rayon de lumière ne brillait au sein des ténèbres qui l'entouraient de toutes parts, et où l'espérance ne pouvait pénétrer. Il serait à tout jamais hanté par la vision des angoisses de son oncle, à tout jamais torturé par l'idée de cette ruine et de cette désolation qui, sans être occasionnées par lui, sembleraient être son œuvre. Mais la main de Clara Talboys était là menaçante, et d'un geste impérieux elle l'attirait vers la tombe inconnue de son frère.

« Irai-je à Southampton, se demanda-t-il, essayer d'apprendre l'histoire de la femme qui est morte à Ventnor ? Agirai-je par ruse en corrompant les misérables qui ont participé au crime, jusqu'à ce que je trouve le fil qui me guidera vers celle qui l'a préparé ? Non ! pas avant d'avoir cherché la vérité à l'aide d'autres moyens. Irai-je voir ce misérable vieillard et l'accuser d'avoir trempé dans le complot dont mon ami a sans doute été la victime ? Non ! je ne veux plus le torturer comme je l'ai fait il y a quelques semaines. Je m'adresserai à la directrice du complot, et je lui arracherai ce beau voile sous lequel elle cache sa laideur morale. Elle sera forcée de me livrer le secret du sort de mon ami, et je la chasserai pour toujours de cette maison qu'elle a souillée par sa présence. »

Il partit le lendemain de bonne heure pour le comté d'Essex et arriva à Audley avant onze heures.

Bien qu'il fût matin, milady était déjà sortie. Elle était allée à Chelmsford faire des emplettes avec sa belle-fille. Elle avait plusieurs visites à faire dans les environs de la ville et ne reviendrait que vers l'heure du dîner. La santé de sir Michaël s'était améliorée et il descendrait dans l'après-midi. M. Robert pouvait le voir dans sa chambre si cela lui plaisait.

Non; Robert ne se souciait pas de rencontrer ce généreux parent. Qu'aurait-il à lui dire? Comment lui adoucir les souffrances qui allaient l'atteindre?... comment diminuer la force du coup qui allait briser ce cœur noble et confiant?

« Si je pouvais lui pardonner ses torts envers mon ami, se disait Robert, je la détesterais encore pour la douleur que son crime va causer à l'homme qui a eu confiance en elle. »

Il dit au domestique de son oncle qu'il allait faire un tour dans le village et qu'il reviendrait à l'heure du dîner. Il s'éloigna lentement du château et se promena sans but dans les prairies qui séparaient l'habitation de son oncle du village. Les noirs soucis qui troublaient sa vie se lisaient sur sa figure.

« Je vais entrer dans le cimetière, se dit-il, et contempler les pierres tumulaires. Rien ne peut me rendre plus triste que je le suis. »

Il se trouvait dans ces mêmes prairies qu'il avait traversées en courant à la station, dans cette journée de septembre où George Talboys avait disparu. Il regarda le sentier qu'il avait suivi ce jour-là, il se souvint de la rapidité de sa course et du vague sentiment de terreur qui s'était emparé de lui en ne retrouvant pas son ami.

« D'où provenait cette terreur? pensait-il. Pourquoi ai-je vu du mystère dans la disparition de George? Était-ce pressentiment ou monomanie! Si je me trompais, après tout? si toutes ces preuves que j'amasse une à une ne provenaient que de ma folie? si cet édifice d'horreur et de soupçons n'était qu'un assemblage de bizarreries suggérées par l'hypocondrie? M. Harcourt Talboys ne trouve aucune signification à tous ces événements qui ont enfanté pour moi un affreux mystère. Je lui ai montré un à un les anneaux de ma chaîne, et il a refusé de reconnaître qu'ils s'agençaient parfaitement. O mon Dieu, si c'était moi le seul coupable! si... — il sourit avec amertume et secoua la tête. J'ai en poche, continua-t-il, un écrit qui sert de preuve irrécusable... il ne me reste qu'à explorer le côté le plus sombre du secret de milady. »

Il évita le village et suivit le chemin de la prairie. L'église se trouvait un peu en arrière de la rue principale, et par une porte en bois grossièrement façonnée on débouchait du cimetière sur un grand pré que bordait un ruisseau d'eau vive et qui descendait en pente douce dans un vallon où venaient paître de préférence les troupeaux du voisinage.

Robert gravit à pas lents le sentier du pré qui menait à la porte du cimetière. Le calme de cet endroit était en harmonie avec sa tristesse. Un vieillard qui cheminait péniblement vers une barrière à l'autre bout du pré fut le seul être humain que le jeune avocat aperçut. La fumée qui s'échappait des cheminées des maisons éparpillées le long de la grande rue était la seule preuve visible de la présence de ses semblables autour de lui, et sans le mouvement des aiguilles de la vieille horloge de l'église, il aurait pu croire que le temps avait cessé de marcher pour le village d'Audley.

Pendant que Robert ouvrait la porte du cimetière et entrait dans le petit enclos, il entendit tout à coup le son d'un orgue qui arrivait jusqu'à lui par une fenêtre entr'ouverte dans la nef du bâtiment.

Il s'arrêta et écouta l'harmonie d'une mélodie rêveuse qui ressemblait à une improvisation de quelque pianiste accompli.

« Qui aurait jamais cru qu'Audley possédât un orgue pareil? pensa Robert. La dernière fois que je suis venu ici, le maître d'école qui acccompagnait le chant des enfants ne m'avait pas fait soupçonner que cet instrument fût si bon. »

Il demeura immobile auprès de la porte, ne voulant pas rompre le charme opéré en lui par la monotone mélancolie du jeu de l'organiste. La voix de l'instrument, tantôt pleine comme le mugissement de la tempête, tantôt faible et douce comme le souffle de la brise, avait sur lui une influence qui calmait sa douleur.

Il ferma doucement la porte et traversa le chemin caillouté qui s'étendait devant la porte de l'église. Cette porte avait été laissée entr'ouverte par l'organiste peut-être. Robert l'ouvrit entièrement, entra sous le porche carré d'où partait un escalier en pierre qui menait à l'orgue et au beffroi. M. Audley ôta son chapeau et ouvrit la porte de communication entre l'intérieur de l'église et le porche. Il marcha doucement dans le saint lieu en se dirigeant vers la grille de l'autel, et quand il fut arrivé là, il examina l'église en tout sens. La petite galerie où se trouvait l'orgue était en face de lui, mais les rideaux verts qui masquaient l'instrument étaient tirés, et il ne put voir l'exécutant.

La musique continuait toujours. L'organiste venait de se lancer dans une mélodie de Mendelssohn dont la tristesse allait au cœur de Robert. Il visita les coins et recoins de l'église et contempla les reliques des morts presque complétement oubliés en écoutant cette musique.

« Si mon pauvre ami George Talboys était mort dans mes bras, et que je l'eusse enseveli dans cette église à l'écart de tous les bruits du monde et sous une des voûtes que je foule aux pieds, que de tourments et d'hésitations je me fusse épargnés ! pensait Robert en déchiffrant les inscriptions à moitié effacées des tablettes de marbre sans couleur. Sa destinée m'aurait été connue, j'aurais su où il reposait. Ah ! c'est cette misérable incertitude et les horribles soupçons qu'elle fait naître qui empoisonnent ma vie. »

Il regarda sa montre.

« Une heure et demie, murmura-t-il. Il faudra que j'attende quatre ou cinq mortelles heures avant que milady soit de retour de ses visites... Ses visites du matin... ses jolies visites de cérémonie et d'amitié ! Grand Dieu, quelle comédienne que cette femme ! Quelle habile trompeuse ! Elle connaît toutes les roueries du mensonge. Mais elle ne jouera pas plus longtemps la comédie sous le toit de mon oncle. J'ai assez parlementé. Elle a dédaigné un avertissement indirect. Ce soir, je parlerai clairement. »

La musique cessa, et Robert entendit fermer l'instrument.

« Il faut que je voie le nouvel organiste qui vient enterrer son talent à Audley et jouer les plus belles fugues de Mendelssohn à raison de quinze ou seize livres par an. »

Il se planta au milieu du porche, attendant que l'organiste eût descendu l'escalier tortueux. Dans sa situation d'esprit et avec la perspective de s'ennuyer pendant plusieurs heures, Robert était bien aise de trouver une distraction, quelque futile qu'elle fût. Il se laissa donc aller librement à sa curiosité au sujet du nouvel organiste.

La première personne qui parut sur les marches inégales de l'escalier fut un enfant en habit de futaine qui faisait grand bruit avec ses souliers ferrés et avait la figure encore toute rouge de la fatigue que lui avait valu le soin de gonfler le soufflet du vieil orgue. Derrière cet enfant venait une jeune femme vêtue très-simplement d'une robe de soie noire et d'un grand châle gris. A la vue de Robert Audley, elle tressaillit et devint pâle.

Cette jeune femme était Clara Talboys.

C'était justement la seule personne au monde que Robert ne comptât pas voir. Elle lui avait dit qu'elle allait rendre visite à quelques amis qui habitaient le comté d'Essex, mais le comté était grand et le village d'Audley un des plus reculés et des moins fréquentés. L'idée que la sœur de son ami perdu se trouvait là..., qu'elle pouvait surveiller tous ses mouvements et en arriver à savoir ce qui le préoccupait, fut pour lui une difficulté nouvelle à laquelle il ne s'attendait guère. Cette complication lui remit en mémoire ce moment où, convaincu de son impuissance, il s'était écrié :

« Une main plus forte que la mienne me fait signe d'avancer sur la sombre route qui mène à la tombe ignorée de mon ami. »

Clara Talboys fut la première à parler.

« Vous êtes surpris de me voir ici, monsieur Audley ? dit-elle.

— Très-surpris, en effet.

— Je vous ai dit que j'allais dans le comté d'Essex. Je suis partie avant-hier, quelques instants après l'arrivée de votre dépêche télégraphique. L'amie avec laquelle je demeure est mistress Martyn, la femme du nouveau recteur de Mount Stanning. Je suis descendue ce matin pour voir l'église et le village, et comme mistress Martyn avait à visiter l'école avec le curé et sa femme, je me suis arrêtée ici à essayer l'orgue. J'i-

gnorais, avant de venir ici, qu'il y eût un village port
tant le nom d'Audley. Je suppose que ce nom lui vien-
de votre famille.

— Je crois que oui, répondit Robert émerveillé du
calme de la jeune fille en face de son embarras. Je
me rappelle vaguement avoir entendu conter l'histoire de quelque ancêtre qui se nommait Audley
d'Audley, sous le règne d'Édouard IV. La tombe qui
se trouve dans le chœur appartient à l'un des chevaliers d'Audley; mais je n'ai jamais pris la peine de
m'informer de ses exploits. Est-ce que vous attendez
vos amis ici, miss Talboys?

— Oui, ils reviendront ici me prendre après leur
tournée.

— Et vous retournez avec eux à Mount Stanning
cette après-dînée?

— Oui. »

Robert tenait son chapeau à la main et regardait,
sans les voir, les pierres tumulaires rangées contre le
mur très-peu élevé du cimetière. Clara Talboys regarda sa figure pâle et contractée par la tension continuelle de son esprit.

« Vous avez été malade depuis que je ne vous ai
vu, monsieur Audley? dit-elle d'une voix douce et
harmonieuse comme l'orgue sous ses doigts.

— Non; seulement j'ai été vivement préoccupé par
des doutes, des incertitudes fatigantes. »

Il songeait en lui parlant :

« Jusqu'où vont ses suppositions? Où s'arrêtent ses
soupçons? »

Il lui avait raconté l'histoire de la disparition de
George et ses soupçons à lui, en ne supprimant que
les noms des personnes impliquées dans le mystère;
peut-être que cette jeune fille voyait clair dans toute
cette trame, et gardait pour elle ce qu'il n'avait pas
jugé à propos de lui dire.

Les yeux pensifs de Clara Talboys étaient fixés sur lui, et il comprenait qu'elle cherchait à pénétrer ses plus secrètes pensées.

« Que suis-je dans ses mains ? se dit-il. Que suis-je pour cette femme qui a la physionomie de mon ami perdu et les manières de Pallas Athéné ? Elle voit toutes mes hésitations, elle scrute une à une toutes mes pensées à l'aide du charme magique de ses grands yeux bruns. Le combat ne peut être égal entre nous, et je ne serai jamais vainqueur en luttant contre sa beauté et sa pénétration. »

M. Audley se préparait, en toussant légèrement, à dire adieu à sa belle compagne et à fuir sa présence, qu'il redoutait, en regagnant la prairie solitaire, lorsque Clara Talboys l'arrêta pour lui parler précisément de ce qu'il voulait éviter le plus.

« Vous m'avez promis de m'écrire, monsieur Audley, si vous découvriez quelque chose qui pût éclairer le mystère de la disparition de mon frère. Vous ne m'avez pas écrit. Je suppose donc que vous n'avez rien découvert. »

Robert Audley resta un moment silencieux. Comment répondre à cette question directe ?

« La chaîne qui unit la destinée de votre frère à la personne que je soupçonne se compose d'anneaux bien légers, répondit-il après une pause. Je crois que j'ai ajouté un autre anneau à cette chaîne depuis que je vous ai vue dans le Dorsetschire.

— Et vous refusez de me faire part de votre découverte ?

— Tant que je n'en saurai pas plus long.

— J'ai supposé, d'après votre dépêche, que vous vous étiez rendu à Wildernsea.

— C'est vrai.

— Ah ! serait-ce là que vous avez trouvé quelque chose ?

— Oui. Vous devez vous rappeler, miss Talboys, que tous mes soupçons reposent sur le fait de l'identité de deux personnes qui n'ont aucun rapport apparent. C'est l'identité d'une personne qui passe pour morte avec une autre qui est vivante. Le complot dont votre frère a, je crois, été la victime n'a pas d'autre raison d'être. Si sa femme, Helen Talboys, mourut quand les journaux ont annoncé sa mort... si la femme qui repose sous la pierre du cimetière de Ventnor est réellement celle dont le nom est gravé sur cette pierre... je ne suis sur la voie d'aucune découverte. Je vais tenter d'en avoir le cœur net prochainement. Je suis à même d'agir avec beaucoup d'audace, et j'arriverai sans doute à connaître la vérité. »

Il parlait à voix basse et d'un ton solennel qui laissait percer son émotion. Miss Talboys lui tendit sa main dégantée et la plaça dans la sienne. Le contact de cette main froide et fine le fit tressaillir des pieds à la tête.

« Vous ne voudrez pas que la mort de mon frère reste à tout jamais un mystère, monsieur Audley, dit-elle tranquillement. Je sais que vous ferez votre devoir envers votre ami. »

La femme du recteur et ses deux compagnons entrèrent en ce moment dans le cimetière. Robert Audley serra la main qui touchait la sienne, et la porta à ses lèvres.

« Je suis un être indolent et bon à peu de chose, miss Talboys; mais si je pouvais ramener votre frère George à la vie et au bonheur, je me préoccuperais fort peu du sacrifice de mes sentiments. Je crains malheureusement d'arriver seulement à savoir ce qu'il est devenu, et pour cela faire, il me faudra sacrifier ce que j'ai de plus cher au monde. »

Il mit son chapeau et disparut par la porte de la prairie, à l'instant où mistress Martyn apparaissait sous le porche.

« Quel est ce beau jeune homme que j'ai surpris en
tête-à-tête avec vous, Clara? lui demanda-t-elle en
riant.

— C'est M. Audley, un ami de mon pauvre frère.

— Ah! c'est sans doute quelque parent de sir Michaël Audley?

— Sir Michaël Audley?

— Mais oui, ma chère, le personnage le plus important de la paroisse. Nous irons le voir dans quelques jours, et je vous présenterai au baronnet et à sa
charmante femme, qui est toute jeune.

— Toute jeune! répéta Clara Talboys, regardant
son amie d'un air sérieux. Est-ce que sir Michaël est
marié depuis peu?

— Oui. Il est resté veuf pendant seize ans, et a
épousé, l'année dernière, une institutrice qui n'avait
pas un sou vaillant. C'est tout à fait romanesque, et
lady Audley est regardée comme la belle des belles
du comté. Mais nous nous attardons, Clara; venez
donc. Le cheval est fatigué d'attendre, et nous avons
une longue course à faire avant dîner. »

Clara Talboys prit place dans le petit char à bancs
qui attendait à la porte du cimetière, sous la garde de
l'enfant à l'habit de futaine qui avait soufflé l'orgue.
Mistress Martyn s'empara des rênes, et le vigoureux
cheval partit au grand trot dans la direction de Mount
Stanning.

« Racontez-moi ce que vous savez de cette lady Audley, Fanny, dit miss Talboys après une longue pause.
J'ai besoin de savoir tout ce qui la concerne. Connaissez-vous son nom de jeune fille?

— Oui, elle se nommait miss Graham.

— Et est-elle très-jolie?

— Oh! très-jolie. Pourtant c'est une beauté enfantine. Elle a de grands yeux bleus très-clairs et des
cheveux d'un blond cendré qui bouclent naturelle-

ment, et retombent gracieusement sur ses épaules. »

Clara Talboys gardait le silence. Elle n'adressa plus d'autres questions au sujet de milady.

Elle songeait à un passage d'une lettre que George avait écrite pendant sa lune de miel, — passage dans lequel il disait : « Ma petite femme, qui n'est qu'une enfant, regarde par-dessus mon épaule pendant que j'écris ceci. Ah ! combien je voudrais que tu la visses, Clara ; ses yeux sont bleus et clairs comme le ciel par un beau jour d'été, et ses cheveux, qui retombent autour de sa figure, entourent sa tête d'une pâle auréole semblable à celle de la madone dans les tableaux italiens. »

CHAPITRE V

Dans l'allée des tilleuls.

Robert Audley se promenait sur la vaste pelouse située devant le château d'Audley, au moment où la voiture ramenant milady et Alicia passa sous l'arche et vint s'arrêter à la porte basse de la tour. M. Audley eut le temps d'accourir pour aider les dames à descendre.

Milady était fort jolie avec son élégant chapeau bleu et les fourrures que son neveu avait achetées pour elle à Saint-Pétersbourg. Elle parut très-contente de voir Robert, et lui adressa un sourire charmant en lui tendant sa petite main gantée.

« Ainsi vous êtes de retour, déserteur, lui dit-elle en riant. Eh bien, maintenant que nous vous tenons, nous vous garderons prisonnier. N'est-ce pas, Alicia, qu'il n'aura pas de sitôt la clef des champs ? »

Miss Audley fit un mouvement de tête plein de dédain, et ce mouvement agita les boucles épaisses de ses cheveux sous son chapeau d'amazone.

« Je n'ai rien à démêler avec les actions d'un être aussi fantasque, dit-elle ; puisque Robert Audley s'est mis en tête de se conduire comme les héros des ballades allemandes qui sont possédés du démon, je renonce à le comprendre. »

M. Audley regarda sa cousine avec un air moitié sérieux, moitié comique.

« C'est une charmante jeune fille, pensa-t-il, mais elle m'ennuie. Sans que je sache pourquoi, elle m'ennuie chaque jour davantage. »

Il tordit sa moustache en cherchant la solution de ce problème, et pendant un instant son esprit oublia le grand but de sa vie pour s'occuper de ce sujet moins important.

« Oui, elle est aimable, elle a bon cœur, elle a d'excellentes qualités, et pourtant.... »

Il se perdit dans un océan de doutes et de perplexités. Il y avait en lui quelque chose qu'il ne pouvait comprendre, quelque changement survenu en lui qui ne tenait pas à la disparition de George qui l'inquiétait et le déroutait.

« Voudriez-vous nous dire où vous avez passé vos deux dernières journées, monsieur Audley? » demanda milady pendant qu'elle attendait avec sa belle-fille que Robert s'écartât du seuil pour leur livrer passage.

Le jeune homme tressaillit à cette question, et regarda aussitôt milady. Quelque chose dans l'aspect de cette beauté brillante, quelque chose dans son expression enfantine semblait le frapper au cœur et le faire pâlir pendant qu'il la contemplait.

« J'ai été dans.... le Yorkshire, au petit port de mer qu'habitait à l'époque de son mariage mon pauvre ami George Talboys. »

La figure de milady changea de couleur à ces mots. Elle essaya de sourire et tenta de forcer le passage gardé par le neveu de son mari sans avoir l'air d'entendre.

« Il faut que je m'habille pour dîner, dit-elle, je

dois me rendre à une invitation; laissez-moi entrer, monsieur Audley.

— Accordez-moi une demi-heure d'entretien, répondit Robert à voix basse, je ne suis venu ici que pour vous parler.

— Sur quoi? » demanda milady.

Elle était remise de l'émotion violente qu'elle venait, quelques instants avant, d'éprouver, et ce fut d'un ton naturel qu'elle fit cette question. Sa figure exprimait plutôt la curiosité et l'étonnement d'une enfant qui cherche à deviner que la sérieuse surprise d'une femme.

« Que pouvez-vous avoir à me dire, monsieur Audley?

— Je m'expliquerai quand nous serons seuls, » répondit Robert, jetant un regard sur sa cousine qui se tenait un peu en arrière et surveillait ce petit dialogue confidentiel.

« Il est amoureux de la beauté de cire de ma belle-mère, pensa Alicia, et c'est pour l'amour d'elle qu'il a perdu l'esprit. Il a précisément tout ce qu'il faut pour devenir amoureux de sa tante. »

Miss Audley se dirigea vers la pelouse en tournant le dos à son cousin et à milady.

« Le malheureux est devenu aussi blanc qu'une feuille de papier quand il l'a vue, se dit-elle. Il est donc enfin amoureux. Ce morceau de glace qu'il appelle son cœur a donc battu une fois dans un quart de siècle. Il paraît qu'il lui faut une poupée aux yeux bleus pour le mettre en mouvement. Il y a longtemps que j'aurais renoncé à lui si j'avais su que son idéal de beauté pouvait se rencontrer dans un magasin de jouets d'enfants. »

La pauvre Alicia traversa la pelouse et disparut du côté opposé du quadrilatère, où se trouvait une porte gothique qui communiquait avec les écuries. J'avoue

avec douleur que la fille de sir Michaël Audley alla
chercher des consolations auprès de son chien César,
et de sa jument brune *Atalante,* qui recevait chaque
jour les visites de sa maîtresse.

« Voulez vous venir dans l'allée des tilleuls, lady
Audley? dit Robert quand sa cousine eut quitté le
jardin. Je désire vous parler sans crainte d'être dérangé, et je ne pense pas qu'il y ait d'endroit plus
convenable que celui-là. Voulez-vous me suivre?

— Comme il vous plaira, » répondit milady.

Robert s'aperçut qu'elle tremblait et qu'elle regardait de tous côtés comme quelqu'un qui cherche à s'é-
chapper.

« Vous avez le frisson, lady Audley? dit-il.

— Oui, j'ai froid. J'aimerais tout autant remettre cet
entretien à un autre jour. Demain, si vous voulez. Je
dois m'habiller pour dîner et voir sir Michaël que j'ai
quitté ce matin à dix heures. Remettez cela à demain,
voulez-vous? »

Le ton de milady était péniblement plaintif. Le cœur
de Robert en fut ému de pitié. D'horribles images
s'offrirent à son esprit en regardant cette tête jeune
et belle, et en songeant à la tâche qu'il devait accomplir.

« Il faut que je vous parle, lady Audley. Si je suis
cruel, c'est vous qui en êtes cause. Vous auriez pu
éviter ce désagrément, ne plus me revoir, je vous avais
avertie. Vous avez préféré me défier, et c'est votre
faute si je suis sans pitié. Venez, je vous répète qu'il
faut que je vous parle. »

La détermination froide qui perçait dans ces paroles
fit taire les objections de milady. Elle le suivit sans
mot dire à une petite porte en fer qui communiquait
avec le long jardin derrière la maison où se trouvait
un petit pont rustique par lequel on arrivait à l'allée
des tilleuls, de l'autre côté de la mare.

Le crépuscule d'hiver, qui vient de si bonne heure, commençait à tout envahir, et les branches des arbres, qui s'enchevêtraient, se dessinaient en noir sur le ciel gris et froid. L'allée des tilleuls vue à pareille heure ressemblait à un cloître.

« Pourquoi m'amenez-vous dans cet endroit où j'ai peur? dit milady d'un ton boudeur. Vous savez bien que je suis nerveuse.

— Vraiment, vous êtes nerveuse, milady?

— Oh! affreusement. Je suis une vraie fortune pour le pauvre M. Dawson. Il passe sa vie à m'expédier du camphre, des sels volatils, de la lavande rouge et toute espèce de drogues abominables qui ne me guérissent pas.

— Vous souvient-il de ce que Macbeth dit à son médecin, milady? demanda Robert d'une voix grave. M. Dawson a beau être plus habile que le médecin écossais, il ne peut rien contre un esprit troublé.

— Qui vous a dit que mon esprit était troublé?

— C'est moi qui le dis. Vous m'avouez que vous êtes nerveuse et que tous les remèdes ne vous font aucun effet. Laissez-moi être votre médecin, lady Audley; je déracinerai le mal. Le ciel m'est témoin que je ne suis pas impitoyable. Je vous épargnerai autant qu'il sera en mon pouvoir; mais il faut que justice soit faite aux autres.... il faut que justice soit faite. Voulez-vous que je vous dise pourquoi vous êtes nerveuse dans cette maison, milady?

— Si vous pouvez, répliqua-t-elle avec un petit éclat de rire.

— Parce que pour vous cette maison est hantée.

— Hantée!

— Oui, hantée par l'esprit de George Talboys. »

Robert Audley entendit la respiration précipitée de milady; il lui sembla même qu'il entendait les battements rapides de son cœur pendant qu'elle frissonnait à côté de lui et qu'elle ramenait avec soin autour d'elle son manteau de fourrures.

« Que voulez-vous dire? s'écria-t-elle tout à coup après quelques instants de réflexion. Pourquoi me tourmentez-vous au sujet de ce George Talboys qui a eu par hasard l'idée de vous fuir pendant quelques mois? Etes-vous fou, monsieur Audley, et me choisissez-vous pour victime de votre monomanie? Qu'est-ce donc pour moi que ce George Talboys pour que vous me poursuiviez de son nom?

— Vous était-il complétement étranger, milady?

— Sans doute! Que vouliez-vous qu'il fût pour moi d'autre qu'un étranger?

— Dois-je vous raconter l'histoire de la disparition de mon ami telle que je l'ai lue, milady, demanda Robert?

— Non. Je ne veux rien savoir de votre ami. S'il est mort, j'en suis fâchée; s'il vit, je ne veux ni le voir ni entendre parler de lui. Laissez-moi aller voir mon mari, monsieur Audley; je ne crois pas que vous ayez l'intention de me faire mourir de froid ici.

— J'ai l'intention de vous retenir jusqu'à ce que j'aie tout dit, lady Audley, répondit résolûment Robert; je ne prendrai que le temps nécessaire. Quand j'aurai parlé, vous saurez ce que vous avez à faire.

— Très-bien, alors; ne perdez pas de temps pour dire ce que vous avez à me dire, reprit milady avec insouciance. Je vous écoute patiemment.

— Lorsque mon ami George Talboys revint en Angleterre, commença gravement Robert, la pensée qui le préoccupait le plus était celle de sa femme.

— Qu'il avait abandonnée, dit milady avec vivacité. Je crois, du moins ajouta-t-elle après réflexion, que vous nous avez dit quelque chose de ce genre en nous parlant de votre ami. »

Robert Audley ne prit pas garde à cette interruption.

« La pensée qui le préoccupait le plus était celle de
sa femme, répéta-t-il. Sa plus chère espérance était
de la rendre heureuse et de prodiguer pour elle la
fortune qu'il avait conquise dans les placers de l'Australie. Je le vis quelques heures après son débarque-
ment en Angleterre, et je fus témoin de toute sa joie
à l'idée de son retour auprès de sa femme. Je fus
témoin aussi du coup violent qu'il reçut en plein cœur,
— et qui le changea aussi complétement qu'un homme
peut être changé du jour au lendemain. Le coup qui
opéra ce cruel changement fut la nouvelle de la mort
de sa femme donnée par le *Times*. Je crois maintenant
que cette nouvelle était un horrible mensonge.

— Ah! Et quelle raison pouvait-on avoir pour annoncer la mort de mistress Talboys, si elle était encore
vivante?

— Mistress Talboys elle-même avait des raisons
pour cela.

— Quelles raisons?

— Ne pouvait-elle avoir profité de l'absence de
George pour trouver un mari plus riche? Et puisqu'elle était remariée, ne devait-elle pas souhaiter que
son ancien mari, mon pauvre ami, perdît sa trace? »

Lady Audley haussa les épaules.

« Vos suppositions sont passablement absurdes,
monsieur Audley, et j'espère que vous les appuyez sur
quelques preuves.

— J'ai parcouru un à un tous les journaux publiés
à Chelmsford et à Colchester, répondit Robert sans
s'arrêter à cette question, et j'ai trouvé dans une des
feuilles publiques de Colchester, en date du 2 juillet
1857, un article annonçant que M. George Talboys, un
Anglais, était arrivé à Sydney, apportant des placers
de la poudre d'or et des pépites pour vingt mille livres,
avait réalisé sa fortune, et pris passage pour Liverpool
sur le clipper *l'Argus*. Cette annonce, lady Audley,

n'est sans doute pas grand'chose ; mais elle prouve pourtant que toute personne résidant dans le comté d'Essex, en juillet 1857, pouvait être informée du retour de George Talboys. Suivez-vous mon raisonnement ?

— Pas très-bien ; qu'ont de commun les journaux d'Essex avec la mort de mistress Talboys ?

— Nous allons y arriver petit à petit, milady. Je crois, ai-je dit, que l'annonce du *Times* était fausse et faisait partie du complot formé par Helen Talboys et le lieutenant Maldon contre mon pauvre ami.

— Un complot !

— Oui, un complot tramé par une femme adroite, qui avait spéculé sur la mort probable de son mari et s'était assuré une belle position au risque de commettre un crime ; par une femme audacieuse, qui a cru pouvoir remplir son rôle jusqu'au bout sans être découverte ; par une femme méchante, qui n'a pas songé à toute la douleur de l'honnête homme qu'elle trompait en jouant sa vie à un jeu de hasard où elle se figurait qu'avec les cartes majeures on gagnait. Elle a oublié pourtant, cette femme si rusée, que la Providence voit à nu le cœur des coupables et ne permet pas que leurs secrets restent longtemps cachés. Si la femme dont je parle n'avait jamais commis de crime plus noir que celui de la fausse annonce dans le *Times*, je la regarderais déjà comme la plus méprisable de son sexe, pour cet infâme calcul. Ce terrible mensonge était un coup de poignard donné par derrière par un lâche assassin.

— Mais comment savez-vous que l'annonce était fausse ? Vous nous avez dit que vous étiez allé à Ventnor avec George Talboys, voir la tombe de sa femme. Qui donc était enterré à Ventnor, si ce n'était pas elle ?

— Ah ! lady Audley, dit Robert, voilà une question à laquelle deux ou trois personnes seulement pourraient répondre, et, avant peu, il faudra bien que l'une d'elles m'avoue ce secret. Je vous déclare, milady, que je suis résolu à éclaircir le mystère de la disparition de George Talboys. Croyez-vous donc que des dénégations et des artifices de femme m'écarteront de mon chemin ? Non ! j'amasse petit à petit les preuves du crime, et je ne tarderai pas à les réunir en un faisceau terrible. Croyez-vous que je me laisserai bafouer et que je ne découvrirai pas ce qui me manque? Non, lady Audley, et je réussirai, car *je sais où trouver les renseignements dont j'ai besoin!* Il y a dans Southampton une femme aux cheveux blonds magnifiques, — une femme nommé Plowson, qui est initiée aux secrets du père de la femme de mon ami. J'ai idée qu'elle m'aidera à découvrir l'histoire de la femme enterrée à Ventnor, et je ferai tout pour y parvenir, à moins que....

— A moins que..., quoi ? demanda lady Audley avec empressement.

— A moins que la femme que je veux sauver de la honte et du châtiment n'accepte ma miséricorde, et ne profite de mes avertissements pendant qu'il en est temps encore. »

Milady haussa gracieusement les épaules, et ses beaux yeux bleus lancèrent un regard de défi.

« Il faudrait qu'elle fût bien niaise pour se laisser influencer par de pareilles absurdités, répondit-elle. Vous êtes hypocondriaque, monsieur Audley, et vous avez besoin de camphre, de sel volatil et de lavande rouge. Qu'y a-t-il de plus ridicule que l'idée qui s'est logée dans votre tête? Vous perdez votre ami George Talboys d'une façon un peu mystérieuse, — ou, pour mieux dire, il plaît à ce monsieur de quitter l'Angleterre, sans vous en prévenir, et vous trouvez cela étonnant! N'avez-vous pas avoué vous-même que la mort de sa femme l'avait changé ? Il était devenu excentrique et

misanthrope, il était complétement indifférent à ce qui
se passait autour de lui. Pourquoi, dès lors, la vie civi-
lisée ne l'aurait-elle pas dégoûté au point de le faire
repartir pour l'Australie et y chercher une distraction
à sa douleur? Ce serait là un fait un peu romanesque,
mais qui n'a rien d'extraordinaire. Au lieu de vous
contenter de cette simple interprétation de la disparition de votre ami, vous inventez quelque absurde
complot qui n'a jamais existé que dans votre cerveau
en délire. Helen Talboys est morte. Le *Times* a annoncé sa mort. Son père vous l'a déclarée. La pierre
tumulaire du cimetière de Ventnor porte la date de
son enterrement. De quel droit, s'écria milady élevant
la voix à ce diapason criard qui indique une vive émotion, — de quel droit, monsieur Audley, venez-vous
me tourmenter au sujet de George Talboys? — de
quel droit osez-vous affirmer que sa femme est encore
vivante?

— En vertu du droit qui m'est conféré par l'évidence, lady Audley, répondit Robert, — en vertu
de ces preuves indestructibles qui désignent souvent
la personne qu'on était bien loin de soupçonner tout
d'abord.

— Quelles preuves?

— Celles du temps et du lieu. Celles de l'écriture.
Lorsqu'Helen Talboys quitta la maison de son père à
Wildernsea, elle a laissé derrière elle une lettre, —
une lettre dans laquelle elle avouait qu'elle était lasse
du genre de vie qu'elle menait et qu'elle voulait chercher ailleurs une famille nouvelle et la fortune. Cette
lettre est en ma possession.

— Vraiment!

— Faut-il vous dire à l'écriture de qui celle d'Helen
Talboys ressemble si bien, que l'expert le plus habile
ne verrait aucune différence entre les deux?

— Une ressemblance entre deux écritures n'a rien

d'extraordinaire de nos jours, répondit milady avec indifférence. Je pourrais vous montrer des autographes d'une demi-douzaine de mes correspondantes et vous défier d'y voir grande différence.

— Mais si l'écriture n'était pas une écriture ordinaire, si elle offrait des particularités qui peuvent la faire reconnaître entre mille ?

— Alors la coïncidence serait assez curieuse ; mais ce serait une simple coïncidence. Pouvez-vous nier la mort d'Helen Talboys parce que son écriture ressemble à celle d'une personne vivante ?

— Et si une série de coïncidences pareilles conduisaient au même résultat ? Helen Talboys a quitté la maison de son père, au dire de sa lettre, parce qu'elle était fatiguée de sa vie d'autrefois et qu'elle voulait en commencer une nouvelle. Savez-vous ce que je conclus de cela ? »

Milady fit un mouvement d'épaules.

« Je ne m'en doute pas le moins du monde, répondit-elle. Vous m'avez retenue dans cette allée désagréable pendant assez longtemps, permettez-moi de rentrer m'habiller.

— Non, lady Audley, reprit Robert avec une sévérité tellement étrange en lui qu'elle en faisait un autre homme, — quelque chose comme un grand juge, un instrument de supplice pour le coupable ; — non, lady Audley, je vous ai dit que vos mensonges étaient inutiles, je vous répète maintenant que vous ne gagnerez rien à me braver. J'ai agi loyalement avec vous, je vous ai avertie indirectement il y a deux mois du danger que vous couriez.

— Que voulez-vous dire ?

— Vous n'avez pas voulu profiter de cet avertissement, lady Audley, poursuivit Robert, et le moment est venu où j'ai dû vous parler ouvertement. Pensez-vous que les moyens dont vous vous êtes servie pour

enchaîner la fortune vous sauveront du châtiment ?
Non, milady, votre jeunesse, votre beauté, votre grâce
et votre élégance ne rendront que plus horrible le
secret de votre vie. Je vous déclare qu'il ne me
manque plus qu'une preuve pour vous faire con-
dammer, et cette preuve je l'aurai. Helen Talboys
n'est jamais retournée chez son père. Quand elle
abandonna son pauvre vieux père, elle annonça clairement son intention de fuir à tout jamais les ennuis
du passé. Que font généralement les gens qui veulent
recommercer la vie sur un autre pied, — en se dé-
barrassant des entraves qui les gênaient dans leur
première carrière ? *Ils changent de nom*, lady Audley.
Helen Talboys quitta son fils tout enfant ; — elle s'enfuit de Wildernsea avec l'intention bien arrêtée de
détruire son identité. Elle disparut comme Helen
Talboys, le 16 août 1854, et le 17 du même mois elle
reparut sous le nom de Lucy Graham, la jeune fille
sans amis qui consentit à travailler presque pour
rien, à condition qu'on ne la questionnerait pas.

— Vous êtes fou, monsieur Audley, s'écria milady,
vous êtes fou, et mon mari me protégera contre votre
insolence. Cela prouve-t-il quelque chose que je sois
entrée dans une pension le lendemain du jour où
Helen Talboys avait abandonné sa famille ?

— Le fait en lui-même ne prouve pas grand'chose ;
mais quand on le rattache à d'autres preuves....

— Quelles autres preuves ?

— Celles de deux adresses collées l'une sur l'autre
sur un carton laissé par vous chez mistress Vincent.
La première portait le nom de miss Graham, et celle
de dessous celui de mistress George Talboys. »

Milady se taisait. Robert ne pouvait voir sa figure
dans l'obscurité, mais il distinguait très-bien ses deux
petites mains appuyées avec force sur son cœur et il
comprit que le trait avait porté.

« Que Dieu lui pardonne, pensa-t-il, à cette pauvre malheureuse créature. Elle sait maintenant qu'elle est perdue. Les juges de mon pays éprouvent-ils les mêmes émotions que moi quand ils mettent leur toque noire et condamnent à mort le coupable qui ne leur a jamais fait aucun mal? Est-ce une indignation vertueuse qu'ils ressentent ou bien cette angoisse poignante qui me torture en face de cette femme sans appui ? »

Il marcha pendant quelques minutes à côté de milady. Ils avaient monté et descendu l'avenue obscure, et se trouvaient maintenant tout près d'un bosquet sans feuillage, à un bout de l'allée des tilleuls, — le bosquet où se cachait le puits en ruines sous des ronces entrelacées.

Un sentier tortueux, complétement négligé et à moitié obstrué par les herbes parasites, conduisait à ce puits. Robert abandonna l'allée et prit ce sentier. Il faisait plus clair dans le bosquet que dans l'avenue, et M. Audley voulait voir la figure de milady.

Il ne dit pas un mot jusqu'à ce qu'ils fussent arrivés sur un tertre gazonné à côté du puits. Les briques de la construction en ruines étaient tombées cà et là, et des fragments de maçonnerie étaient enfouis sous les ronces. Les poteaux qui avaient soutenu la chaîne étaient encore debout, mais la barre en fer qui les reliait avait été arrachée et jetée à quelques pas du puits, où elle se rouillait dans le sable.

Robert Audley s'appuya contre un des poteaux couverts de mousse et regarda la figure de milady, qui lui sembla fort pâle à la lueur du crépuscule d'hiver. La lune venait de se lever, son disque lumineux apparaissait dans le ciel gris, et sa lumière fantastique se confondait avec les derniers rayons du jour. La figure de milady ressemblait en tous points à celle de la sirène que Robert avait vue surgir au sein des vagues furieuses et entraîner son oncle à sa perte.

« Ces deux adresses sont en ma possession, reprit-il. Je les ai enlevées du carton laissé par vous à Crescent Villas, en présence de mistress Vincent et de miss Tonks. Avez-vous quelque chose à dire contre cette preuve ? Vous me déclarez que vous êtes Lucy Graham et que vous n'avez rien de commun avec Helen Talboys. En ce cas vous produirez des témoins qui justifieront de vos antécédents. Où habitiez-vous avant de vous montrer à Crescent Villas ? Vous deviez avoir des parents, des amis, des connaissances qui pourront comparaître et témoigner en votre faveur. Eussiez-vous été la femme la plus abandonnée de toute la terre, il vous serait toujours possible de faire constater votre identité par quelqu'un.

— Oui, s'écria milady, si j'étais au banc des assises, je produirais des témoins qui réfuteraient vos absurdes accusations. Mais comme je n'y suis pas, monsieur Audley, je me contente de rire de votre folie. Je vous déclare que vous êtes fou. Si cela vous plaît de proclamer qu'Helen Talboys n'est pas morte et que c'est moi qui suis Helen Talboys, vous êtes libre, ne vous gênez pas. Si vous trouvez bon d'aller partout où j'ai vécu et où a vécu mistress Talboys, allez ; mais je vous préviens que de pareilles fantaisies ont plus d'une fois conduit des personnes, en apparence aussi raisonnables que vous, à une captivité perpétuelle dans une maison de fous. »

Robert Audley tressaillit et recula de quelques pas au milieu des broussailles en entendant milady parler ainsi.

« Elle est capable de commettre n'importe quel crime pour se mettre à l'abri des conséquences du premier, se dit-il, elle pourrait bien user de son influence sur mon oncle pour m'envoyer dans une maison d'aliénés. »

Je ne dis pas que Robert Audley fut un poltron, mais j'avoue qu'un frisson d'horreur, ressemblant beaucoup à de la peur, lui glaça le sang en lui remettant en mémoire tous les forfaits commis par des femmes depuis le jour où Ève fut créée pour servir de compagne à Adam dans le paradis terrestre. Si l'infernal talent de dissimulation de cette femme allait être plus fort que la vérité et le briser lui aussi ? Elle n'avait pas épargné George Talboys quand il s'était trouvé sur son chemin et l'avait menacé d'un danger quelconque ; l'épargnerait-elle, lui qui la menaçait d'un danger bien plus terrible ? Les femmes ont-elles autant de pitié et d'amour que de grâce et de beauté ? N'a-t-il pas existé un certain Mazers de Latude qui, ayant eu le malheur d'offenser la belle madame de Pompadour, expia par un emprisonnement à vie cette folie de jeunesse ? Il s'échappa deux fois de prison et y fut ramené deux fois. En comptant sur la générosité tardive de sa belle ennemie, il s'était livré à sa haine implacable. Robert Audley regarda la figure pâle de la femme qui était à côté de lui. A la vue de ses beaux yeux bleus dont l'ardeur avait quelque chose de dangereux, il se rappela une foule d'histoires sur la perfidie des femmes et tressaillit en reconnaissant que peut-être la lutte ne serait pas égale entre lui et la femme de son oncle.

« Je lui ai montré mes cartes, se dit-il, et je n'ai pas vu les siennes. Le masque qu'elle porte sera difficile à enlever. Mon oncle me croira fou avant de la croire coupable. »

La pâle figure de Clara Talboys, — cette figure grave et sérieuse, d'un caractère si différent de la beauté fragile de milady, se dressa devant lui.

« Quel poltron je suis de penser à moi et au danger que je cours ! pensa-t-il. Plus je vois cette femme, plus je redoute son influence sur ceux qui l'entourent. C'est une raison pour l'éloigner d'ici. »

Il regarda autour de lui dans le clair-obscur. Le jardin isolé était aussi calme qu'un cimetière entouré de murs et caché bien loin des regards des vivants.

« C'est quelque part dans ce jardin qu'elle a rencontré George Talboys le jour de sa disparition. Où peuvent-ils s'être rencontrés ? se demanda-t-il. Je voudrais bien savoir en quel endroit il a fixé ses yeux sur cette figure cruelle et lui a reproché sa fausseté. »

Milady, la main appuyée sur le poteau opposé à celui contre lequel s'adossait Robert, soulevait avec son pied les longues herbes autour d'elle et surveillait attentivement son ennemi.

« C'est donc un duel à mort entre nous, milady, dit Robert d'un ton solennel. Vous refusez mon avertissement. Vous ne voulez pas fuir et vous repentir de votre crime à l'étranger, loin du noble vieillard que vous avez trompé et ensorcelé. Vous préférez rester ici et me défier.

— Je le préfère..., répondit lady Audley levant la tête et regardant bien en face le jeune avocat. Ce n'est pas ma faute si le neveu de mon mari devient fou et me prend pour victime de sa monomanie.

— Qu'il en soit donc ainsi, milady. Mon ami George Talboys a été vu pour la dernière fois quand il est entré dans ce jardin par la petite porte en fer de là-bas. Il demandait à vous voir. Il est entré ici, et nul ne l'en a vu sortir ; je crois même qu'il n'en est pas sorti. Je crois qu'il a trouvé la mort dans ce coin de terre et que son cadavre est caché au fond de la mare ou dans quelque oubliette. Je ferai faire des recherches. La maison sera renversée, les arbres déracinés, et je découvrirai la tombe de mon ami assassiné. »

Lady Audley poussa un cri d'effroi, leva ses bras au-dessus de sa tête d'un air de désespoir, mais ne répondit pas à son terrible accusateur. Ses bras retombèrent lentement, et elle demeura immobile, les yeux fixés sur Robert. Sa figure blanche était visible dans l'obscurité, et ses yeux flamboyaient.

« Vous ne vivrez pas assez longtemps pour cela, dit-elle. *Je vous tuerai auparavant.* Pourquoi m'avez-vous tourmentée de la sorte ? Pourquoi ne m'avez-vous pas laissée seule. Quel mal vous ai-je fait, *à vous,* pour que vous me persécutiez et que tous mes mouvements, mes regards soient surveillés par vous ? Voulez-vous me rendre folle ? Savez-vous ce que c'est que de lutter avec une folle ? Non, s'écria milady avec un éclat de rire, vous ne le savez pas, sans cela vous ne voudriez pas... »

Elle s'arrêta brusquement et se releva de toute sa hauteur. Ce mouvement fut exactement le même que celui que Robert avait vu faire au vieux lieutenant, à demi ivre ; il avait la même dignité, — la même sublimité de souffrance.

« Allez-vous-en.... monsieur Audley, dit-elle, allez-vous-en.... vous êtes fou.... vous êtes fou....

— Je m'en vais, milady. Par pitié pour votre douleur, je vous eusse pardonné vos crimes. Vous avez refusé mon pardon. Je voulais avoir compassion des vivants. Dorénavant je ne me souviendrai plus que de mon devoir envers les morts. »

Il s'éloigna du puits solitaire et se dirigea vers l'allée des tilleuls. Milady le suivit lentement le long de la sombre avenue et sur le pont rustique. Au moment où il traversait la petite porte en fer, Alicia sortit de la salle à manger par une porte qui ouvrait de plain-pied à l'un des angles de la maison, et rencontra son cousin.

« Je vous ai cherché partout, Robert, lui dit-elle ; papa est descendu à la bibliothèque et vous verra avec plaisir. »

Le jeune homme tressaillit au son de la voix fraîche et jeune de sa cousine.

« Ciel! se dit-il, ces deux femmes sont-elles de la
même argile? Cette jeune fille au cœur franc et généreux, qui ne peut maîtriser aucun de ses bons sentiments, est-elle de chair et d'os comme cette misérable dont l'ombre s'allonge derrière moi? »

De sa cousine, son regard se reporta sur lady Audley qui se tenait près de la porte à attendre qu'il eût
passé.

« Je ne sais ce qu'a votre cousin, ma chère Alicia,
dit milady, il est si distrait et si excentrique que je ne
le comprends pas.

— Ah! s'écria miss Audley; pourtant, si j'en juge
par la longueur de votre tête-à-tête, vous avez fait
votre possible pour cela.

— Oh! oui, dit Robert tranquillement, nous nous
comprenons à merveille, milady et moi. Mais il se fait
tard, mesdames, et je vous souhaite le bonsoir. Je
passerai la nuit à Mount Stanning, où j'ai quelque
chose à faire, et demain je descendrai voir mon oncle.

— Comment, Robert, vous vous en allez sans voir
papa?

— Mais oui, ma chère cousine, je suis préoccupé
d'une affaire désagréable que j'ai à cœur, et je préfère
ne pas voir mon oncle. Bonsoir, Alicia, je viendrai
demain, ou j'écrirai. »

Il serra la main de sa cousine, s'inclina devant lady
Audley, et enfila l'avenue par laquelle on arrivait au
château.

Milady et Alicia le suivirent de l'œil aussi longtemps
qu'elles purent l'apercevoir.

« Au nom du ciel, qu'est-ce qu'a mon cousin Robert? s'écria miss Audley avec impatience quand
Robert eut disparu. Que signifient tous ces va-et-
vient? Une affaire désagréable qui le préoccupe? Allons donc! C'est plutôt quelque malheureux client
qui est venu le prier de plaider pour lui, et qui l'a

rendu maussade en le forçant à reconnaître qu'il n'entend rien à son métier.

— Avez-vous étudié le caractère de votre cousin, Alicia ? demanda milady d'un ton sérieux après un temps d'arrêt.

— Étudié son caractère ? ma foi, non ! Pourquoi ? il n'est pas nécessaire de l'étudier longtemps pour s'apercevoir que c'est un paresseux, un sybarite, un égoïste, qui ne se soucie de rien au monde, excepté de son bien-être.

— Ne l'avez-vous jamais jugé excentrique ?

— Excentrique ? répéta Alicia relevant ses lèvres vermeilles d'un air de dédain et haussant les épaules, peut-être bien.... c'est l'excuse dont on se sert d'habitude pour les personnes de ce genre. Je pense donc que Robert est excentrique.

— Ne l'avez-vous pas entendu parler de son père et de sa mère? Vous les rappelez-vous?

— Je n'ai jamais vu sa mère. C'était une miss Dalrymple, une éblouissante jeune fille qui se fit enlever par mon oncle et perdit ainsi une très-jolie fortune. Elle mourut à Nice avant que Robert eût atteint sa cinquième année.

— Vous ne savez aucun détail sur elle?

— Qu'entendez-vous par détail?

— Avez-vous entendu dire qu'elle était excentrique.... ce qu'on appelle *timbrée?*

— Oh! non; ma tante avait bien toute sa raison, bien qu'elle eût fait un mariage d'inclination. Et puis, comme je n'étais pas née lorsqu'elle mourut, je n'ai jamais été fort curieuse d'en apprendre bien long sur son compte.

— Et votre oncle, vous en souvient-il?

— Mon oncle Robert? oh! très-bien.

— Était-il excentrique? Je veux dire s'il avait, comme votre cousin, des habitudes bizarres.

6

— Oui, je crois que Robert a hérité de son père toutes ses idées absurdes. Mon oncle était aussi indifférent que mon cousin pour tous ses semblables, mais personne ne le contrariait là-dessus, parce qu'en somme il était bon père, bon mari et bon maître.

— Mais il était excentrique.

— Oui, c'était du moins ce qu'on trouvait.

— Ah! je me le disais bien. Savez-vous, Alicia, que la folie se transmet plus souvent de père en fils que de père en fille, et de mère en fille que de mère en fils? Votre cousin Robert Audley est fort bel homme, et a, je crois, un bon cœur, mais il faut qu'on le surveille, Alicia, car il est *fou*.

— Fou! s'écria miss Audley avec indignation, vous rêvez, à coup sûr.... ou.... ou.... ou bien vous voulez m'effrayer, ajouta la jeune fille alarmée.

— Je veux seulement vous mettre sur vos gardes, Alicia. M. Audley peut n'être qu'excentrique, comme vous dites, mais il m'a parlé ce soir de manière à m'effrayer, et je crois qu'il devient fou. J'en causerai sérieusement avec sir Michaël dès ce soir.

— Vous en parlerez à papa.... Eh! mais non.... N'allez pas lui faire de la peine en lui faisant entrevoir un pareil malheur.

— Je me contenterai de le mettre en garde, Alicia.

— Il ne vous croira pas.... cette idée le fera rire.

— Oh! que non, Alicia, il croira tout ce que je lui dirai, » répondit milady avec un sourire plein de douceur.

CHAPITRE VI

Préparation du terrain.

Lady Audley passa du jardin dans la bibliothèque, charmante salle boisée en chêne où sir Michaël aimait à lire, à écrire et à régler ses comptes avec son intendant, solide campagnard moitié agriculteur, moitié agent d'affaires, qui régissait une petite ferme à quelques milles du château d'Audley.

Le baronnet était assis dans un grand fauteuil auprès du feu. La flamme brillante du foyer s'élevait et retombait, mettant en relief tantôt les saillies luisantes des rayons pleins de livres, tantôt les reliures rouges et or, et quelquefois même faisant étinceler le casque athénien d'une Pallas en marbre ou le front de la statue de sir Robert Peel.

La lampe qui était sur la table n'avait pas encore été allumée, et sir Michaël était assis à la lueur du foyer, attendant l'arrivée de sa jeune femme.

Il m'est impossible de dire quelle était la pureté de son amour généreux; — il m'est impossible de décrire cette affection qui était aussi tendre que celle d'une jeune mère pour son premier-né, aussi noble et chevaleresque que la passion héroïque de Bayard pour sa maîtresse souveraine.

La porte s'ouvrit pendant qu'il songeait à sa femme bien-aimée, et en levant la tête, le baronnet aperçut sa forme gracieuse debout sur le seuil.

« Comment, ma charmante ! vous arrivez seulement ? s'écria-t-il pendant que sa femme fermait la porte derrière elle et s'avançait vers son fauteuil. Je songe à vous et je vous attends depuis une heure. Où avez-vous été et qu'avez-vous fait ? »

Milady, debout dans l'ombre de l'appartement, s'arrêta quelques instants avant de répondre à ces questions.

« J'ai été à Chelmsford, dit-elle, faire des emplettes, et.... »

Elle hésita, — roulant les rubans de son chapeau entre ses doigts blancs et délicats d'un air d'embarras tout à fait ravissant.

« Et qu'avez-vous fait, ma chère, depuis votre arrivée de Chelmsford ? J'ai entendu une voiture s'arrêter à la porte il y a une heure ; n'était-ce pas la vôtre ?

— Oui, je suis revenue il y a une heure, répondit-elle, toujours avec le même air d'embarras.

— Et comment avez-vous employé votre temps depuis votre retour ? »

Sir Michaël Audley adressa cette question avec un ton légèrement empreint de reproche. La présence de sa jeune femme était le soleil de sa vie, et quoiqu'il ne voulût pas l'enchaîner à ses côtés, il souffrait à l'idée qu'elle pouvait passer son temps loin de lui à quelque occupation frivole.

« Qu'avez-vous fait depuis votre retour ici ? répéta-t-il ; qui vous a retenue si longtemps loin de moi ?

— J'ai causé avec.... avec.... M. Robert Audley. »

Elle roulait et déroulait toujours entre ses doigts les rubans de son chapeau, et sa pose embarrassée n'avait pas changé.

« Robert ! s'écria le baronnet, Robert est-il ici ?

— Il y était tout à l'heure.

— Et il y est toujours, je suppose ?

— Non, il est parti.

— Parti ! s'écria sir Michaël ; que voulez-vous dire, ma chère ?

— Je veux dire que votre neveu est venu au château cette après-dînée. Alicia et moi nous l'avons trouvé errant dans les jardins. Il y a un quart d'heure, il me parlait encore, puis il est parti sans autre explication que quelques mots d'excuse à propos d'une affaire à Mount Stanning.

— Une affaire à Mount Stanning ! Quelle diable d'affaire peut-il avoir dans cet endroit écarté ? Il est allé y coucher alors ?

— Il me semble qu'il a annoncé quelque chose de ce genre.

— Ma parole, je crois que ce garçon est à moitié fou. »

La figure de milady était tellement dans l'ombre, que sir Michaël n'aperçut pas le changement subit qui s'opéra sur cette pâle physionomie, quand il fit cette observation si commune. Un sourire de triomphe illumina la figure de Lucy Audley, et ce sourire disait à ne pas s'y méprendre :

« Il y vient.... il y vient ; je le tourne du côté qu'il me plaît. Je puis lui présenter du noir et lui dire que c'est du blanc, il me croira. »

Mais sir Michaël Audley, en disant que l'esprit de son neveu était dérangé, se servait d'une locution qui est connue pour avoir très-peu de portée. Le baronnet n'avait pas, il est vrai, en bien grande estime l'habileté de Robert pour les affaires de la vie journalière. Il regardait depuis longtemps son neveu comme une nullité douée d'un bon cœur, — comme un homme auquel la nature n'avait refusé aucune des qualités généreuses qu'elle peut prodiguer, mais dont le cerveau avait été oublié, lors de la distribution des qualités de l'esprit. Sir Michaël faisait là une erreur très-commune chez ces observateurs qui ne se donnent pas la peine d'aller plus loin que la surface. Il prenait l'indolence pour l'incapacité. Il croyait que parce que son neveu était nonchalant, il était forcément stupide, et il concluait que si Robert ne brillait pas, c'était parce qu'il ne le pouvait pas.

Il oubliait les Miltons qui meurent inconnus et sans avoir publié leurs poèmes faute de cette persévérance obstinée, de ce courage aveugle que tout poète doit posséder pour trouver un éditeur; il oubliait les Cromwells qui voient le beau vaisseau de l'économie politique ballotté sur une mer de confusion et sombrer dans une tempête au milieu de cris impuissants sans pouvoir arriver au gouvernail ou même envoyer un bateau de secours au navire qui s'engouffre. Assurément, c'est une erreur que de juger de ce qu'un homme peut faire par ce qu'il a déjà fait.

Le Valhalla du monde est un lieu de peu d'étendue, et peut-être que les plus grands hommes sont ceux qui succombent silencieusement loin de son portail sacré. Peut-être que les esprits les plus purs et les plus brillants sont ceux qui reculent devant les fatigues du champ de course, — devant le tumulte et la confusion de la mêlée. Le jeu de la vie ressemble un peu à celui de l'écarté, où les meilleures cartes restent parfois au talon.

Milady ôta son chapeau et s'assit sur un tabouret recouvert en velours, aux pieds de sir Michaël. Il n'y avait rien d'affecté ou d'étudié dans cette attitude enfantine. C'était si naturel chez Lucy Audley d'être enfant, que personne n'aurait souhaité la voir autrement. Il eût été aussi absurde d'attendre de cette sirène à la chevelure d'ambre, une réserve digne ou la gravité de la femme, que de demander des notes basses aux trilles aigus de l'alouette.

Elle s'assit en détournant du feu sa figure pâle et en nouant ses deux mains autour du bras que son mari appuyait sur le fauteuil. Elles étaient bien fiévreuses ces deux mains blanches et effilées. Lady Audley entrelaça ses doigts ornés de bagues en parlant à son mari.

« Je voulais vous voir dès mon retour, mon ami, lui dit-elle, mais M. Audley a insisté pour que je l'écoutasse.

— Et à propos de quoi, mon amour ? demanda le baronnet. Qu'est-ce que Robert pouvait avoir à vous dire ? »

Milady ne répondit pas à cette question. Sa belle tête s'appuya sur le genou de son mari et ses cheveux bouclés cachèrent sa figure.

Sir Michaël releva cette tête charmante et força sa femme à le regarder. La lueur du foyer donnant en plein sur cette figure pâle, fit briller les larmes qui aveuglaient ses grands yeux bleus si doux et si beaux.

« Lucy !... Lucy !... s'écria le baronnet, qu'est-ce que cela signifie ? Mon amour !... mon amour !... que vous est-il arrivé qui vous chagrine de la sorte ? »

Lady Audley essaya de parler, mais les paroles expirèrent sur ses lèvres tremblantes. Une sensation pénible parut étouffer dans son gosier ces paroles fausses et plausibles qui étaient sa seule arme contre ses ennemis. Elle ne pouvait parler. L'angoisse qu'elle avait endurée silencieusement dans l'avenue des tilleul avait été trop forte pour elle, et elle éclata en sanglots. Ce n'était pas une douleur simulée qui faisait tressaillir son corps gracieux et la secouait, comme une bête fauve à laquelle on retire de force le morceau de viande qu'on lui a jeté ; c'était une souffrance réelle remplie de terreur, de remords et de désespoir. La faible nature de la femme l'avait emporté sur l'habileté de la sirène.

Ce n'était pas ainsi qu'elle avait eu l'intention de
soutenir la terrible lutte engagée entre elle et Robert
Audley. Elle avait dédaigné de telles armes, et pourtant aucune des ruses inventées par elle n'aurait pu
la servir mieux que cette explosion de douleur véritable. Son mari en ressentit le contre-coup jusqu'au
fond de l'âme. Il en fut terrifié, et sa forte intelligence
d'homme en devint confuse, égarée. Le côté faible de
sa bonne nature reçut le choc, car sir Michaël Audley fut frappé dans son affection pour sa femme.

Ah! que Dieu protége la faiblesse de l'homme fort
pour la femme qu'il aime. Que le ciel le prenne en
pitié quand la malheureuse l'a trompé, et vient tout en
larmes se jeter à ses pieds pour implorer son pardon
en le torturant par le spectacle de ses angoisses, de
ses sanglots et de ses gémissements. Qu'on lui pardonne, si, rendu fou par cette vue, il hésite un instant
et s'avoue prêt à tout oublier et à reprendre sous
son égide celle que la voix de l'honneur lui crie être
indigne de pardon. Pitié pour lui, pitié pour lui. Les
remords les plus poignants de la femme, quand elle se
voit sur le seuil de cette maison, où peut-être elle
n'entrera plus jamais, ne sont pas à la hauteur de la
douleur du mari qui referme la porte sur cette figure
familière et suppliante. L'angoisse de la mère qui
ne peut plus revoir ses enfants est moindre que celle
du père qui dit à ces mêmes enfants : « Pauvres petits,
dorénavant vous n'aurez plus de mère. »

Sir Michaël Audley quitta son fauteuil, tremblant
d'indignation, et prêt à se battre immédiatement avec
quiconque avait chagriné sa femme.

« Lucy, dit-il, Lucy, j'insiste pour que vous me
disiez qui vous a fait de la peine. Parlez : le coupable,
quel qu'il soit, me rendra compte de sa conduite.
Venez, mon amour, dites-moi de suite ce que c'est. »

Il se rassit et se pencha sur la figure inclinée à ses

pieds. Il cherchait à calmer sa propre agitation pour adoucir la douleur de sa femme.

« Dites-moi ce que c'est, ma chère, » murmura-t-il tendrement.

Le paroxysme avait cessé. Milady leva la tête. La lumière étincelait dans les pleurs qui mouillaient encore ses yeux, et les lignes de sa bouche rosée, ces lignes cruelles que Robert Audley avait remarquées dans le portrait pré raphaélite, étaient même visibles à la lueur du foyer.

« C'est de l'enfantillage... mais réellement il m'a donné sur les nerfs.

— Qui?... qui vous a donné sur les nerfs?

— Votre neveu... M. Robert Audley.

— Robert! s'écria le baronnet. Expliquez-vous, Lucy.

— Je vous ai dit que M. Robert avait insisté pour me conduire dans l'allée des tilleuls. Il voulait me parler, disait-il. J'y ai consenti, et il m'a raconté des choses si horribles, que...

— Quelles choses horribles, Lucy ? »

Lady Audley frissonna, et ses doigts se cramponnèrent à la main qui reposait sur son épaule.

« Qu'a-t-il dit, Lucy?

— Oh ! cher ami, comment vous le redire ? Je sais que cela vous fera de la peine.... ou bien vous rirez de moi, et alors....

— Rire de vous?... non, Lucy. »

Lady Audley garda le silence un moment. Elle contemplait le feu qui brûlait devant elle, et sa main ne quittait pas celle de son mari.

« Mon cher mari, dit-elle lentement, hésitant de temps en temps, comme si elle avait peur de parler, avez-vous jamais.... je crains de vous chagriner.... ou.... avez-vous jamais pensé que M. Audley fût un peu.... un peu....

— Un peu quoi, chère enfant?

— Un peu timbré? balbutia lady Audley.

— Timbré!... s'écria sir Michaël. A quoi pensez-vous, ma chère fille?

— Vous avez dit, il n'y a qu'un instant, que vous le croyiez à moitié fou.

— Ai-je dit cela? reprit le baronnet en riant. Je ne m'en souviens pas, et ce n'était qu'une façon de parler qui n'avait aucune signification. Robert est peut-être bien un peu excentrique... un peu sot même... L'esprit n'est pas son défaut, mais je ne lui crois pas assez de cervelle pour devenir fou. Ce sont généralement les grandes intelligences qui se dérangent.

— Mais la folie est parfois héréditaire. M. Audley a peut-être hérité...

— La folie ne lui est pas venue de son père. Les Audley n'ont jamais peuplé les maisons d'aliénés ou fait vivre les médecins qui s'occupent de cette spécialité.

— Et la famille de sa mère?

— Non plus, que je sache.

— C'est un secret qui, d'habitude, est gardé soigneusement. La folie existait peut-être dans la famille de votre belle-sœur?

— Je ne le crois pas ; mais, au nom du ciel, Lucy, dites-moi ce qui vous a mis de pareilles idées en tête?

— J'ai essayé de me rendre compte de la conduite de votre neveu, et je n'ai pas trouvé d'autre manière de l'expliquer. Si vous aviez entendu ce qu'il m'a dit ce soir, sir Michaël, vous l'auriez cru fou.

— Et que vous a-t-il dit, Lucy?

— Je puis à peine vous le répéter. Jugez par là de mon étonnement et de mon épouvante. Je crois qu'il a vécu seul trop longtemps dans son triste logement du Temple. Peut-être a-t-il trop lu ou trop fumé. Vous savez que les médecins disent que la folie est une simple maladie du cerveau, — une maladie à laquelle tout le monde est sujet, qui est produite par certaines causes et guérie par des moyens donnés. »

Les yeux de lady Audley étaient toujours fixés sur les charbons enflammés qui brûlaient dans l'immense grille. Elle parlait comme si elle discutait un sujet sur lequel elle avait entendu de longues dissertations. Elle parlait comme si son esprit eût été à cent lieues de la pensée du neveu de son mari, et qu'il n'eût été préoccupé que de la question de la folie en elle-même.

« Pourquoi ne serait-il pas fou ? reprit milady. Il y a des personnes qui sont folles pendant des années et des années avant qu'on s'en aperçoive. Elles savent qu'elles sont folles, mais elles n'en disent rien et quelquefois leur secret meurt avec elles. Quelquefois aussi elles ont un accès, et alors elles se trahissent. Il leur arrive, par exemple, de commettre un crime. L'horrible tentation d'un moment favorable s'empare d'elles, le couteau est dans leurs mains et la victime à leur côté, sans se douter de rien. Il peut se faire alors qu'elles domptent le démon qui les poursuit sans cesse, et s'éloignent sans avoir versé le sang ; mais il peut se faire aussi qu'elles succombent à l'horrible désir qui les pousse à la violence, à l'horreur. Alors elles sont perdues. »

La voix de lady Audley devenait de plus en plus forte en traitant cette affreuse question. L'excitation dont elle était à peine remise se manifestait encore en elle ; mais elle se contint et parla d'un ton plus calme quand elle reprit la conversation :

« Robert Audley est fou, dit-elle d'un ton décisif. Quel est le diagnostic le plus frappant de la folie ? quel est le premier signe de l'aliénation mentale ? C'est la stagnation de l'esprit ; son courant perpétuel est interrompu, et la faculté de penser disparaît. De même que les eaux d'un marais se putréfient par suite de leur

stagnation, de même l'esprit devient trouble et se cor-
rompt faute d'action, et la réflexion perpétuelle sur un
même sujet se change en monomanie. Robert Audley
est monomane. La disparition de son ami George
Talboys l'a chagriné et stupéfié. Il s'est arrêté sur
cette idée, au point d'en perdre la faculté de penser à
autre chose, et à force de la contempler, cette idée
elle-même a été défigurée par sa vision mentale. Répétez vingt fois le mot le, plus simple de la langue an
glaise, et avant la vingtième répétition vous commen-
cerez à vous demander si le mot que vous répétez est
réellement celui que vous voulez prononcer. Robert
Audley a pensé à son ami jusqu'à ce que sa préoccupation eût complété son œuvre malsaine et fatale. Il
regarde ce fait ordinaire avec une vision malade, et le
change en quelque chose d'horrible enfanté par sa
monomanie. Si vous ne voulez pas que je devienne
aussi folle que lui, empêchez-moi de le revoir. Il m'a
déclaré ce soir que George Talboys avait été assassiné
ici, et qu'il déracinerait les arbres du jardin, et ren-
verserait la maison de fond en comble dans ses recherches du... »

Milady s'arrêta. Le mot expira sur ses lèvres. L'é-
trange énergie avec laquelle elle avait parlé l'avait
épuisée. Cette beauté frivole et enfantine s'était transformée en femme forte pour plaider sa défense.

« Renverser cette maison !... s'écria le baronnet.
George Talboys assassiné au château d'Audley !... Robert a-t-il dit cela, Lucy ?

— Oui, quelque chose de ce genre... quelque chose
qui m'a beaucoup effrayée.

— Alors, c'est qu'il est fou réellement. Je suis tout
étonné de ce que vous m'annoncez. Est-ce bien vrai
qu'il l'a dit, ou bien l'avez-vous mal compris ?

— Je... je... ne crois pas m'être trompée, balbutia
milady, vous avez vu mon effort quand je suis arrivée,

et certainement je n'eusse pas été aussi agitée s'il n'avait rien dit d'horrible. »

Lady Audley s'était servi de l'argument le plus fort en faveur de sa cause.

« Sans doute, ma chère, sans doute... mais qui a pu loger cette malheureuse idée dans la cervelle du pauvre Robert? Ce M. Talboys, un étranger pour nous... assassiné à Audley! J'irai ce soir à Mount Stanning voir Robert. Je le connais depuis son enfance, et je ne me tromperai pas sur son compte. Si sa cervelle est détraquée, il ne pourra me le cacher. »

Milady haussa les épaules.

« La chose n'est pas sûre; c'est généralement un étranger qui constate le premier ces particularités psychologiques. »

Ces grands mots sonnaient étrangement dans la bouche mignonne de milady, mais sa sagesse d'emprunt avait quelque chose de ravissant aux yeux de son mari.

« Il vous est impossible d'aller à Mount Stanning, reprit-elle tendrement. Souvenez-vous que le docteur vous a défendu de sortir jusqu'à ce que le temps se fût adouci, et que le soleil vînt éclairer ce triste pays de glace. »

Sir Michaël Audley retomba dans son large fauteuil d'un air résigné.

« C'est vrai, Lucy; il faut obéir à M. Dawson. J'espère que Robert viendra me voir demain.

— Oui, je crois qu'il viendra.

— Alors nous attendrons jusqu'à demain; je ne puis m'imaginer que ce pauvre garçon ait la cervelle détraquée... cela me paraît incroyable, Lucy.

— Comment donc expliquer son erreur extraordinaire au sujet de M. Talboys? » demanda milady.

Sir Michaël secoua la tête.

« Je ne sais pas, Lucy... je ne sais pas. C'est toujours très-difficile de croire que les malheurs qui frappent à chaque instant nos voisins puissent nous atteindre nous-mêmes. Je ne saurais me faire à l'idée que l'esprit de mon neveu est dérangé... c'est impossible, Lucy. Je l'amènerai à demeurer auprès de nous, et nous le surveillerons attentivement. Je vous répète, ma chère, que s'il y a quelque chose de travers en lui je le découvrirai, car depuis qu'il est au monde il a toujours été pour moi comme un fils. Mais pourquoi les étranges paroles de Robert vous ont-elles effrayée à ce point, Lucy?... elles ne vous touchaient en rien. »

Milady poussa un soupir plaintif.

« Vous me prenez donc pour un esprit fort, sir Michaël, puisque vous vous imaginez que je puis entendre de pareilles choses avec indifférence. Je vous déclare que de ma vie je ne pourrais revoir M. Robert Audley.

— Et vous ne le reverrez pas si cela vous plaît, ma chère enfant... non, vous ne le reverrez pas.

— Mais vous venez de dire que vous le retiendriez ici.

— Je m'en garderai bien si sa présence vous est pénible. Grand Dieu! Lucy, pouvez-vous supposer un seul instant que j'aie d'autre désir que celui de vous rendre heureuse. Je consulterai quelque médecin de Londres au sujet de Robert, et il s'assurera si le fils de mon pauvre frère est réellement privé de sa raison. Vous n'éprouverez aucun ennui, Lucy.

— Vous devez me croire mauvaise, et je sais que sa présence ne devrait pas m'être odieuse; mais à vrai dire il s'est mis en tête des idées si absurdes sur mon compte, que...

— Sur votre compte? Lucy.

— Oui, cher. Il me fait participer — je ne sais comment — à la disparition de ce M. Talboys.

— Impossible, Lucy, vous vous êtes méprise.

— Je ne pense pas.

— Alors, c'est qu'il est fou... Il faut qu'il le soit. J'attendrai qu'il soit de retour à Londres, et j'enverrai quelqu'un lui parler chez lui. O mon Dieu! quel mystère que cette affaire!

— Je crains de vous avoir fait de la peine, mon ami, murmura lady Audley.

— Oui, chère enfant, j'en éprouve réellement, mais vous avez agi sagement en me racontant tout cela avec franchise. Je réfléchirai sur le meilleur parti à prendre. »

Milady se leva du tabouret sur lequel elle était assise. Le feu s'était presque éteint, et la chambre n'était plus éclairée que par une faible lueur. Lucy Audley se pencha sur le fauteuil de son mari et appuya ses lèvres sur son large front.

« Comme vous avez été bon pour moi, lui dit-elle de sa voix douce. Vous ne laisserez jamais personne vous influencer contre moi, n'est-ce pas, mon ami?

— M'indisposer contre vous!... jamais, ma bien-aimée.

— Ah! c'est qu'il y a dans le monde des gens méchants aussi bien que des fous, et qu'il pourrait se rencontrer des personnes qui auraient intérêt à me faire du tort.

— Elles feront mieux de ne pas l'essayer, elles se mettraient dans une position dangereuse si elles osaient s'attaquer à vous. »

Lady Audley fit entendre un éclat de rire argentin qui vibra dans toute la salle. Elle était triomphante.

« Je sais que vous m'aimez, mon ami, dit-elle, je le sais. Et maintenant il faut que je m'en aille, cher, car il est plus de sept heures et demie. J'avais promis d'aller dîner chez mistress Montford, mais un groom portera mes excuses. M. Audley m'a rendu trop triste pour figurer convenablement en société. Je resterai ici à vous soigner. Vous vous coucherez de bonne heure, n'est-ce pas, et vous aurez bien soin de votre santé.

— Oui, ma chère enfant. »

Milady sortit pour donner ses ordres à propos du message à envoyer à la personne chez laquelle elle était invitée à dîner. Elle s'arrêta un moment pendant qu'elle fermait la porte de la bibliothèque — elle avait besoin de comprimer les battements précipités de son cœur.

« J'ai eu peur de vous, M. Robert Audley, se dit-elle, mais peut-être un temps viendra où vous aurez vos raisons pour avoir peur de moi. »

CHAPITRE VII

La requête de Phœbé.

La division qui régnait entre lady Audley et sa belle-fille n'avait rien perdu de sa force dans les deux mois qui s'étaient écoulés depuis la célébration de la fête de Noël au château d'Audley. Il n'y avait pas guerre ouverte entre les deux femmes, c'était seulement une neutralité armée, interrompue de temps en temps par quelques escarmouches féminines de peu de durée et quelques passes d'armes en paroles. J'avoue avec peine qu'Alicia aurait de beaucoup préféré une bonne bataille à cette désunion silencieuse et sans démonstrations extérieures; mais il n'était pas facile d'avoir une querelle avec milady. Elle savait répondre avec douceur pour réprimer une colère naissante. Elle savait sourire agréablement en face de la pétulance de sa belle-fille et rire aux éclats de sa mauvaise humeur. Peut-être, si elle eût été moins aimable et d'un caractère dans le genre de celui d'Alicia, la lutte entre les deux femmes se serait-elle terminée par quelque terrible querelle, et seraient-elles ensuite devenues amies. Mais Lucy Audley ne voulait pas la guerre. Elle amassait une à une les causes de répulsion, et les plaçait à gros intérêts en attendant que la brèche qui s'élargis-

sait chaque jour davantage fût devenue un gouffre in-
franchissable pour les colombes portant la branche
d'olivier. Il ne pouvait y avoir réconciliation là où la
guerre ouverte n'existait pas. Il fallait une bataille,
une mêlée bruyante avec drapeaux au vent et canons
tonnants pour qu'on pût en venir au traité de paix et
aux poignées de main. L'union entre la France et
l'Angleterre doit peut-être toute sa force au souvenir
des victoires et des défaites réciproques d'autrefois.
Les deux nations se sont détestées cordialement et ont
vidé leur querelle ; elles peuvent maintenant s'em-
brasser et se jurer une amitié éternelle. Espérons que
lorsque les Yankees du Nord auront décimé et auront
été décimés, Jonathan ouvrira ses bras à ses frères du
Sud, pardonnera et sera pardonné.

Alicia Audley et la jolie femme de son père avaient
toute la place nécessaire pour se bouder à leur aise
dans l'immense et antique maison. Milady avait ses
appartements, comme vous savez, appartements somptueux, où elle avait réuni tout ce qui pouvait satisfaire
ses goûts. Alicia avait les siens aussi dans une autre
partie du bâtiment. Elle avait sa jument favorite, son
chien de Terre-Neuve, tout son attirail de dessin, et
elle faisait son possible pour être heureuse. Elle ne
l'était pourtant guère. La noble jeune fille étouffait
un peu dans l'atmosphère de gêne et de contrainte du
château. Son père était changé, — ce cher père qu'elle
avait gouverné autrefois en despote, en enfant gâté,
s'était soumis à un autre pouvoir, à une dynastie nouvelle. Petit à petit la puissance de milady avait fait son
chemin dans la maison, et Alicia avait vu son père en-
traîné pas à pas vers le gouffre qui séparait lady
Audley de sa belle-fille jusqu'à ce qu'enfin ce gouffre
lui-même fût franchi, et que sir Michaël n'eût plus
pour sa fille restée seule sur l'autre rive qu'un regard
plein de froideur.

Alicia comprit que son père était perdu pour elle. Les sourires de milady, ses mots caressants et sa grâce enchanteresse avaient opéré le charme, et sir Michaël en était venu à regarder sa fille comme une jeune personne volontaire et capricieuse, qui, de propos délibéré, se conduisait très-mal envers la femme qu'il aimait.

La pauvre Alicia voyait tout cela, et le supportait aussi bien qu'elle le pouvait. Il lui semblait pénible d'être une belle héritière aux yeux gris, d'avoir des chiens et des chevaux à son service, et de ne pas trouver dans le monde une seule personne à qui confier ses chagrins.

« Si Robert était bon à quelque chose, pensait-elle, je lui avouerais combien je suis malheureuse ; mais pour la consolation que j'en retirerais, il vaut tout autant conter mes ennuis à mon chien César. »

Sir Michaël Audley obéit à sa jolie garde-malade, et se mit au lit un peu après neuf heures par cette froide soirée de mars. La chambre à coucher du baronnet était peut-être la plus riante retraite qu'un invalide pouvait trouver en cette saison désagréable. Les rideaux en velours d'un vert sombre étaient tirés aux fenêtres et autour du lit massif; un bon feu de bois pétillait dans la cheminée. La lampe qui éclairait sa lecture était placée sur une mignonne petite table au chevet de son lit, et des tas de revues et de journaux avaient été empilés par les belles mains de milady pour que le malade n'eût qu'à les prendre.

Lady Audley demeura environ dix minutes assise à côté du lit, et discutant sérieusement l'étrange et terrible question de la folie de Robert Audley. Au bout de ce temps, elle se leva et souhaita une bonne nuit à son mari. Elle abaissa l'abat-jour en soie verte de la lampe, et l'arrangea de façon que la lumière ne blessât pas les yeux du malade.

« Je vous quitte, mon ami, lui dit-elle ; si vous pouvez dormir, ce sera tant mieux ; si vous voulez lire, les livres et les journaux sont sur votre table. Je laisserai la porte de communication entr'ouverte, et j'entendrai si vous m'appelez. »

Lady Audley traversa son cabinet de toilette et entra dans son boudoir où elle était restée avec son mari depuis le dîner.

Toutes les élégances de la femme étaient réunies dans ce magnifique boudoir. Son piano était ouvert et surchargé de partitions qu'aucun maître n'aurait dédaigné d'étudier. Son chevalet se dressait tout près de la fenêtre, et l'aquarelle qu'il supportait était une preuve du talent artistique de Lucy : c'était une vue du château et des jardins. Des broderies de tulle et de mousseline, des soies et des laines fines de toutes les couleurs jonchaient le parquet, et les glaces, habilement placées aux encoignures de l'appartement par un adroit tapissier, multipliaient l'image de la reine de ce séjour.

Lucy Audley, au milieu de tout ce luxe, de toutes ces lumières, de toutes ces dorures, s'assit sur un tabouret auprès du feu, et s'abandonna à ses réflexions.

Si M. Holman Hunt avait pu jeter un coup d'œil dans ce joli boudoir, je crois que ce tableau se fût à l'instant photographié dans son cerveau, et qu'il n'aurait eu qu'à le reproduire pour la plus grande glorification des préraphaélites. Milady, dans cette attitude à demi penchée, son coude appuyé sur un genou, et son menton délicat dans la main, avait autour d'elle les riches draperies qui retombaient en plis onduleux, et la lumière du foyer qui l'enveloppait d'un doux reflet couleur de rose sur lequel tranchait sa chevelure dorée. Elle était belle par elle-même, mais tous les ornements de son boudoir la rendaient plus belle encore. Il renfermait des coupes en or et en ivoire ciselées par Benvenuto Cellini ; des petits meubles de

Boule et de porcelaine portant le chiffre de Marie-Antoinette d'Autriche, entouré d'oiseaux, de papillons, de bergères et de déesses ; des statuettes en marbre de Paros et en biscuit de Chine ; des corbeilles remplies de fleurs de serre toutes dorées ou en filigrane, et des fragiles tasses à thé ornées des médaillons en miniature de Louis le Grand, de Louis le Bien-Aimé, de Louise de la Vallière et de Jeanne-Marie du Barry. Tout ce que l'or peut acheter ou l'art inventer avait été réuni pour embellir ce boudoir où milady était assise, écoutant les plaintes du vent et le frémissement des feuilles de lierre contre ses fenêtres, et regardant la flamme bleuâtre du charbon du foyer.

Je recommencerais un vieux sermon et je traiterais un sujet rebattu si je profitais de cette occasion pour déclamer contre l'art et la beauté, parce que milady était moins heureuse dans cet appartement élégant qu'une pauvre couturière affamée dans sa mansarde ouverte à tous les vents. La blessure dont elle souffrait était trop profonde pour que des remèdes tels que le luxe et la richesse pussent y apporter du soulagement ; mais son malheur était en dehors des malheurs ordinaires, et je ne vois pas pourquoi j'en ferais un argument en faveur de la misère et de la pauvreté contre le bien-être et la richesse. Les œuvres ciselées de Benvenuto Cellini et les porcelaines de Sèvres ne pouvaient plus rien pour son bonheur, elle était sortie de leur région. Elle n'était plus innocente, et pour que l'art, et ce qui est charmant puisse plaire, il faut aimer les plaisirs innocents. Six ou sept ans avant elle eût été bien heureuse de posséder ce petit palais d'Aladin ; mais depuis qu'elle avait pénétré dans le labyrinthe du crime, tous ces trésors n'étaient plus bons qu'à être foulés aux pieds et brisés dans la rage du désespoir.

Il y avait pourtant plusieurs choses qui auraient pu

encore lui procurer une joie effrayante, un plaisir
horrible. Si Robert Audley, son impitoyable ennemi,
son persécuteur infatigable, eût été étendu mort à ses
pieds, elle aurait volontiers dansé sur son cadavre.

Quels plaisirs restèrent à Lucrèce Borgia et à Catherine de Médicis, lorsqu'elles eurent franchi la terrible limite qui sépare l'innocence du crime, et qu'elles
se trouvèrent isolées de l'autre côté ? La vengeance
et la trahison. Avec quel dédain elles devaient contempler les vanités mesquines, les futiles déceptions,
et les légères peccadilles de leurs sœurs encore inno-
centes, elles qui étaient fières de leurs crimes épou-
vantables et de ce génie infernal qui les faisait célèbres
parmi les coupables.

Milady en ce moment près du feu de cette chambre
solitaire, des grands yeux bleu clair fixés sur la
flamme rouge et vacillante des charbons enflammés,
était peut-être bien loin de songer à la lutte qu'elle
avait engagée. Elle songeait peut-être à ces belles
années d'innocence et de frivolité où sa conscience
n'avait à porter qu'un léger fardeau. Dans cette rêverie
rétrospective, elle revoyait le temps où elle s'était
regardée dans une glace pour la première fois, et
avait vu qu'elle était belle. Ce temps fatal où elle avait
commencé à se dire que sa beauté était un droit divin,
un joyau inestimable plus fort que toutes ses folies de
jeune fille et qui contre-balancerait toutes ses erreurs
de jeunesse. Se souvenait-elle du jour où ce beau don
de la beauté lui avait pour la première fois enseigné
à être égoïste et cruelle, indifférente à la joie et au
chagrin d'autrui, froide et capricieuse, avide de lou-
anges et tyrannique de la manière la plus odieuse ?
Faisait-elle remonter chaque malheur de sa vie à cette
source véritable, et s'apercevait-elle que c'était en
s'exagérant la valeur d'une jolie figure, qu'elle avait
découvert cette fontaine empoisonnée ? Assurément

si elle remontait par la pensée aussi loin dans le courant de sa vie, elle devait se repentir amèrement d'avoir cédé ce jour-là à l'empire funeste des trois plus grandes passions, à ces trois démons, la vanité, l'égoïsme et l'ambition, qui avaient joint leurs mains autour d'elle, et s'étaient écriés : « Cette femme est notre esclave, voyons ce qu'elle fera sous notre domination. »

Comme ces premières erreurs de jeunesse semblaient petites à milady pendant qu'elle les comptait une à une dans son boudoir solitaire ! C'était bien peu de chose qu'une victoire sur une amie de pension et un peu de coquetterie avec le prétendu d'une compagne, pour s'assurer que le droit divin conféré à des yeux bleus et à une chevelure dorée était incontestable. Mais comme ce sentier s'était agrandi insensiblement, et avait fini par devenir la grande route du crime où elle avait marché d'un pas rapide !

Milady enroula ses doigts dans les boucles couleur d'ambre qui flottaient librement autour de sa figure, et les serra comme si elle avait voulu les arracher de sa tête. Mais même en ce moment de désespoir muet, la beauté lui fit sentir son empire, et elle lâcha les pauvres anneaux emmêlés qui entouraient sa tête et les laissa former une auréole à la faible lueur du foyer.

« Je n'étais pas mauvaise quand j'étais jeune, se dit-elle en regardant le feu fixement, j'étais seulement inconséquente. Je ne faisais jamais le mal, — avec intention, du moins. Ai-je réellement été mauvaise ? Je me le demande. Non, tout le mal causé par moi était le résultat des premières impulsions et non d'un projet bien arrêté. Je ne suis pas comme ces femmes dont j'ai lu l'histoire, qui veillaient jour et nuit, calmes et sombres, préparant leurs forfaits et arrangeant tous les détails du crime projeté. Souffraient-elles ces femmes.... ces femmes.... souffraient-elles comme... ? »

Ses pensées s'égarèrent dans un labyrinthe inextricable. Tout à coup elle se redressa avec un geste de fierté et de défi, et l'éclat de ses yeux ne venait pas seulement des reflets de la flamme du foyer.

« Vous êtes fou, monsieur Robert Audley, s'écriat-elle, vous êtes fou, et vos hallucinations sont celles de la folie. Je la connais la folie. Je connais ces symptômes, et je proclame que vous êtes fou. »

Elle porta la main à sa tête comme si elle songeait à quelque chose qui l'embarrassait, et qu'il lui était difficile d'envisager avec calme.

« Oserai-je le défier, murmura-t-elle, l'oserai-je ? S'arrêtera-t-il après être allé si loin ? S'arrêtera-t-il par peur ? Pourrai-je l'effrayer, moi, et l'empêcher d'avancer lorsque la pensée de ce que son oncle souffrira ne l'a pas arrêté ? Y a-t-il quelque chose qui puisse lui barrer le chemin.... excepté la mort ? »

Elle prononça ces dernières paroles à voix basse, la tête penchée en avant, les yeux dilatés, et ses lèvres ne se refermèrent pas après avoir laissé échapper ces mots effrayants : « La mort. » Toute sa personne demeura immobile en face du feu.

« Je ne puis tramer d'horribles complots, reprit-elle un instant après, mon cerveau n'est pas assez fort, ou je ne suis pas encore assez mauvaise ou assez bonne. Si je rencontrais Robert dans ce jardin désert comme j'ai.... »

Le courant de ses pensées fut interrompu par un coup frappé discrètement à la porte. Elle se leva d'un bond, effrayée de ce bruit qui troublait le silence de son boudoir. Elle se jeta dans un fauteuil près du feu, renversa sa belle tête sur les coussins, et prit un livre sur la table à côté d'elle.

Cette action insignifiante en elle-même en disait

bien long. Elle trahissait ses craintes sans cesse re-
naissantes, la nécessité fatale du secret et l'angoisse
de son esprit toujours sur le qui-vive, à cause des
apparences. Elle disait plus clairement que toute autre
chose que milady était devenue une actrice achevée
pour satisfaire aux exigences de sa vie.

Le coup discret frappé à la porte du boudoir se renouvela.

« Entrez, » s'écria lady Audley de sa voix la plus
légère.

La porte s'ouvrit sans bruit comme sous la main
d'une servante bien dressée. Une jeune femme mise
simplement et apportant dans les plis de sa robe une
bouffée du vent qui soufflait au dehors, franchit le
seuil et s'arrêta en attendant qu'on lui permît d'arriver jusqu'au fond de la retraite de milady.

C'était Phœbé Marks, la femme à figure pâle de l'aubergiste de Mount Stanning.

« Je vous demande pardon, milady, de venir vous
déranger sans permission, mais j'ai cru pouvoir m'a-
venturer jusqu'ici sans y être autorisée.

— Pourquoi pas, Phœbé, pourquoi pas ?... Otez votre chapeau, vous avez l'air d'une statue de glace, et
asseyez-vous ici. »

Lady Audley désigna du doigt le tabouret sur lequel
elle était assise elle-même quelques minutes auparavant. La soubrette avait souvent occupé cette place
autrefois pour écouter le babillage de sa maîtresse,
alors qu'elle était sa confidente et sa société la plupart
du temps.

« Asseyez-vous ici, Phœbé, répéta lady Audley, asseyez-vous, et causons. Je suis réellement contente
que vous soyez venue, je m'ennuyais toute seule dans
cet affreux boudoir. »

Milady frissonna, et regarda autour d'elle comme si
le Sèvres et le bronze, le Boule et l'or moulu eussent

été les ornements délabrés de quelque vieux château en ruine. Le désespoir qui la torturait se communiquait à tous les objets qui l'entouraient, et leur donnait une couleur sombre. Elle avait dit la vérité en annonçant que la visite de sa soubrette lui était agréable. Sa nature frivole avait besoin de ce moment de répit pour faire diversion à ses craintes et à ses souffrances. Il y avait sympathie entre elle et cette jeune femme qui lui ressemblait au moral aussi bien qu'au physique, — et qui était comme elle égoïste, froide, cruelle, désireuse d'un sort meilleur et mécontente de la vie de soumission à laquelle elle se voyait réduite. Milady détestait Alicia, à cause de son caractère franc, passionné et généreux; elle détestait sa belle-fille et s'attachait à cette pâle soubrette, aux pâles cheveux qu'elle supposait ni meilleure ni pire qu'elle.

Phœbé Marks obéit aux ordres de son ancienne maîtresse, et ôta son chapeau avant de s'asseoir sur le tabouret, aux pieds de lady Audley. Le vent froid de mars n'avait pas dérangé ses bandeaux soigneusement lissés, et toute sa toilette était en aussi bon état que si elle l'eût achevée à l'instant dans le cabinet voisin.

« Sir Michaël va mieux, milady?

— Oui, Phœbé, beaucoup mieux. Il dort. Fermez cette porte, » ajouta lady Audley, faisant un signe de tête pour désigner la porte de communication laissée entr'ouverte.

Mistress Marks exécuta cet ordre, et revint prendre sa place.

« Je suis bien malheureuse, Phœbé, et bien tourmentée.

— Au sujet du secret? » demanda mistress Marks à voix basse.

Milady ne prit pas garde à la question, et continua sur le même ton plaintif. Elle était bien aise de pouvoir se plaindre même à sa soubrette. Elle avait souffert si longtemps en secret, que c'était pour elle un bonheur indicible de pouvoir exhaler sa douleur en paroles.

« Je suis cruellement persécutée, Phœbé Marks, et par un homme auquel je n'ai jamais de ma vie fait aucun mal. Il ne me laisse pas un instant de repos cet homme, et je.... »

Elle s'arrêta et contempla de nouveau le feu comme lorsqu'elle était seule. Elle se perdit de nouveau dans le dédale de ses pensées sans qu'il lui fût possible d'arriver à tirer de ce chaos confus une conclusion quelconque.

Phœbé Marks regarda son ancienne maîtresse d'un œil inquiet, et ne cessa de l'examiner que lorsque les regards des deux femmes se rencontrèrent.

« Je crois savoir quel est l'homme en question, milady.... celui qui est si cruel pour vous.

— Oh! c'est probable; mes secrets appartiennent à tout le monde, et vous savez tout sans doute

— Cet homme n'est-il pas le gentleman qui vint à l'hôtel du *Château* il y a deux mois, à l'époque où je vous avertis de....

— Oui, oui, répondit milady avec impatience.

— Je l'aurais parié. Ce même gentleman est arrivé ce soir dans notre auberge. »

Lady Audley bondit sur son fauteuil, — comme si son désespoir l'eût poussée à quelque chose d'inattendu, mais elle retomba aussitôt en soupirant. Comment pouvait-elle, faible créature, lutter contre la destinée? Quelles ressources lui restait-il, sinon les crochets du lièvre traqué par la meute, et harcelé jusqu'au gîte où l'attend la mort?

« Dans votre auberge! s'écria-t-elle. J'aurais dû m'en douter. Il n'y est allé que pour arracher mon secret à votre mari. Imbécile! ajouta-t-elle, se retournant tout à coup vers Phœbé Marks avec colère: vous voulez donc ma perte, puisque vous avez laissé ces deux hommes ensemble. »

Mistress Marks joignit les mains piteusement.

« Je ne suis pas venue de ma propre volonté, milady.... moins que jamais j'aurais voulu quitter la maison ce soir, j'ai été envoyée.

— Par qui?

— Par Luke, milady. Il est très-dur pour moi quand je lui résiste.

— Pourquoi vous a-t-il envoyée? »

La femme de l'aubergiste baissa les yeux sous le regard croisé de lady Audley, et hésita avant de répondre.

« Je ne voulais pas venir, milady, dit-elle en balbutiant. J'ai fait observer à Luke que c'était mal de vous obséder tantôt avec ceci, tantôt avec cela; mais il m'a fait taire en criant, et m'a ordonné de venir.

— Bien, bien, je sais cela. Pourquoi êtes-vous venue?

— Luke est extravagant, milady; j'ai beau lui prêcher l'économie et le soin de ses affaires, il boit, et quand il a passé deux ou trois heures à table avec des campagnards, il est impossible qu'il fasse bien ses comptes. Sans moi nous serions ruinés depuis longtemps, et pourtant la ruine est venue quand même. Il vous souvient, milady, de m'avoir donné de l'argent pour acquitter la note du brasseur?

— Oui, je m'en souviens très-bien, répondit lady Audley avec un sourire amer, car j'avais besoin de cet argent pour payer mes fournisseurs.

— Je le sais, milady, et c'était très-mal de venir vous le demander après tout ce que vous aviez fait déjà. Et ce qui est pis encore, c'est que Luke implore de nouveau vos secours. Le loyer de la maison n'est pas encore payé. Il est dû depuis Noël, et l'huissier est venu ce soir chez nous, nous prévenir qu'il ferait tout vendre demain, à moins que.........

— A moins que je ne paye pour vous, n'est-ce pas ? Je m'en suis doutée en vous voyant paraître.

— Ce n'est pas ma faute, milady, s'écria Phœbé Marks en sanglotant, c'est Luke qui l'a voulu.

— Oui, oui, il vous a forcée à venir, et il vous y forcera chaque fois qu'il aura besoin d'argent pour satisfaire à ses vices grossiers, et vous serez mes pensionnaires tant que je vivrai ou qu'il me restera de l'argent, car je m'imagine que lorsque ma bourse sera vide, ou mon crédit épuisé, vous et votre mari vous me vendrez au plus offrant. Savez-vous, Phœbé Marks, que j'ai vidé mon écrin pour suffire à vos demandes ? Savez-vous que l'argent de mes menus plaisirs que je ne croyais pas pouvoir dépenser à l'époque de mon mariage, et quand je n'étais qu'une pauvre gouvernante chez M. Dawson, le ciel me garde — ma bourse particulière est dépensée six mois d'avance. Que puis-je faire pour vous ? Faut-il que je vende mon cabinet Marie-Antoinette, mes porcelaines Pompadour, mes pendules en laque de Leroy et de Benson, ou bien mes fauteuils en tapisserie des Gobelins ? Comment vous contenterai-je plus tard ?

— Chère milady, ne soyez pas cruelle envers moi, vous savez que ce n'est pas moi qui abuse de votre bonté.

— Je ne sais rien, excepté que je suis la plus malheureuse des femmes. Laissez-moi réfléchir, s'écriat-elle en imposant silence aux murmures de Phœbé par un geste impérieux. Retenez votre langue et laissez-moi songer à cette affaire si je puis. »

Elle porta les mains à son front et l'étreignit de ses doigts effilés, comme si elle avait voulu aider l'action du cerveau par une pression convulsive.

« Robert Audley est avec votre mari, dit-elle lentement, se parlant à elle-même plutôt qu'à la soubrette;

ces deux hommes sont ensemble et il y a l'huissier
dans la maison, et votre brutal de mari est probablement ivre à cette heure et entêté dans son ivresse. Si je
refuse de donner de l'argent à cet homme, son entêtement deviendra de la férocité. Il est inutile de discuter cette question. Il faut que je donne de l'argent.

— Mais si vous payez, milady, dit Phœbé d'un ton
sérieux, vous ferez bien comprendre à Luke que c'est
pour la dernière fois, s'il tient à rester dans cette maison.

— Pourquoi? demanda lady Audley, laissant retom-
ber ses mains sur ses genoux et regardant attentivement mistress Marks.

— Parce que je veux qu'il quitte l'auberge du *Château.*

— Et pour quel motif?

— Oh ! pour une foule de raisons. Il n'est pas fait
pour tenir une auberge. Je l'ignorais à l'époque de
notre mariage, sans cela je m'y fusse opposée et je
l'eusse engagé à devenir fermier. Il n'y aurait peut-
être pas consenti néanmoins, car il est très-têtu, milady. Quant à rester aubergiste, il ne le peut. Dès
qu'il fait nuit il est ivre, et quand il est ivre il sait à
peine ce qu'il fait. Nous l'avons échappé belle deux
ou trois fois déjà.

— Echappé belle!... qu'est-ce que cela signifie?

— Oui, nous avons risqué d'être brûlés vifs à cause
de son imprudence.

— Brûlés vifs!... et comment? » demanda milady
avec indifférence.

Elle était trop égoïste et trop absorbée par ses propres chagrins pour s'intéresser beaucoup au danger
qu'avait pu courir la soubrette.

« Vous savez, milady, que c'est une étrange maison que cette auberge, toute construite en bois vermoulu et pourri. La compagnie d'assurances de

Chelmsford ne veut pas l'assurer, car elle prétend
que si par une nuit de vent elle prenait feu, elle brû-
lerait comme de la paille et qu'on ne pourrait rien
sauver. Luke sait tout cela, et le propriétaire l'a
averti plusieurs fois, car il loge à côté de nous et surveille tous les mouvements de mon mari. Mais quand
Luke est ivre il ne sait plus ce qu'il fait. Il y a une
semaine environ, il laissa une chandelle sous un han-
gar, et la flamme gagna l'une des poutres du toit. Si
je ne m'en étais pas aperçue, en faisant ma ronde de
chaque soir avant de me coucher, nous étions perdus.
C'est la troisième fois en six mois que pareille chose
arrive, et vous devez comprendre combien j'ai peur,
milady. »

Milady n'eut pas l'air étonnée. Elle avait à peine
songé à tout cela et écouté les détails donnés par la
soubrette. A quoi bon s'intéresser aux douleurs d'autrui? N'avait-elle pas ses terreurs à elle et ses poignantes inquiétudes, qui accaparaient toutes les pensées enfantées par son cerveau?

Elle ne fit aucune remarque sur ce que la pauvre
Phœbé venait de lui dire. Ce ne fut même qu'après
que la soubrette eut fini de parler que les mots pro-
noncés par elle furent entièrement compris par lady
Audley.

« Brûlés vifs! répéta-t-elle enfin; quelle bonne affaire pour moi si votre excellent mari avait trouvé la
mort dans son lit dans une de ces occasions. »

Un tableau vivant s'offrit tout à coup à elle. Ce tableau représentait l'auberge du *Château* devenue un
immense monceau de plâtras et de bois et vomissant
des flammes qui s'élançaient vers le ciel au milieu de
la nuit froide et sombre.

Elle soupira profondément en chassant cette idée
de son cerveau en ébullition. Elle ne serait guère plus
avancée si cet ennemi se taisait pour toujours. Elle en

avait un autre bien plus dangereux, un autre qu'il lui était impossible de corrompre à prix d'argent, eût-elle possédé autant de trésors que la plus riche souveraine.

« Je vous donnerai de l'argent pour renvoyer cet huissier, dit milady après un moment de silence. Le dernier souverain que renferme ma bourse doit forcément être à vous, car je ne peux vous le refuser. »

Lady Audley se leva et prit la lampe allumée sur la table à écrire.

« L'argent est dans mon cabinet de toilette, dit-elle; je vais le chercher.

— Oh ! milady, s'écria tout à coup Phœbé, j'ai oublié quelque chose; je suis tellement préoccupée de notre affaire que je n'y ai plus songé.

— A quoi ?

— A une lettre qu'on m'a chargée de vous remettre au moment où je partais de chez nous.

— Quelle lettre ?

— Une lettre de M. Audley. Il a entendu mon mari parler de ma visite chez vous, et il m'a priée d'apporter cette lettre. »

Lady Audley remit la lampe sur la table et tendit la main pour recevoir le papier. Phœbé Marks ne put s'empêcher de remarquer que cette petite main couverte de bagues tremblait comme une feuille.

« Donnez-la-moi.... donnez-la-moi, cria milady, que je voie ce qu'il a encore à me dire. »

Dans son impatience elle arracha presque la lettre des mains de Phœbé. Elle déchira l'enveloppe et la jeta loin d'elle; elle put à peine déplier la feuille de papier tant elle était agitée.

La lettre était très-courte et ne renfermait que ces mots :

« Si mistress George Talboys n'est réellement pas morte, comme l'ont dit les journaux et comme l'indique la pierre tumulaire du cimetière de Ventnor, et si elle vit sous le nom de la dame soupçonnée et accusée par celui qui écrit ceci, il ne sera pas difficile de trouver quelqu'un qui constatera volontiers son identité. Misress Barkamb, la propriétaire de North Cottages, à Wildernsea, consentira sans doute à fournir son attestation et à confirmer mes soupçons.

« Robert AUDLEY.

« 3 mars 1859.

« Auberge du *Château*, Mount Stanning. »

Milady froissa la lettre dans ses mains avec violence et la jeta au feu.

« S'il était là devant moi en ce moment et que je pusse le tuer, murmura-t-elle intérieurement, je le ferais.... oui, je le ferais ! »

Elle saisit la lampe et se précipita dans le cabinet de toilette. Elle tira la porte derrière elle. Elle ne pouvait endurer la présence d'un témoin de son horrible désespoir, — ce qui l'entourait, elle-même, tout lui était insupportable.

CHAPITRE VIII

Une lueur rouge dans le ciel.

La porte entre le cabinet de toilette de milady et la chambre à coucher dans laquelle reposait sir Michaël avait été laissée ouverte. Le baronnet dormait tranquillement, et sa noble tête se voyait à la lueur affaiblie de la lampe. Sa respiration était lente et régulière, et sur ses lèvres se jouait un sourire — le sourire de bonheur qui lui était familier quand il regardait sa jolie femme, le sourire du père indulgent qui contemple avec admiration son enfant gâté.

Une lueur de compassion féminine adoucit le regard de lady Audley quand ses yeux se portèrent sur cette tête endormie. Pendant un instant, l'horrible préoccupation de sa souffrance fit place à un tendre sentiment de pitié pour un autre. Cette tendresse était peut-être de l'égoïsme à demi, et se confondait dans la pitié qu'elle éprouvait pour son mari et celle qu'elle ressentait pour elle-même; mais elle attestait quand même qu'une fois, une seule fois, ses pensées étaient sorties du cercle étroit de ses propres chagrins pour s'appesantir sur la douleur qui allait en frapper un autre.

« Si on parvenait à le lui persuader, comme il serait malheureux ! » se dit-elle.

A cette pensée vint s'en mêler une autre, — celle de sa jolie figure, de ses manières ravissantes, de son sourire malin, et de sa voix harmonieuse, qui ressemblait au tintement argentin des cloches dans une vaste prairie ou au murmure d'une rivière par une chaude soirée d'été. Elle songea à tout cela, et le tressaillement de triomphe qu'elle éprouva domina sa terreur.

Lors même que sir Michaël vivrait cent ans, qu'il croirait à tout ce qu'on lui dirait d'elle et la mépriserait, pourrait-il ne plus songer à tous ces attributs charmants? Non, un million de fois non. Jusqu'à la dernière heure de sa vie, sa mémoire la lui représenterait sous ses traits aimables et enchanteurs qui avaient conquis son admiration enthousiaste et son cœur. Ses ennemis les plus cruels ne pourraient lui enlever cet avantage de la beauté qui avait eu sur son esprit frivole une influence si désastreuse.

Elle se promena dans son cabinet de toilette, à la lueur argentée de la lampe, et réfléchit sur la lettre étrange qu'elle avait reçue de Robert Audley. Il lui fallut quelque temps avant de raffermir ses idées, — avant de rassembler toutes les forces de son esprit étroit sur l'important sujet fourni par la menace renfermée dans la lettre de l'avocat.

« Il le fera, se dit-elle les dents serrées ; il le fera, à moins que je ne le fasse entrer auparavant dans une maison de fous, ou à moins que... »

Elle n'acheva pas sa pensée en paroles, elle ne l'acheva pas même en esprit, mais les pulsations de son cœur épelèrent une à une toutes les syllabes de la phrase en frappant contre sa poitrine.

Cette pensée était celle-ci : « Il le fera, à moins que quelque malheur extraordinaire ne lui arrive et ne le rende muet pour toujours. » Le sang afflua vers la

figure de milady, et la colora d'un reflet rougeâtre
comme celui de la flamme; puis il reprit son cours
naturel, et cette physionomie si animée naguère devint tout à coup blanche comme la neige. Ses mains,
qu'elle avait serrées convulsivement, se séparèrent
et retombèrent inertes de chaque côté. Elle s'arrêta
dans sa promenade rapide, — comme la femme de
Loth dut s'arrêter après ce fatal regard jeté en arrière
sur la cité engloutie, en sentant son pouls s'affaiblir,
son sang se glacer dans ses veines, et tout son corps
se transformer lentement en une statue inanimée.

Lady Audley resta environ cinq minutes dans cette
attitude étrange, tenant la tête droite et les yeux fixés
droit devant elle, — non pas sur ce qui l'entourait dans
ce cabinet étroit, mais sur le danger et l'horreur qu'elle
entrevoyait au loin.

Elle abandonna ensuite cette pose pénible avec
presque autant de promptitude qu'elle en avait mis à
la prendre. Elle sortit de cette demi-léthargie, marcha
rapidement vers sa table de toilette, s'assit devant elle,
écarta les flacons d'essence qui l'encombraient et regarda son image dans la psyché. Elle était très-pâle,
mais sa figure enfantine ne portait pas d'autres traces
visibles d'agitation. Les lignes de sa bouche, divine-
ment moulées, étaient si belles, qu'un observateur
attentif pouvait seul s'apercevoir qu'elles étaient un
peu plus tendues que d'habitude. Elle s'en aperçut
elle-même et essaya de chasser cette rigidité à l'aide
d'un sourire; mais ses lèvres rosées refusèrent de lui
obéir et ne se desserrèrent pas. Elles n'étaient plus
les esclaves de sa volonté et de son bon plaisir. Toute
sa force de caractère se révélait par ce seul fait. Elle
pouvait commander à ses yeux, mais non pas faire
mouvoir les muscles de sa face. Elle se leva de sa
table de toilette, prit un manteau en velours sombre
et un chapeau dans un coin de sa garde-robe, et s'ha-

billa pour sortir. La petite pendule en laque qui ornait
sa cheminée sonna onze heures un quart pendant
qu'elle était encore occupée. Cinq minutes après, elle
rentra dans le boudoir où elle avait laissé Phœbé Marks.

La femme de l'aubergiste était assise devant le feu
presque dans la même position que son ancienne maîtresse au commencement de la soirée. Phœbé avait
alimenté le feu et remis son châle et son chapeau. Il
lui tardait de rentrer chez elle auprès de ce brutal
mari qui ne savait que trop bien profiter de son absence pour commettre quelque imprudence. Elle leva
la tête quand lady Audley entra, et poussa un cri de
surprise en voyant sa maîtresse prête à sortir.

« Avez-vous l'intention de sortir à cette heure, milady? s'écria-t-elle.

— Oui, Phœbé! je vais à Mount Stanning avec vous
pour voir cet huissier, le payer, et le renvoyer moi-
même.

— Mais vous oubliez qu'il est tard, milady. »

Lady Audley ne répondit pas. Elle réfléchissait, la
main posée sur le cordon de la sonnette.

« Les écuries sont toujours fermées, et les palefre-
niers couchés à dix heures quand nous habitons le
château. Pour avoir une voiture, il faudrait faire beaucoup de bruit ; je crois pourtant que quelque domestique pourrait me la préparer sans qu'il y eût du va-
carme.

— Mais pourquoi sortir ce soir, milady? demanda
Phœbé Marks. Demain, cela vaudra tout autant. Dans
huit jours même, si vous voulez. Notre propriétaire
renverra l'huissier lui-même s'il a votre promesse de
régler l'affaire. »

Lady Audley ne prêta pas l'oreille à cette interruption. Elle retourna dans son cabinet de toilette, enleva
à la hâte son manteau et son chapeau et reparut dans
le boudoir avec son costume du dîner.

« Maintenant, Phœbé, écoutez-moi, dit-elle en saisissant la soubrette par le poignet et lui parlant à voix
basse, mais d'un ton qui n'admettait pas de réplique.
Écoutez-moi, Phœbé, je vais ce soir à l'auberge; qu'il
soit tard ou de bonne heure, peu m'importe; je suis
décidée à y aller, et j'irai. Vous m'avez demandé pourquoi, et je vous l'ai dit. J'y vais pour payer cette dette
moi-même et m'assurer que l'argent que je donne est
employé comme il doit l'être. Il n'y a rien là de bien
extraordinaire. Je fais ce que font bon nombre d'autres
femmes dans ma position. Je vais rendre service à ma
soubrette favorite.

— Mais il est près de minuit, milady. »

Lady Audley fronça le sourcil à cette interruption.

« Si ma visite chez vous pour payer cet homme
venait à être connue, je saurais me justifier; mais je
préfèrerais qu'elle fût ignorée. Je crois pouvoir quitter
cette maison et y rentrer sans être vue de personne,
si vous voulez m'obéir.

— Je suis prête, milady.

— Eh bien! vous allez me souhaiter une bonne nuit
tout à l'heure, quand ma femme de chambre va venir,
et vous vous laisserez reconduire par elle hors de la
maison. Vous traverserez la cour et vous m'attendrez
de l'autre côté du portail. Il peut se faire que je vous
fasse attendre une demi-heure, car je ne pourrai sortir
que lorsque tout le monde sera couché, mais vous pren-
drez patience. Je vous rejoindrai, quoi qu'il arrive. »

La figure de lady Audley n'était plus pâle. Une rougeur surnaturelle brillait au centre de chaque joue, et
ses grands yeux bleus étincelaient. Elle parlait avec une
clarté et une rapidité surprenantes. Elle avait l'air et
les manières de quelqu'un qui subit l'influence de
quelque émotion violente. Phœbé Marks la regardait
avec épouvante. Elle commençait à craindre que son
ancienne maîtresse ne devînt folle.

La sonnette que fit retentir lady Audley amena la femme de chambre de milady, qui portait des rubans couleur de rose, une robe en soie noire et d'autres ajustements tout à fait inconnus dans ce bon vieux temps où les serviteurs portaient des habits en tiretaine.

« Je ne savais pas qu'il fût si tard, Martine, dit milady avec cette douceur qui la faisait bien venir auprès de ses gens. J'ai oublié les heures en causant avec mistress Marks. Je n'aurai plus besoin de vous ce soir ; ainsi, vous pouvez aller vous coucher.

— Merci, milady, répondit la femme de chambre, qui paraissait avoir grande envie de dormir et ne retenait qu'avec peine un bâillement en présence de sa maîtresse. Ne ferais-je pas bien de reconduire mistress Marks avant de me mettre au lit?

— Sans doute ; reconduisez-la. Les autres domestiques sont-ils déjà couchés?

— Oui, milady. »

Lady Audley se prit à rire en regardant la pendule.

« Nous avons perdu beaucoup de temps à bavarder, Phœbé. Bonne nuit, et dites à votre mari que le loyer sera payé.

— Merci, milady, et bonne nuit, » murmura Phœbé en tournant sur ses talons suivie de la femme de chambre.

Lady Audley écouta à la porte jusqu'à ce que le bruit de leurs pas eût cessé dans la chambre octogone et sur le tapis de l'escalier.

« Martine couche en haut de la maison, dit-elle. C'est très-loin d'ici. Dans dix minutes, je pourrai sortir sans crainte. »

Elle revint dans son cabinet de toilette, et remit pour la seconde fois son chapeau et son manteau. La rougeur n'avait pas disparu de ses joues, et ses yeux brillaient toujours d'un éclat surnaturel. La surexcitation qui la dominait était telle, qu'elle ne ressentait aucune lassitude de corps ni d'esprit. Quelque diffuse que soit ma description de ses sentiments, je décris à peine un dixième de ses pensées et de ses souffrances; ses angoisses rempliraient des volumes imprimés en caractères très-fins. Tout en elle était souffrance, doute, perplexité. Tantôt elle envisageait ses tourments en détail, et tantôt elle les réunissait en bloc, par une seule pensée, plus rapide que l'éclair. Elle était debout contre la cheminée de son boudoir et attendait, en regardant marcher les aiguilles de la pendule, que le moment de quitter la maison arrivât.

« J'attendrai dix minutes, se dit-elle, mais pas un moment de plus avant de m'engager dans ce nouveau péril. »

Elle écouta le mugissement du vent qui semblait avoir redoublé à mesure que la nuit avançait et que les ténèbres devenaient plus épaisses.

Les aiguilles parcoururent lentement sur la pendule le petit espace marqué par les dix minutes. A minuit moins un quart, milady prit une lampe et sortit sans bruit de sa chambre. Son pas était aussi léger que celui d'une gazelle, et elle n'avait pas à craindre d'éveiller le moindre écho dans cette maison, livrée au sommeil, en marchant sur les dalles des corridors et les tapis de l'escalier. Elle ne s'arrêta que lorsqu'elle fut arrivée au vestibule du rez-de-chaussée. On sortait par plusieurs portes de ce vestibule octogone comme l'appartement de milady. L'une de ces portes menait à la bibliothèque, et ce fut celle-là que lady Audley ouvrit avec précaution.

C'eût été folie que de tenter une sortie secrète par l'une des portes principales, car le concierge lui-même surveillait la fermeture de toutes les portes par devant et par derrière. Le secret des serrures fixées à ces portes pour mettre à l'abri la vaisselle plate de sir Michaël, n'était connu que des domestiques qui les ou-

vraient et les fermaient. Mais, malgré toutes ces pré-
cautions-à l'endroit des entrées principales de la cita-
delle, la porte vitrée qui donnait accès de la salle à
manger sur la pelouse n'était défendue que par un volet en bois et une barre de fer qu'un enfant pouvait
soulever sans peine.

C'était par là que lady Audley voulait s'échapper de
la maison. Elle avait assez de force pour soulever le
volet et la barre de fer, et elle ne courait pas grand
risque en laissant ce passage libre derrière elle. Il
était peu probable que sir Michaël s'éveillât de sitôt.
Il avait le sommeil lourd d'habitude, et depuis sa maladie son sommeil était devenu plus lourd encore.

Lady Audley traversa la bibliothèque et ouvrit la
porte vitrée de la salle à manger. Cette salle à manger
avait été construite tout récemment. Elle était simple
et gaie, et tapissée d'un papier de couleur. Alicia l'habitait plus souvent que qui que ce fût. Les mille riens
qui révélaient les occupations favorites de la jeune fille
étaient éparpillés dans la salle : c'étaient des pinceaux,
des brosses pour le dessin, une broderie commencée,
des écheveaux de soie tout embrouillés, et une foule
d'autres objets attestant la présence d'une insouciante
jeune fille. Le portrait de miss Audley — jolie esquisse
au crayon, qui la représentait en habit et en chapeau
d'amazone — était accroché au-dessus de la cheminée.
Milady regarda ces objets avec de la haine et du mépris
dans ses beaux yeux bleus.

« Comme elle serait contente s'il m'arrivait malheur,
dit-elle. Quelle joie pour elle, si j'étais chassée d'ici. »

Lady Audley posa la lampe sur une table, près de
la cheminée, et elle se dirigea ensuite vers la porte
vitrée et l'ouvrit. La nuit était froide et noire, et une
bouffée de vent qui s'engouffra par l'ouverture éteignit
la lampe.

« Peu m'importe! murmura milady, je ne l'aurais

pas laissée allumée. Je trouverai mon chemin dans la maison quand je reviendrai, toutes les portes sont ouvertes. »

Elle s'aventura sur le sentier caillouté qui bordait la pelouse et referma la porte vitrée. Elle craignait que le vent ne la trahît en faisant crier la porte de la bibliothèque.

Elle était maintenant dans le parterre, exposée aux fureurs du vent qui s'enroulait autour de sa robe de soie, et la faisait claquer comme la voile d'un bateau par une forte brise. Elle traversa le parterre et jeta un regard en arrière sur les fenêtres de son boudoir, éclairées par la lueur du feu, et sur celles de la chambre à coucher de sir Michaël, où brillait un faible rayon de lumière.

« J'éprouve l'émotion de quelqu'un qui s'évade au cœur de la nuit pour ne plus jamais reparaître et être oublié, se disait-elle. Peut-être ferais-je mieux de fuir, de profiter de l'avertissement de cet homme et de lui échapper pour toujours. Si je disparaissais comme George Talboys?... Mais où aller?... Que devenir?... Je n'ai pas d'argent, mes bijoux valent tout au plus une centaine de livres, à présent que j'ai vendu les plus beaux. Que faire?... Dois-je recommencer la vie d'autrefois, cette vie de misère, de souffrance et d'humiliation; m'exposer de nouveau aux fatigues de la lutte, et mourir.... comme mourut ma mère, peut-être? »

Milady demeura quelque temps immobile entre le parterre et l'arche, à débattre cette question? Sa tête était baissée, et ses mains réunies l'une à l'autre. Son attitude révélait l'état de son esprit; elle exprimait l'irrésolution, la perplexité. Tout à coup un changement se fit en elle, et elle releva la tête — d'un air de défi et de détermination.

« Non, monsieur Robert Audley, dit-elle tout haut

d'une voix claire et faible, je ne recommencerai pas....
je ne veux pas recommencer. Si ce duel entre nous
est un duel à mort, ma main ne lâchera pas l'arme
qu'elle tient. »

Elle marcha vers l'arche d'un pas ferme et rapide.
En passant sous cette construction massive, il lui sembla qu'elle disparaissait dans quelque gouffre sombre,
béant pour la recevoir. L'horloge qui surmontait l'arche sonna minuit, et chaque coup fit vibrer la maçonnerie solide, pendant que lady Audley arrivait de
l'autre côté et rejoignait Phœbé Marks qui l'attendait.

« Il y a trois milles d'ici à Mount Stanning, n'est-ce
pas, Phœbé? lui dit-elle.

— Oui, milady.

— Alors, nous pouvons les faire dans une heure. »

Lady Audley ne s'était pas arrêtée en parlant; elle
marchait très-vite le long de l'avenue, et Phœbé sui-
vait à ses côtés. Quoique faible et délicate en apparence, elle était très-bonne marcheuse. Elle avait pris
l'habitude des longues promenades chez M. Dawson,
alors qu'elle n'avait qu'à obéir, et une distance de
trois milles ne l'effrayait pas.

« Votre aimable mari vous aura sans doute attendue, Phœbé, dit-elle en traversant un champ qui,
d'habitude, servait de traverse entre le château et la
grande route.

— Oh! c'est bien sûr, milady; je pense qu'il se sera
mis à boire avec l'homme.

— Quel homme?

— L'homme qui accompagnait l'huissier, milady.

— Oh! c'est probable, » dit milady Audley avec indifférence.

Il était étrange que les chagrins domestiques de
Phœbé fussent si loin de sa pensée au moment même
où elle tentait une démarche si extraordinaire pour

aller arranger les affaires de la soubrette à l'auberge
du *Château*.

Les deux femmes traversèrent le champ et gagnèrent
la grande route. Le chemin qui menait à Mount Stanning était montueux et d'un aspect fort triste à cette
heure avancée de la nuit; mais milady marchait avec
le courage du désespoir. Elle ne dit pas un mot à sa
compagne jusqu'au moment où elles arrivèrent au
sommet de la colline et aperçurent quelques lueurs
annonçant le village. L'une de ces lueurs, plus brillante que les autres, indiquait la maison où probablement Luke, à moitié ivre, attendait l'arrivée de sa
femme.

« Phœbé, il n'est pas couché, votre mari, dit milady,
et comme je ne vois pas d'autre lumière, je suppose
que M. Robert Audley dort depuis longtemps.

— Je le crois, milady.

— Êtes-vous sûre qu'il ait passé la nuit à votre auberge.

— Certainement, avant de partir, j'ai aidé la servante à préparer sa chambre. »

Le vent, déjà très-violent dans la plaine, l'était plus
encore au sommet de la colline où était située l'auberge. La frêle maison était ébranlée de fond en comble par ses efforts redoublés, car il pénétrait partout
par les fentes des portes, celles des fenêtres, les tuiles
disjointes, et les cheminées délabrées.

Luke Marks ne s'était pas donné la peine d'assu-
jettir la porte de sa maison avant de se mettre à boire
avec l'homme qui était chargé provisoirement de garder ses meubles et ses ustensiles de ménage. Le maître
de l'auberge du *Château* était une brute paresseuse et
sensuelle qui ne songeait qu'à ses plaisirs et haïssait
quiconque l'empêchait de s'y abandonner librement.

Phœbé ouvrit la porte elle-même, et entra suivie de
milady. Le gaz était allumé au comptoir et emfumait

le plafond, blanchi à la chaux. La porte de la salle derrière le comptoir était entr'ouverte, et lady Audley entendit le rire brutal de Marks en franchissant le seuil de l'auberge.

« Je vais lui dire que vous êtes ici, milady, murmura Phœbé à son ancienne maîtrese. Il doit être ivre, et je vous supplie de ne pas vous en offenser, s'il vous dit quelque grossièreté. Vous savez que je ne voulais pas que vous vinssiez.

— Oui... oui... je le sais; mais que m'importe sa grossièreté? Qu'il dise ce qu'il voudra. »

Phœbé Marks poussa la porte de la salle, laissant milady derrière elle.

Luke était assis, les jambes étendues sur les chenets. Il tenait d'une main un verre de gin, et de l'autre le tisonnier dont il se servait pour remuer les charbons et livrer passage à la flamme.

Quand sa femme parut, il retira brusquement le tisonnier et dit en branlant la tête comme un homme ivre :

« Vous vous êtes donc enfin décidée à revenir, madame, je vous croyais partie pour toujours. »

Sa langue était épaisse; il parlait avec peine et d'une façon peu intelligible; ses yeux étaient humides, ses mains tremblantes, et sa voix indiquait qu'il avait bu ce soir-là encore plus que de coutume. Brutal à jeun, il l'était dix fois plus encore en état d'ivresse. Il ne gardait plus alors la moindre réserve.

« Je... je suis restée plus longtemps que je ne pensais, répondit Phœbé d'un ton conciliant; mais j'ai vu milady, et elle a été très-bonne pour nous, et... elle réglera cette affaire.

— Très-bonne, ah! ah! vraiment, murmura Marks d'une voix entrecoupée, je ne lui en sais aucun gré; je la connais, sa bonté, et si elle n'y était pas forcée, elle changerait d'allures. »

Le gardien des meubles, qu'un tiers de la liqueur engloutie par Marks avait plongé dans une demi-rêverie, regarda tout étonné l'aubergiste et sa femme. Il était assis près de la table sur laquelle il avait planté ses coudes pour ne pas glisser dessous, et il faisait de vains efforts pour allumer sa pipe à une chandelle qu'il avait devant lui.

« Milady a promis de régler cette affaire, » riposta Phœbé, sans s'occuper des remarques de Luke.

Elle connaissait assez la nature entêtée de son mari pour savoir qu'il était inutile de chercher à l'empêcher de parler ou d'agir quand il s'était mis en tête de le faire.

« Elle est venue ici pour cela ce soir même, Luke, » ajouta-t-elle.

Le tisonnier s'échappa des mains de l'aubergiste et fit grand bruit en tombant.

« Lady Audley est venue ici ce soir? s'écria-t-il.

— Oui, Luke. »

Milady parut sur le seuil au même instant.

« Oui, Luke Marks, dit-elle, je suis venue payer cet homme et le renvoyer. »

Lady Audley prononça ces mots comme si elle les avait appris par cœur et les répétait sans savoir ce qu'elle disait.

Marks posa son verre vide sur la table d'un air de mécontentement et dit en faisant un geste d'impatience :

« Vous auriez pu donner l'argent à Phœbé ; elle l'aurait apporté aussi bien que vous. Nous ne voulons pas ici de belles dames pour fourrer leur nez partout.

— Luke... Luke... fit observer Phœbé, vous oubliez combien milady a été bonne.

— Au diable sa bonté! c'est son argent qu'il nous faut et sans espoir de reconnaissance encore. Ce qu'elle fait, elle est forcée de le faire, sinon elle s'en garderait bien. »

Luke Marks aurait continué longtemps sur ce ton si milady ne s'était tout à coup retournée vers lui, et ne l'avait rendu muet d'un regard. La flamme qui s'échappait de ses yeux était verdâtre comme celle qui se dégagerait de l'œil en courroux d'une sirène.

« Taisez-vous, dit-elle, je ne suis pas venue ici pour écouter vos insolences. Combien devez-vous?

— Neuf livres. »

Lady Audley tira sa bourse — un bijou en ivoire, argent et turquoise — et en sortit un billet de banque et quatre souverains qu'elle déposa sur la table.

« Je veux un reçu de cet homme avant de partir, » dit-elle.

Il fallut du temps pour faire comprendre au gardien ce qu'on désirait de lui, et ce ne fut qu'en lui mettant entre les doigts une plume pleine d'encre qu'il comprit que sa signature était nécessaire au bas du reçu écrit par Phœbé Marks. Dès que l'encre fut sèche, lady Audley prit le papier et quitta la salle. Phœbé la suivit.

« Vous ne vous en retournerez pas seule, milady; dit-elle. Laissez-moi vous accompagner.

— Oui, oui, vous m'accompagnerez. »

Les deux femmes se trouvaient près de la porte de l'auberge pendant que milady parlait. Phœbé regardait son ancienne maîtresse. Elle s'était attendue à ce que lady Audley fût pressée de repartir après avoir payé l'affaire dont elle avait voulu si capricieusement s'occuper; mais il n'en fut pas ainsi; milady était appuyée contre le montant de la porte et regardait dans le vide. Mistress Marks eut peur de nouveau que des chagrins récents n'eussent rendu sa maîtresse folle.

Une petite horloge hollandaise placée derrière le comptoir sonna une heure, pendant que lady Audley demeurait ainsi indécise et complétement irrésolue.

Elle tressaillit à ce bruit et commença à trembler violemment.

« Je crois que je vais m'évanouir, Phœbé, dit-elle; où pourrais-je trouver de l'eau froide?

— La pompe est dans le lavoir; je cours vous chercher un verre d'eau, milady.

— Non, non, dit milady, retenant Phœbé par le bras, au moment où elle allait sortir pour chercher ce verre d'eau, j'irai moi-même. Il faut que je me plonge la tête dans une cuvette d'eau pour ne pas m'évanouir. Dans quelle chambre couche M. Audley ? »

Il y avait si peu d'à-propos dans cette question, que Phœbé examina attentivement sa maîtresse avant d'y répondre.

« J'ai préparé le nº 3, milady,... la chambre à côté de la nôtre, sur le devant, répliqua-t-elle après un silence d'étonnement.

— Donnez-moi de la lumière, dit milady, je vais monter chez vous et mettre de l'eau dans une cuvette pour me baigner la tête. Restez ici, ajouta lady Audley d'un ton d'autorité, en voyant que Phœbé Marks allait lui montrer le chemin, et veillez à ce que votre brute de mari ne monte pas là-haut ! »

Elle saisit la bougie allumée par Phœbé des mains de la jeune femme, et monta l'escalier en bois vermoulu qui menait au sombre corridor du premier étage. Cinq chambres à coucher donnaient sur le corridor dans lequel elle déboucha, et chacune d'elles portait un numéro peint en lettres noires sur les panneaux supérieurs des portes. Lady Audley était venue à Mount Stanning examiner la maison lorsqu'elle avait acheté le fonds à Luke Marks, et elle connaissait très-bien les êtres de cette vieille maison. Elle savait où était la chambre de Phœbé, mais elle s'arrêta devant celle de la chambre qui avait été préparée pour M. Robert Audley.

Elle s'arrêta et regarda le numéro peint sur la porte.
La clef était dans la serrure, et sa main s'appuya dessus comme par mégarde. Puis elle se mit à trembler
comme elle avait tremblé quelques minutes avant au
bruit de l'horloge, et resta ainsi tremblante quelques
instants, ayant toujours la main sur la clef. Ensuite sa
figure revêtit une horrible expression, et elle tourna
deux fois la clef dans la serrure, fermant ainsi la porte
à double tour.

Aucun bruit ne fut entendu de l'intérieur. Celui qui
occupait la chambre ne fit aucun mouvement, ne
donna aucun signe attestant que le grincement de la
clef dans la serrure rouillée était parvenu à ses oreilles.

Lady Audley entra précipitamment dans la chambre
à côté. Elle posa la bougie sur la table de toilette, ôta
son chapeau, et en noua les rubans autour de son
bras. Elle s'empara de la cuvette et la remplit d'eau.
Elle plongea dans cette eau sa tête et sa chevelure
dorée, et revint se placer pendant quelques instants
au milieu de la chambre, d'où elle contempla d'un
œil ardent le maigre ameublement qui l'entourait. La
chambre à coucher de Phœbé n'avait rien de luxueux.
Elle avait été forcée de mettre les plus beaux meubles
dans les chambres réservées aux voyageurs que le
hasard pouvait amener à l'auberge du *Château*. Mais
mistress Marks avait remplacé la partie substantielle
de l'ameublement qui faisait défaut par l'abondance
des draperies. Au lit, aux fenêtres, partout, des rideaux
blancs de mousseline à bon marché et des draperies
de même étoffe à la sombre fenêtre, masquaient la
lumière du jour et donnaient asile à des légions de
mouches et aux toiles d'araignée. La glace elle-même,
ce malheureux morceau de verre qui faisait grimacer
toute figure assez hardie pour s'y mirer, était encadrée
dans de la mousseline festonnée et du calicot rouge
glacé orné d'une dentelle tricotée.

Milady sourit à l'aspect de tous ces festons et de tous les ornements qui partout frappaient l'œil. Elle avait raison peut-être de sourire en se rappelant la richesse de son splendide appartement; mais il y avait dans ce sourir une expression sardonique qui annonçait autre chose qu'un mépris naturel pour le luxe de la pauvre Phœbé. Elle s'approcha de la table de toilette, y essuya ses cheveux mouillés devant la glace, puis elle remit son chapeau. La bougie placée sur la table se trouvait nécessairement rapprochée de la gaze qui recouvrait les dorures de la glace, et elle l'était tellement, que le frêle tissu semblait attirer la flamme comme s'il avait eu sur elle une puissance magnétique.

Phœbé attendait avec impatience à la porte de l'auberge que milady redescendit. Elle regardait s'écouler les minutes sur la petite horloge hollandaise, et trouvait que les aiguilles marchaient bien lentement. Ce ne fut qu'à une heure et dix minutes que lady Audley reparut. Elle avait remis son chapeau, et ses cheveux étaient encore humides, mais elle ne rapportait pas la bougie.

Phœbé s'inquiéta aussitôt de cette bougie absente.

« Vous avez laissé la bougie là-haut, milady, dit-elle.

— Le vent l'a éteinte au moment où j'allais sortir de chez vous, et je l'ai laissée dans votre chambre, répondit tranquillement milady.

— Dans ma chambre !

— Oui.

— Était-elle bien éteinte ?

— Oh! tout à fait; mais pourquoi ces questions ennuyeuses ? Il est une heure passée, venez. »

Elle prit le bras de Phœbé, et l'entraîna, moitié de

gré, moitié de force, hors de la maison. La pression
convulsive de sa main mignonne sur le bras de sa
compagne avait en ce moment autant de force qu'un
étau de fer. Le violent vent de mars referma brusquement la porte de l'auberge, et les deux femmes se
trouvèrent de nouveau sur la route, au milieu des ténèbres. La longue route noire s'étendait morne et désolée devant elles, à peine visible entre les rangées
d'arbres dépouillés.

Une promenade de trois milles de long sur une route
déserte, entre une et deux heures du matin, par le froid
piquant d'une matinée d'hiver, est loin d'être un diver-
tissement pour une femme délicate, pour une femme
qui aime ses aises et le confortable. Mais milady n'en
courait pas moins sur le terrain durci et inégal de la
grande route. Elle traînait après elle sa malheureuse
compagne comme si le génie du mal l'avait douée d'une
force indomptable. Par cette nuit noire qui les enveloppait — par ce vent terrible qui soufflait autour
d'elles des quatre points cardinaux, balayant une
vaste étendue de terrain cachée par les ténèbres et se
déchaînant avec toute sa violence sur elles — les
deux femmes descendirent la colline sur laquelle s'élevait Mount Stanning, le long d'un mille et demi de terrain plat, et gravirent la côte au nord de celle qui re-
célait sur sa pente opposée le riant coin de terre où le
château d'Audley était enseveli loin du tumulte et des
clameurs du monde.

Milady s'arrêta au sommet de cette colline pour reprendre haleine et étreindre son cœur à deux mains
dans l'espoir d'en étouffer les battements douloureux.
Elles n'étaient plus maintenant qu'à trois quarts de
mille du château. Il y avait environ une heure qu'elles
avaient quitté l'auberge du *Château*.

Lady Audley, pendant cette halte, tourna la tête
vers le but de sa course. Phœbé Marks s'arrêta aussi,

et, profitant d'un moment d'arrêt dans cette course précipitée, jeta ses regards en arrière sur cette triste auberge, où elle était si malheureuse. A la vue de l'auberge elle poussa un cri d'horreur et saisit vivement le manteau de lady Audley.

Les ténèbres ne couvraient plus de leur voile noir toute l'étendue du ciel. Un jet de lumière brillait dans le lointain.

« Milady !... milady !... s'écria Phœbé saisissant un des pans du manteau de sa maîtresse, et lui montrant cette lueur, voyez-vous ?... voyez-vous ?

— Oui, je vois, répondit lady Audley en essayant de dégager son manteau des mains qui le serraient. Qu'est-ce que c'est ?

— Le feu..., milady.... le feu !

— Il me semble, en effet. C'est à Brentwood sans doute. Lâchez-moi, Phœbé, ce feu ne nous touche en rien.

— Oh ! milady, ce n'est pas à Brentwood, c'est bien plus près, c'est à Mount Stanning. »

Lady Audley ne répondit pas. Elle tremblait de nouveau, de froid peut-être, car le vent avait arraché son manteau de ses épaules et tout son corps frêle était exposé à la bise aiguë.

« C'est à Mount Stanning, milady, s'écria Phœbé Marks ; le feu est à l'auberge du *Château*.... je le sais.... je le sais.... j'ai songé au feu toute la soirée et j'étais mal à mon aise, car je savais qu'un jour ou l'autre cela arriverait. L'auberge ne m'inquiète guère, mais il y va de la vie de plusieurs personnes.... il y va de la vie de plusieurs personnes, sanglota la jeune femme avec égarement. Luke est ivre et ne pourra se sauver tout seul, et M. Audley est endormi.... »

Phœbé Marks s'arrêta tout à coup en prononçant le nom de Robert. Elle se jeta à genoux et levant les mains vers lady Audley :

« O mon Dieu ! s'écria-t-elle, dites-moi que ce n'est
pas vrai, dites-le-moi, c'est trop horrible, trop horrible !...

— Qu'est-ce qui est trop horrible ?

— La pensée qui me vient à l'esprit.... la terrible
pensée que j'ai en ce moment.

— Que voulez-vous dire, Phœbé ? cria milady fière-
ment.

— Que Dieu me pardonne si je me trompe.... s'é-
cria la jeune femme agenouillée, en phrases entrecou-
pées, puissé-je me tromper, milady ! pourquoi êtes-
vous venue à l'auberge ce soir ?... pourquoi avez-vous
résisté à toutes mes objections, vous qui êtes l'ennemie de M. Audley et de Luke, que vous saviez réunis
ce soir sous le même toit ? Oh! dites-moi que je vous
fais injure.... dites-le-moi.... car, aussi vrai qu'il y a
un Dieu au-dessus de nos têtes, je crois que vous n'ê-
tes venue que pour mettre le feu à l'auberge. N'est-
ce pas que je vous fais injure, milady.... n'est-ce
pas ?... Dites-le-moi, je vous en supplie

— Je n'ai rien à vous dire, sinon que vous êtes folle,
répondit lady Audley d'un ton sec et dur; relevez-vous,
peureuse.... idiote ! Votre mari est-il donc si regret-
table que vous ayez lieu de gémir à cause de lui. Que
vous est-il ce Robert Audley pour que vous fassiez la
folle parce qu'il court un danger quelconque ? Comment savez-vous que le feu est à Mount Stanning ?
Vous voyez un jet de lumière dans le ciel et vous vous
écriez aussitôt que votre misérable hutte est en flammes, comme s'il n'y avait pas sur terre d'autre maison
qui pût brûler. Le feu peut être à Brentwood ou plus
loin.... à Romford.... ou plus loin encore; de l'autre
côté de Londres peut-être. Relevez-vous, folle, et retournez chez vous pour veiller sur vos biens, sur
votre mari et sur votre locataire. Relevez-vous et
partez, je n'ai plus besoin de vous.

— Oh ! milady.... milady.... pardonnez-moi.... sanglota Phœbé ; rien de tout ce que vous pourrez me dire ne sera assez dur pour l'injure que je vous ai faite, même en pensée ; je ne prends pas garde à vos paroles cruelles.... accablez-moi de reproches pour cette accusation.... vos duretés ne seront rien pour moi.... dites-moi tout ce que vous voudrez, si j'ai tort.

— Retournez voir par vous-même, répondit lady Audley sèchement, je vous répète que je n'ai plus besoin de vous. »

Lady Audley s'éloigna, laissant Phœbé Marks toujours agenouillée sur la route dans sa posture de suppliante. La femme de sir Michaël reprit le chemin de la maison où dormait son mari, pendant que les lueurs du feu éclairaient l'immensité du ciel derrière elle et que, devant elle, s'étendait l'obscurité de la nuit.

CHAPITRE IX

Le porteur de nouvelles.

Il était tard le lendemain dans la matinée quand lady Audley sortit de son cabinet de toilette. Elle portait un charmant négligé du matin en mousseline, tout garni de dentelles et de broderies, mais sa figure était très-pâle et ses yeux étaient entourés d'un cercle bleuâtre. Elle donna pour excuse qu'elle avait lu très-tard dans la nuit.

Sir Michaël et sa jeune femme déjeunèrent dans la bibliothèque, sur une table ronde, commodément installés au coin d'un bon feu, et Alicia fut obligée de figurer à côté de sa belle-mère, tout en se promettant de la fuir dans l'intervalle des repas.

Cette matinée de mars était triste et sombre. La pluie fine qui tombait sans relâche donnait au paysage une teinte obscure et empêchait la vue de s'étendre au loin. Il n'était arrivé que quelques lettres par le courrier du matin, et comme les journaux n'apportaient pas leurs nouvelles avant midi, la causerie n'était pas très-animée à la table du déjeuner.

Alicia regardait les gouttes de pluie qui venaient battre contre les vitres.

« Impossible de sortir à cheval aujourd'hui, dit-elle, et pas la moindre chance de voir des visites pour nous égayer, à moins que ce ridicule Bob n'affronte la boue et la pluie pour venir de Mount Stanning. »

Avez-vous jamais entendu parler d'une manière légère et indifférente de quelqu'un que vous savez mort par une autre personne qui ignore la nouvelle? Cette personne fait dire et faire à celui qui n'est plus les mille absurdités dont se compose la vie journalière, tandis que vous savez, vous, qu'il a disparu pour toujours de la surface de la terre, et qu'il y a, entre lui et les occupations quotidiennes des vivants, la pierre d'une tombe? Ces allusions, quelque insignifiantes qu'elles soient, produisent une sensation désagréable dans l'esprit. Ces remarques affectent péniblement votre sensibilité nerveuse, et ce manque de respect involontaire envers la mort vous est odieux. Quels furent les motifs qui firent frissonner lady Audley en entendant le nom de Robert? Dieu seul le sait, mais sa figure devint pâle comme la mort quand Alicia parla de son cousin.

« Oui, il viendra peut-être malgré la boue et la pluie, continua la jeune fille, et il entrera ici avec son chapeau déformé et ruisselant comme si ce dernier eût été brossé avec un petit pain de beurre frais. Une vapeur blanche s'échappera de ses vêtements et le fera ressembler à quelque divinité des eaux montrant sa tête au milieu des ondes. La boue de ses bottes salira votre tapis, milady, ses habits mouillés frôleront votre tapisserie des Gobelins, et si vous lui en faites l'observation, il le trouvera mauvais et vous demandera pourquoi vous avez des fauteuils si ce n'est pas pour s'asseoir dessus. Il vous dira qu'il vaudrait autant vivre à Fig-Tree Court, et... »

Sir Michaël Audley regardait sa fille d'un air sérieux pendant qu'elle parlait de son cousin. Il arrivait souvent à Alicia de ridiculiser Robert et de le traiter en termes peu mesurés.

« Qui sait, se disait le baronnet, si ma fille n'est pas comme cette Béatrice qui n'avait que de dures paroles pour Bénédict, mais qui en même temps l'aimait de tout son cœur. Savez-vous, Alicia, ce que m'a dit le major Melville dans sa visite d'hier ? demanda tout à coup sir Michaël.

— Je n'en ai pas la plus petite idée, répondit Alicia avec dédain; il vous a dit peut-être que nous aurions une autre guerre avant peu ou bien un nouveau ministère, parce que les ministres actuels ne font rien qui vaille, et qu'à force de réformer ceci, cela, ils finiront par n'avoir plus d'armée du tout; rien qu'une armée d'enfants bourrés jusqu'aux yeux d'absurdités débitées par les maîtres d'école et portant des jaquettes et des casquettes de toile. Oui, monsieur, ils se battent dans l'Inde avec des casquettes de toile, en ce moment même, monsieur.

— Vous êtes une impertinente, miss, reprit le baronnet. Le major Melville ne m'a rien dit de tout cela : il m'a seulement raconté qu'un de vos admirateurs, sir Harry Towers, avait quitté sa résidence du Hertfordshire et renoncé à ses chevaux de chasse pour aller faire un tour d'une année sur le continent. »

Miss Audley rougit en entendant le nom de son adorateur, mais cette rougeur disparut promptement.

« Il est parti pour le continent ! dit-elle avec indifférence. Pauvre garçon ! il m'avait annoncé que c'était là son intention si... s'il ne réussissait pas dans ses projets. Sir Harry Towers, le pauvre diable, est une bonne et stupide nature, qui vaut vingt fois mieux que ce morceau de glace qui a nom Robert Audley.

— Je voudrais, Alicia, que vous ne trouviez pas tant de plaisir à ridiculiser Robert, dit sir Michaël gravement. Il a un cœur excellent et je l'aime comme un

fils. Il me cause bien des chagrins depuis quelque
temps. Il n'est plus le même qu'auparavant; il s'est
mis en tête des idées absurbes, et ma femme est alarmée à propos de lui, elle... »

Lady Audley interrompit son mari en secouant la
tête d'un air grave.

« Il vaut mieux, dit-elle, ne pas trop parler de cela
pour le moment. Alicia sait ce que je crois...

— Oui, reprit miss Audley, vous croyez qu'il devient
fou, mais je sais à quoi m'en tenir : Robert n'est pas
taillé pour devenir fou. Ce n'est pas dans une mare
qu'éclate jamais la tempête. Il peut se faire qu'il passe
le reste de sa vie à bâiller à la lune dans un état d'i-
diotisme qui ne lui permettra pas de comprendre qui
il est et où il va, mais il n'arrivera pas jusqu'à la folie. »

Sir Michaël ne répliqua pas. Sa conversation de la
veille avec sa femme l'avait inquiété et il avait beaucoup réfléchi sur ce pénible sujet.

Sa femme — la femme qu'il aimait le plus au monde
et qui avait toute sa confiance — lui avait exposé avec
toutes les apparences du regret et de l'agitation sa
conviction de la folie de son neveu. Il avait essayé
inutilement d'arriver à la conclusion qu'il désirait de
tout son cœur, il avait essayé de se prouver à lui-
même qu'elle s'était trompée et que son opinion n'a-
vait rien de sérieux. Mais alors que conclure? Puisqu'elle croyait que Robert était fou, si elle se trompait,
c'était son esprit à elle qui était dérangé. Il était certain que Robert avait toujours été excentrique. Il avait
du bon sens, était passablement habile; il avait de
l'honneur et les sentiments d'un gentleman, quoiqu'il
fût peut-être un peu insouciant dans l'accomplissement de certains devoirs de société d'ordre inférieur;
mais il existait quelques légères différences difficiles à
définir qui le séparaient des autres jeunes gens de son
âge et de sa position. Il était vrai encore qu'il avait

bien changé depuis la disparition de George Talboys.
Il était devenu rêveur, pensif, mélancolique et distrait; il fuyait la société, passait plusieurs heures de
suite sans parler, ou bien il s'échauffait par boutades
et discutait avec animation des sujets tout à fait en
dehors de sa sphère. Puis, il y avait encore un autre
motif qui semblait donner de la force au raisonnement
de milady sur l'état de ce malheureux jeune homme.
Il avait vécu souvent dans la société de sa jolie et
franche cousine Alicia, que l'intérêt et l'affection, selon toute apparence, lui désignaient naturellement
comme la femme qu'il lui fallait. Plus encore, la jeune
fille lui avait montré dans l'innocence de son cœur que
de son côté du moins l'affection ne manquait pas, et
pourtant malgré tout cela il avait préféré vivre seul,
et laisser le champ libre à d'autres qui étaient venus
demander sa main et avaient été refusés, sans qu'il
donnât signe de vie.

Mais l'amour est une essence tellement subtile, une
merveille métaphysique si difficile à définir, que sa
puissance si terrible pour celui qui aime, n'est jamais
bien comprise par ceux qui ne la subissent pas et qui
se demandent comment il se fait que la fièvre commune ait des conséquences si désastreuses. Sir Michaël
se disait qu'Alicia étant une charmante jeune fille, il
était extraordinaire que Robert ne fût pas amoureux
d'elle. Il trouvait étrange, lui, qui n'avait rencontré
qu'à soixante ans la femme qui avait pu faire battre
son cœur, que Robert n'eût pas gagné la fièvre d'a-
mour en voyant Alicia. Il oubliait qu'il y a des hommes
qui traverseraient impunément le paradis de Mahomet
et qui succombent enfin devant quelque affreuse vi-
rago qui connaît la manière de préparer le philtre
énivrant. Il oubliait qu'il y a des hommes qui vieillis-
sent sans avoir rencontré la femme choisie pour eux
par Némésis, et meurent vieux garçons peut-être,

tandis que, de l'autre côté du mur de leur chambre mortuaire, cette même femme achève de broder le voile de sainte Catherine. Il oubliait que l'amour, qui est une folie, un fléau, une illusion, un piége, est aussi un mystère que ne peuvent déchiffrer ceux qui n'en subissent pas les tortures. John qui est amoureux fou de miss Brown et qui passe la nuit à tourner et à retourner sa tête sur son oreiller, et qui, dans son angoisse, roule ses draps comme s'il était un prisonnier et qu'il voulût en faire des cordes; ce même John qui regarde Russell Square comme un endroit magique parce que sa divinité l'habite; qui pense que les arbres et le ciel au-dessus y sont plus verts et plus bleu que les arbres et le ciel ailleurs, et qui endure une torture, oui, une vraie torture où se mêlent l'espérance, la joie, l'attente et la terreur quand il sort de Guildford Street pour descendre des hauteurs d'Islington, dans ce lieu sacré, ce même John est indifférent aux tourments de Smith qui adore miss Robinson et ne peut comprendre ce que le pauvre garçon découvre de si remarquable chez la jeune fille. Il en était ainsi de sir Michaël Audley. Il regardait son neveu comme le type d'une certaine classe de jeunes gens, et sa fille comme un modèle de beauté féminine, et se demandait constamment pourquoi ils ne se mariaient pas, pourquoi les deux modèles ne s'uniraient pas par un mariage très-convenable. Il ignorait qu'il existe dans les natures des différences infinitésimales, qui changent la nourriture saine pour l'un en poison pour l'autre, et que tel plat qui déplaît au voisin de droite est très-goûté du voisin de gauche.

Si à un dîner, un convive de mauvaise humeur refuse de manger du saumon ou des concombres parce que ce n'est pas la saison; si les pois verts en février ne sont pas de son goût, nous le regardons aussitôt comme un parent pauvre de l'amphitryon, qui fuit par instinct ces plats coûteux. Si un alderman déclarait qu'il n'aime pas le porc frais, on le considèrerait aussitôt comme un martyr social, un Marcus Curtius de la table, qui s'est immolé lui-même au profit de ses semblables. Les aldermen ses collègues croiraient à n'importe quoi plutôt qu'à un dégoût hérétique pour ce que la Cité envisage comme l'ambroisie de la soupière. Mais il y a des gens qui n'aiment pas le saumon, le poisson blanc délicat, les canards printaniers et toute espèce de morceaux choisis dont la réputation est bien établie; et il y a d'autres personnes qui ont un faible pour des plats excentriques, de mauvais goût, et généralement réputés nauséabonds.

Hélas! ma jolie Alicia, votre cousin ne vous aimait pas! Il admirait votre bonne figure anglaise toute rose et ressentait pour vous une tendre affection, qui, avec le temps, serait peut-être devenue assez vive pour le pousser à vous épouser, à contracter avec vous cette espèce d'union banale dont on voit tous les jours des exemples et qui ne demande pas un dévouement bien passionné, sans la secousse violente qu'elle avait reçue dans le Dorsetschire. Oui, l'affection naissante de Robert Audley pour sa cousine, cette plante si lente à pousser, il faut bien en convenir, avait été arrêtée tout à coup dans sa croissance et s'était rabougrie dans cette froide journée de février où il avait causé avec Clara Talboys sous les pins. Depuis, le jeune homme avait éprouvé une sensation désagréable en songeant à la pauvre Alicia.

Il la regardait comme un obstacle à la liberté de ses pensées; il était hanté par la crainte de s'être tacitement engagé à elle; il lui semblait qu'elle avait sur lui un droit qui lui défendait de penser à une autre femme, et c'était probablement l'image de miss Audley, envisagée sous ce point de vue, qui occasionnait les sorties violentes que le jeune avocat se permettait quelquefois contre les femmes. Cependant l'honneur parlait haut chez lui, tellement haut qu'il eût préféré se sacrifier à ce qu'il regardait comme un acte honnête, et épouser Alicia plutôt que de lui faire la moindre peine, dût cette peine assurer son bonheur à lui.

« Si la pauvre enfant m'aime, se disait-il, si quelque parole irréfléchie prononcée par moi a pu lui faire croire que je l'aimais, il est de mon devoir de ne pas détruire cette croyance, et je suis prêt à tenir la promesse que je puis avoir faite à la légère. J'ai eu jadis la pensée, j'ai eu jadis l'intention de demander sa main après l'éclaircissement de cet horrible mystère de la disparition de George Talboys.... et un arrangement de toutes choses amené sans bruit.... mais maintenant.... »

Ses pensées s'arrêtaient là d'ordinaire, et l'entraînaient où il ne voulait pas aller, sous les pins du Dorsetshire où il se retrouvait de nouveau face à face avec la sœur de son ami disparu, et c'était généralement un voyage très-pénible que celui à l'aide duquel il revenait à l'endroit où il s'était perdu dans ses réfléxions. C'était chose si difficile pour lui de s'éloigner du turf rabougri et des pins.

« Pauvre petite fille! continuait-il en revenant à Alicia, comme c'est bien à elle de m'aimer et combien je devrais me montrer reconnaissant de sa tendresse. Combien de jeunes gens accepteraient avec empressement le don de ce cœur généreux, aimant, qui serait la faveur la plus précieuse qu'ils pussent obtenir sur terre. Sir Harry Towers est au désespoir d'avoir été refusé. Il me donnerait la moitié de sa fortune, toute sa fortune et même deux fois la valeur s'il le pouvait, pour être à la place que je veux déserter avec tant d'ingratitude. Pourquoi ne puis-je l'aimer? Pourquoi la sachant jolie, pure, bonne et pleine de franchise, son image ne m'apparaît-elle jamais qu'en compagnie de reproches? Je ne la vois jamais dans mes rêves, je ne m'éveille jamais en sursaut au milieu de la nuit pour voir ses yeux brillants me contempler, pour sentir sa chaude haleine sur ma joue ou la pression de ses doigts mignons sur ma main. Non, je ne l'aime pas, je ne puis devenir amoureux d'elle! »

Il se révoltait contre son ingratitude. Il en était furieux. Il essayait par toutes sortes de raisonnements de faire éclore en son cœur une belle passion pour sa cousine, mais c'était impossible, et plus il s'efforçait de songer à Alicia, plus il songeait à Clara Talboys. Les sentiments que je décris maintenant dataient de la période écoulée entre son retour du Dorsetshire et sa visite à Grange Heath.

Sir Michaël s'assit au coin du feu après déjeuner, dans cette triste matinée pluvieuse, et passa son temps à écrire où à lire les journaux. Alicia s'enferma chez elle pour achever le troisième volume d'un roman; et lady Audley ferma la porte de la chambre octogone et erra toute la journée dans la longue enfilade de ses appartements.

Elle avait fermé la porte à clef pour se mettre en garde contre une visite inattendue qui l'aurait prise à l'improviste, qui ne lui aurait pas donné le temps de composer assez bien sa figure pour défier l'observation. Elle pâlissait de plus en plus à mesure que la matinée s'écoulait. Sur sa table de toilette était un petit coffret à médicaments renfermant des fioles à chloroforme, lavande, chlorodyne et éther. Une fois milady s'arrêta devant ce coffret et en tira à moitié machinalement peut-être les fioles qui y restaient. Elle finit par en rencontrer une pleine d'un liquide noirâtre et dont l'étiquette portait: *Opium. — Poison.*

Elle joua longtemps avec cette fiole, la regarda à travers le jour, et la déboucha même pour respirer l'odeur du liquide. Mais elle la déposa tout à coup en frissonnant.

« Si je pouvais!... murmura-t-elle, si j'avais seule-met le courage!... Et pourtant à quoi bon! *mainte-nant...* »

Ses petites mains se crispèrent à ces derniers mots, elle courut à la fenêtre de son cabinet d'où l'on aper-cevait la grande arche tapissée de lierre, sous laquelle devait passer quiconque viendrait de Mount Stanning au château d'Audley.

Il y avait d'autres portes plus petites dans les jar-dins, et ces portes ouvraient sur la prairie qui se trou-vait derrière Audley; mais en revenant de Mount Stanning ou de Brentwood, il fallait entrer par l'arche.

L'aiguille de l'horloge au-dessus de l'arche mar-quait une heure et demie quand milady la regarda.

« Comme le temps passe lentement, dit-elle en-nuyée; comme il passe lentement... lentement. Vieil-lirai-je longtemps ainsi d'une heure par minute? »

Elle demeura quelques instants immobile, les yeux fixés sur l'arche, mais personne ne parut, et elle s'éloigna de la fenêtre pour recommencer sa prome-nade.

En quelque endroit que se fût déclaré l'incendie qui la nuit précédente avait jeté une si vive lueur sur le ciel sombre, la nouvelle n'en était pas encore par-venue à Audley. La journée était triste et pluvieuse, et précisément une de celles par lesquelles l'oisif ou le bavard le plus entêté oserait à peine s'aventurer au dehors. Ce n'était pas jour de marché, il y avait donc peu de piétons sur la route entre Brentwood et Chelmsford, et aucune nouvelle du feu qui avait eu lieu pendant cette nuit d'hiver n'était arrivée au vil-lage d'Audley, et du village au château.

La femme de chambre en rubans roses vint préve-nir sa maîtresse qu'il était l'heure du luncheon, mais lady Audley entr'ouvrit seulement sa porte et déclara qu'elle n'avait pas l'intention de descendre.

« Je souffre horriblement de la migraine, Martine, dit-elle, et je vais tâcher de dormir. Vous viendrez m'habiller à cinq heures. »

Lady Audley avertissait sa femme de chambre qu'elle aurait besoin d'elle à cinq heures, mais c'était avec l'intention bien arrêtée d'être prête à quatre heures pour se passer de ses services. Parmi les espions privilégiés, celui qui a le plus de priviléges, c'est la femme de chambre. C'est elle qui baigne à l'eau de Cologne les yeux de lady Theresa après qu'elle s'est querellée avec le colonel; c'est elle qui administre des sels volatils à miss Fanny après que le comte Beaudesert, des Cuirassiers bleus, l'a quittée pour ne plus la revoir; elle a une foule de moyens pour découvrir les secrets de sa maîtresse. Elle devine à la manière dont elle secoue la tête sous la brosse ou le peigne, les tourments qui lui déchirent la poitrine, — les incertitudes qui l'inquiètent. Cette servante bien dressée sait interpréter à merveille tous les symptômes des maladies morales auxquelles sa maîtresse est sujette; elle sait le moment où s'achète et se paye le teint d'ivoire, — et en quelle substance étrangère sont les dents qui ressemblent à des perles; — elle sait que les bandeaux épais et luisants sont la propriété des morts plutôt que des vivants; et elle connaît encore d'autres secrets plus précieux que ceux-là. Elle sait que le doux sourire de mistress Leverson est encore plus faux que ses diamants, et que les paroles qui s'échappent de ses lèvres vermillonnées ne sont pas de bon aloi. Quand la reine du bal rentre chez elle, jette son grand burnous et son bouquet fané, dépose son masque comme Cendrillon perd sa pantoufle de verre qui la fait reconnaître et reprendre ses haillons, la femme de chambre est là

10

pour assister à la transformation. Le valet de Mahomet, s'il en avait un, a dû plus d'une fois voir son
maître en déshabillé, et rire sous cape de la bêtise de
ses adorateurs.

Lady Audley n'avait pas sa femme de chambre pour
confidente, et, ce jour-là plus que les autres, elle voulait être seule.

Elle s'étendit sur le meilleur sofa du cabinet de toilette, cacha sa tête sous les coussins et essaya de dormir. Dormir ! — il y avait si longtemps que le sommeil
n'avait fermé sa paupière, qu'elle ne comptait plus le
voir venir. Peut-être n'y avait-il que quarante-huit
heures qu'elle n'avait dormi, mais ces quarante-huit
heures avaient été autant de siècles. La fatigue de la
nuit précédente et ses émotions l'avaient brisée. Elle
s'endormit, mais son sommeil lourd ressemblait à de
la torpeur. Elle avait pris quelques gouttes d'opium
dans un verre d'eau avant de chercher le repos.

La pendule sonnait trois heures trois quarts quand
elle s'éveilla, le front couvert d'une sueur froide. Elle
avait rêvé que toutes les personnes habitant le château frappaient à sa porte pour lui annoncer l'incendie
de la nuit.

Elle n'entendit d'autre bruit que celui des feuilles
de lierre frappant contre la fenêtre, le craquement du
bois qui brûlait dans le foyer, et le mouvement régu-
lier de la pendule.

« Ces rêves affreux vont-ils me poursuivre jusqu'à
ce qu'ils m'aient tuée ? » se dit-elle.

La pluie avait cessé et un faible rayon de soleil brillait aux vitres de la fenêtre. Lady Audley s'habilla
rapidement, mais avec soin. Je ne veux pas dire que,
même au moment où ses angoisses étaient les plus
poignantes, elle fût encore fière de sa beauté; non, sa
beauté n'était plus qu'une arme à ses yeux, et elle
sentait qu'elle avait doublement besoin d'être bien ar-

mée. Elle mit sa robe de soie la plus belle, une robe
d'un bleu argenté étincelant, qui lui donnait l'air d'être
vêtue avec des rayons de la lune ; elle déroula les brillants anneaux de sa chevelure, et, jetant sur ses épaules un manteau de cachemire blanc, elle descendit
dans le vestibule.

Elle ouvrit la porte de la bibliothèque et jeta un
coup d'œil à l'intérieur. Sir Michaël était endormi
dans son fauteuil. Au moment où milady refermait
doucement la porte, Alicia descendit de chez elle. La
porte de la tour était ouverte et le soleil brillait sur la
pelouse du parterre. La terre durcie du chemin n'était
presque plus humide, la pluie ayant cessé de tomber
depuis plus de deux heures.

« Voulez-vous faire un tour avec moi dans le parterre ? » demanda lady Audley à sa belle-fille.

La neutralité armée entre les deux femmes autori-
sait de temps en temps quelque politesse de ce genre.

« Oui, si vous voulez, milady, répondit Alicia d'un
air d'indifférence ; j'ai bâillé toute la matinée en lisant
un livre stupide et je ne serais pas fâchée de respirer
un peu d'air frais. »

Je plains le romancier dont miss Audley avait lu le
roman, s'il n'a pas de critiques plus scrupuleux que la
jeune fille. Elle avait parcouru le volume sans savoir
ce qu'elle lisait, et l'avait mis plusieurs fois de côté
pour épier à la fenêtre l'arrivée d'un visiteur qu'elle
n'avait plus grand espoir de voir arriver.

Lady Audley passa la première et gagna le chemin
caillouté par lequel les voitures arrivaient au château.
Elle était encore très-pâle, mais sa toilette brillante et
ses boucles dorées, légères comme la plume, attiraient
l'œil et l'empêchaient de se fixer sur sa figure pâle. Le
chagrin, avec quelque raison, s'associe dans notre esprit à des vêtements en désordre, à des cheveux épars
et à un extérieur tout à fait opposé à celui de milady.

Pourquoi, par ce pâle soleil de mars, était-elle venue
se promener avec sa belle-fille qu'elle détestait, sur
ce chemin désagréable? Parce qu'elle ne pouvait rester en place et attendre dans l'intérieur de la maison,
une nouvelle qu'elle savait devoir arriver. Elle avait
d'abord souhaité que cette nouvelle ne pût venir, que
quelque convulsion de la nature l'en empêchât, que
le messager qui l'apportait fût tué par la foudre ou
que la terre s'entr'ouvrit sous ses pieds, et que des
gouffres infranchissables séparassent l'endroit d'où
devaient venir les nouvelles de celui où elles seraient
apportées. Elle avait désiré que la terre demeurât
immobile et que les éléments paralysés ne s'acquittas-
sent plus de leurs fonctions naturelles, que la marche
du temps fût arrêtée et que le jour du jugement dernier arrivât pour la faire comparaître devant Dieu et
non devant les hommes. Dans l'état confus où était
son cerveau, elle avait eu le temps de réfléchir à chacune de ses pensées, et pendant qu'elle dormait sur
le sofa de son cabinet de toilette, elle avait rêvé à
toutes ces choses et à cent autres portant sur le même
sujet; elle avait rêvé qu'un petit ruisseau qui coulait
entre Mount Stanning et le château d'Audley, s'était
changé en une rivière, puis en un vaste océan, et que
le village de la colline avait disparu sous les eaux. Elle
avait rêvé qu'elle voyait le messager entravé dans sa
marche par un million d'obstacles, tantôt sérieux, tantôt futiles, mais jamais naturels ni probables, et quand
elle était descendue, la mémoire encore remplie de
ces rêves, elle avait été étonnée de voir que la maison
était si calme et qu'aucune nouvelle n'y était encore
parvenue.

Un changement complet se fit alors dans son esprit.
Elle ne désira plus retarder cette terrible nouvelle.
Elle souhaita de voir finir son angoisse, quelle qu'elle
fût, et d'arriver au moment où le tourment qu'elle en-

durait aurait à tout prix cessé. Il lui semblait que la journée durerait éternellement et que la marche du temps était arrêtée, ainsi qu'elle l'avait voulu un moment dans sa folie.

« Comme la journée a été longue!... s'écria Alicia abondant dans le même sens que milady. Rien que de la pluie, du vent et du brouillard. Et maintenant qu'il est trop tard pour sortir, il fait beau, » ajouta la jeune fille d'un air contrarié.

Lady Audley ne répondit pas. Elle regardait le cadran de l'horloge immobile, et attendait ce messager qui devait infailliblement arriver d'un moment à l'autre.

« Ils ont eu peur de venir lui annoncer la nouvelle, pensait elle, ils ont eu peur de tout dire à sir Michaël. Qui donc aura enfin le courage de se charger de cette mission? Le recteur de Mount Stanning peut-être ou bien le médecin. En tout cas, ce sera une personne notable. »

Si elle avait pu aller dans l'avenue déserte ou sur la grande route, si elle avait pu aller jusqu'à cette colline où elle avait renvoyé Phœbé, avec quelle ardeur elle y aurait couru. Elle aurait préféré n'importe quelle douleur à cette attente cruelle, qui torturait son cœur et son esprit. Elle essaya de causer et parvint péniblement à prononcer quelques lieux communs. En toute autre circonstance sa compagne aurait remarqué son embarras, mais miss Audley était trop ennuyée elle-même pour ne pas désirer le silence autant que sa belle-mère. Cette promenade monotone sur le chemin caillouté plaisait à Alicia dans sa situation d'esprit. Je crois même qu'elle prenait un malin plaisir à caresser l'idée qu'elle s'enrhumait, et que Robert était responsable du danger qu'elle courait. Si elle avait pu, en s'exposant ainsi au souffle glacé du vent de mars, gagner une bonne pleurésie, ou amener quelque rupture de vaisseau, je pense qu'elle eût trouvé quelque sombre satisfaction dans ses souffrances.

« Peut-être Robert s'occuperait-il de moi si j'étais malade, se disait-elle : il ne m'appellerait plus grande folle ; les grandes folles ne sont pas sujettes aux pleurésies. »

Elle s'imagina qu'elle en était arrivée au dernier point de la maladie, qu'on l'avait entourée d'oreillers dans un grand fauteuil placé près de la fenêtre, et qu'elle contemplait une dernière fois les rayons du soleil. Autour d'elle était une table chargée de médicaments, une bible, des fleurs, et Robert désolé, qui venait recevoir sa bénédiction. Dans cette bénédiction, elle le sermonnait longtemps, plus longtemps qu'il n'est permis aux malades, et ce château en Espagne lui souriait beaucoup. Avec de pareilles fantaisies en tête, miss Audley ne s'occupait guère de sa belle-mère, et six heures sonnaient au moment où Robert avait enfin reçu sa bénédiction.

« Grand Dieu! s'écria-t-elle tout à coup, déjà six heures passés et je ne suis pas encore habillée! Voulez-vous rentrer, milady? »

La demi-heure sonna dans la coupole du toit pendant qu'Alicia parlait.

« Tout à l'heure, je me suis habillée avant de descendre, comme vous voyez. »

Alicia s'éloigna, mais la femme de sir Michaël demeura dans le parterre : elle attendait ces nouvelles si lentes à venir.

Il était presque nuit. Les ténèbres commençaient à envelopper la terre. Au-dessus des prairies flottait une vapeur grise, et un étranger qui aurait aperçu le château d'Audley en ce moment, se serait imaginé que le château se dressait au bord de la mer. Sous l'arche, les ombres du soir se condensaient et semblaient attendre une occasion de se glisser insensiblement dans le parterre; il faisait déjà sombre et l'on distinguait à peine, de l'autre côté, ce coin de ciel bleu où brillait déjà l'étoile du soir. Il n'y avait personne dans le parterre, excepté cette malheureuse coupable, qui parcourait le sentier, écoutant si elle n'entendrait pas venir le terrible messager. Enfin un bruit retentit dans l'avenue qui conduisait à l'arche. Etait-ce un bruit de pas? Le sens de l'ouïe, dont les forces étaient doublées chez elle par l'agitation, lui révéla que ce bruit venait de quelqu'un qui marchait, non d'un pas traînard comme celui des paysans à souliers ferrés, mais d'un pas ferme et vif comme celui d'un gentleman.

Ce bruit glaça le sang dans les veines de milady. Il lui fut impossible d'attendre; elle ne put se contenir; tout son empire sur elle-même disparut en ce moment, et elle courut vers l'arche.

Elle s'arrêta dans l'ombre, car l'étranger était à quelques pas d'elle. Elle le vit à travers l'obscurité, ô Dieu! et son cœur cessa de battre, sa tête s'égara. Elle ne poussa aucun cri de surprise, aucune exclamation de terreur, elle chancela et s'appuya contre l'arche recouverte de lierre. Elle attendit ainsi le nouveau venu sans le quitter des yeux.

A mesure qu'il approchait, ses jambes se dérobèrent sous elle et elle tomba à genoux sur la terre; elle ne s'évanouit pas, elle garda même toute sa connaissance. Ainsi agenouillée dans l'angle du mur, on aurait dit qu'elle ne demandait plus rien qu'à se creuser une tombe à l'abri de l'édifice en briques, et à mourir.

« Milady!... s'écria Robert, car le nouveau venu, c'était lui, lui dont la chambre avait été fermée à double tour dans l'auberge du *Château*, dix-sept heures auparavant; qu'avez-vous?... reprit-il d'un ton étrange où perçait la contrainte; relevez-vous et laissez-moi vous conduire à la maison. »

Il l'aida à se relever et elle lui obéit avec soumission. Il prit son bras et la guida à travers le parterre, vers le vestibule qui était éclairé. Elle frissonnait comme jamais Robert n'avait vu femme frissonner, mais elle n'essayait pas de lui résister.

CHAPITRE X

Milady avoue la vérité.

« Y a-t-il un appartement dans lequel je puisse vous parler en tête à tête ? » demanda Robert Audley en jetant un regard inquiet dans le vestibule.

Milady inclina la tête pour toute réponse. Elle poussa la porte de la bibliothèque qui avait été laissée entr'ouverte. Sir Michaël était monté chez lui s'habiller pour le dîner après un jour de paresse, bien légitime chez un malade. La salle était vide et seulement éclairée par le feu comme dans la soirée précédente.

Lady Audley entra, et Robert la suivit, en ayant soin de refermer la porte. La malheureuse femme, toute tremblante, se dirigea vers la cheminée, et s'agenouilla devant le feu, comme si la chaleur du foyer pouvait chasser le froid qu'elle ressentait. Robert s'approcha d'elle et se posta devant le foyer, appuyant son coude sur la cheminée.

« Lady Audley, dit-il d'un ton glacé qui détruisait tout espoir de tendresse ou de compassion, je vous ai parlé franchement hier soir, et vous avez refusé de m'écouter. Ce soir je serai plus franc encore, et il faudra bien que vous m'écoutiez. »

Milady, penchée devant le feu, la figure cachée dans ses mains, laissa échapper un sanglot qui ressemblait presque à un gémissement, mais elle ne fit aucune réponse.

« Il y a eu un incendie à Mount Stanning la nuit dernière, lady Audley, continua Robert impitoyable; l'auberge du *Château*, la maison où je dormais, a été brûlée complétement. Savez-vous comment j'ai échappé à la mort?

— Non.

— J'ai échappé par un miracle de la Providence, et ce miracle est bien simple. Je n'occupais pas la chambre qui avait été préparée pour moi. En y entrant je l'avais trouvée humide, et la cheminée avait fumé horriblement quand la servante avait allumé le feu. Je préférai donc coucher au rez-de-chaussée, dans la petite chambre où j'étais resté toute la soirée, et je dormis sur un canapé. »

Il s'arrêta un moment pour regarder lady Audley. Elle baissait la tête de plus en plus, et ce fut le seul changement qu'il remarqua dans son attitude.

« Dois-je vous dire, milady, qui a mis le feu à l'auberge du *Château*? »

Pas de réponse.

« Dois-je vous le dire? »

Toujours le même silence obstiné.

« Lady Audley, s'écria Robert tout à coup, l'incendiaire, c'est vous. C'est votre main qui a enflammé la boiserie, et vous pensiez à l'aide de ce crime, trois fois horrible, vous débarrasser de moi, votre ennemi et votre dénonciateur. Que vous importait à vous le sacrifice de plusieurs existences? Si, à l'aide d'un second massacre de la Saint-Barthélemy, vous eussiez pu me faire disparaître, vous n'eussiez pas hésité à immoler toute une armée de victimes. Le jour de la pitié et de la faiblesse est passé. Je n'éprouve plus

aucune compassion pour vous, et je ne vous épargnerai qu'autant que je craindrai d'en faire souffrir d'autres en vous faisant souffrir. S'il existait un tribunal
secret devant lequel il me fût possible de vous tra-
duire, je n'aurais aucun scrupule d'être votre accusateur; mais je veux épargner le gentleman généreux et
au noble cœur dont le nom serait souillé par l'infamie
qui s'attacherait au vôtre. »

Sa voix s'adoucit en faisant cette allusion et baissa un
instant; mais il fit un effort sur lui-même et continua:

« Personne n'a perdu la vie dans l'incendie de la
nuit passée. Je dormais légèrement, milady, car mon
esprit était troublé, comme il l'est depuis longtemps,
par le malheur qui plane sur cette maison. C'est moi
qui ai découvert le feu assez à temps pour donner l'a-
larme et sauver la servante ainsi que le malheureux
ivrogne, qui était ivre et a été sérieusement brûlé
malgré tous mes efforts. Il est maintenant à la ferme
de sa mère dans un état déplorable. C'est par lui et sa
femme que j'ai su qui était venu à l'auberge au milieu
de la nuit. La femme était presque folle quand elle
m'a vu, et elle m'a raconté tous les détails de la
nuit dernière. Elle connaît peut-être bien d'autres
secrets encore, et je pourrais les lui arracher si j'en
avais besoin; mais je n'en ai que faire. Mon chemin
est tout tracé. J'ai juré de traîner devant la justice
l'assassin de George Talboys, et je serai fidèle à mon
serment. Je déclare que c'est par vous que mon ami
a été tué. Je me suis demandé bien souvent, et cela
était tout naturel, si je n'étais pas sous l'empire de
quelque horrible hallucination. Comment croire, en
effet, qu'une femme, jeune et charmante, fût capable
de commettre un pareil crime? Mais aujourd'hui il
n'y a plus de doute possible. Après ce qui s'est passé
à l'auberge du *Château*, il n'y a plus de forfait inventé
et exécuté par vous, quelque grand et peu naturel

qu'il soit, qui puisse m'étonner. Pour moi, vous n'êtes plus la femme coupable à laquelle il peut rester un cœur pour souffrir, vous êtes l'incarnation du mal; vous ne souillerez pas plus longtemps cette maison de votre présence. A moins que vous ne confessiez qui vous êtes et ce que vous avez été en présence de l'homme que vous avez trompé si longtemps, et que vous n'acceptiez la pitié que nous pouvons juger convenable de vous témoigner, je vais réunir les témoins qui constateront votre identité, et, au risque d'attirer la honte sur ceux que j'aime, vous serez punie de vos crimes. »

Milady se releva tout à coup, et se dressa devant lui d'un air résolu; elle avait rejeté ses cheveux en arrière et ses yeux étincelaient.

« Faites venir sir Michaël, s'écria-t-elle, faites-le venir, et je confesserai tout, oui, tout! Peu m'importe! J'ai lutté assez longtemps contre vous et déployé assez de patience : mais vous êtes vainqueur, monsieur Robert Audley! C'est un beau triomphe, n'est-ce pas? une grande victoire! Vous avez employé votre esprit froid, lumineux et calculateur à un noble projet! Vous avez vaincu une *folle!*

—— Une folle! s'écria M. Audley.

— Oui, une folle! Quand vous dites que j'ai tué George Talboys, vous ne dites que la vérité, et quand vous dites que je l'ai traîtreusement assassiné, vous mentez! je l'ai tué parce que *je suis folle;* parce que mon intelligence penche un peu plus du côté de la folie que de la raison; parce que, lorsque George Talboys m'accabla de reproches et me menaça comme vous l'avez fait, mon esprit, qui n'a jamais été bien sain, perdit toute sa raison, et je devins folle. Faites venir sir Michaël, et au plus vite; s'il doit savoir quelque chose, qu'il sache tout, qu'il apprenne en entier le secret de ma vie! »

Robert Audley sortit pour aller chercher son oncle.
Il chercha ce digne parent avec la mort dans l'âme,
car il savait qu'il allait détruire le rêve de la vie de son
oncle, et que nos rêves n'en sont pas moins pénibles
a perdre parce qu'ils n'ont jamais été la réalité pour
làquelle nous les avons pris. Mais malgré toute la
douleur qu'il éprouvait pour sir Michaël, il ne pouvait
s'empêcher de songer aux dernières paroles de milady :
« le secret de ma vie. » Il se souvenait de ces lignes
qui l'avaient si fort intrigué dans la lettre écrite par
Helen Talboys à son père la veille de son départ de
Vildernsea. Il se souvenait de ces deux phrases inin-
telligibles : « Vous devez me pardonner, car vous
savez pourquoi j'ai agi de la sorte; vous connaissez le
secret qui explique ma vie. »

Il trouva sir Michaël dans le vestibule; il ne prépara
pas le baronnet à la terrible révélation qu'il allait entendre. Il l'amena dans la bibliothèque, éclairée par
le feu seulement, et là, pour la première fois, il lui
adressa la parole d'un ton calme :

« Lady Audley a une confession à vous faire…, mon
oncle, une confession qui vous sera bien douloureuse
et qui vous surprendra cruellement; mais pour votre
honneur dans le présent, pour votre paix dans l'avenir, il faut que vous l'entendiez. Elle vous a trompé
indignement, je dois le dire, mais il est de toute justice
que vous écoutiez les excuses qu'elle peut alléguer.
Que Dieu vous adoucisse la violence du coup, dit en
sanglotant le jeune homme, moi, je ne le puis. »

Sir Michaël leva la main, comme pour imposer silence à son neveu; mais cette main retomba impuis-
sante. Il était debout au milieu de la salle, froid et immobile.

« Lucy! cria-t-il d'une voix pleine d'angoisse qui
résonna désagréablement aux oreilles de ceux qui
l'entendaient et ressemblait au cri d'un animal blessé,

Lucy, dites-moi que cet homme est fou!... Dites-le
moi, ma bien-aimée.... ou bien je le tuerai! »

Sa voix devint furieuse quand il se tourna vers Robert. On aurait dit qu'il voulait réellement terrasser
de son bras puissant l'accusateur de sa femme.

Mais milady tomba à ses pieds, s'interposant entre
lui et son neveu, qui se tenait appuyé sur le dos d'un
fauteuil et cachait sa figure dans ses mains.

« Il vous a dit la vérité, lui dit-elle, et il n'est pas
fou. Je vous ai envoyé chercher pour vous faire ma
confession. Je vous plaindrais si je le pouvais, car vous
avez été bon, très-bon pour moi, meilleur que je ne le
méritais, mais je ne le puis..., je ne le puis..., je ne
sens rien que ma douleur. Je vous ai dit, il y a bien
longtemps, que j'étais égoïste; je le suis toujours, et
plus que jamais quand je souffre. Les gens heureux
peuvent s'apitoyer sur le sort des autres. Moi, je ris
des souffrances d'autrui.... que sont-elles à côté des
miennes? »

Tout d'abord, quand sa femme était tombée à ses
genoux, sir Michaël avait essayé de la relever en lui
faisant des remontrances; mais à mesure qu'elle parlait, il se laissa tomber sur une chaise qui se trouvait
près de lui. Ses mains se joignirent, et il tendit la tête
pour ne pas perdre une syllabe des paroles qu'elle
prononçait. Toute sa vie s'était concentrée dans le
sens de l'ouïe.

« Il faut que je vous raconte l'histoire de ma vie,
pour que vous compreniez comment je suis devenue
cette malheureuse femme à laquelle il ne reste plus
d'autre espoir que celui de fuir, si on le lui permet, et
d'aller se cacher dans quelque coin de terre isolé. Il
faut que je vous raconte l'histoire de ma vie, répéta
milady, mais ne craignez pas qu'elle soit longue. Cette
histoire est trop triste pour que je me plaise à la faire
durer. Quand j'étais enfant, il me souvient d'avoir sou-

vent fait une question toute naturelle. Je demandais
où était ma mère. Je me rappelais vaguement une
figure dans le genre de la mienne aujourd'hui, qui me
regardait, à l'époque où j'étais toute petite. Cette figure
m'avait manqué tout à coup et je ne la revoyais plus.
On me répondit qu'elle était partie. Je n'étais pas heureuse, car la femme qui me gardait chez elle était méchante, et l'endroit que nous habitions était un village
solitaire sur la côte du Hampshire, à sept milles environ de Portsmouth. Mon père, qui était dans la marine, venait de temps en temps me voir, et j'étais
entièrement sous la dépendance de cette femme qui,
n'étant pas payée régulièrement, me faisait supporter
sa mauvaise humeur quand mon père était en retard
pour ses envois d'argent. Vous voyez donc que j'ai su
de bonne heure ce que c'était que d'être pauvre. Peut-
être était-ce parce que cette vie m'ennuyait, plutôt que
par affection pour ma mère, que je demandais si souvent où elle était. Je recevais toujours la même réponse : « Elle est partie. » Si je voulais savoir pour
quel endroit, on me disait que c'était un secret. Quand
je fus assez âgée pour comprendre ce que signifiait
le mot *mort*, je demandai si elle était morte. « Non,
me dit-on, elle n'est pas morte, elle est malade, elle
est partie ; » et lorsque je demandais si elle avait été
longtemps malade, on me répondait qu'elle était malade depuis que j'étais venue au monde. A la longue,
le secret me fut révélé. Je fatiguai celle qui me servait
de mère de mes questions un jour où l'argent de ma
pension n'arrivait pas, sa patience était à bout. Elle se
mit en colère et m'avoua que ma mère était folle et
enfermée dans une maison à quarante milles du village. A peine eut-elle fini, qu'elle se repentit d'avoir
parlé et me dit qu'il ne fallait pas la croire, qu'elle
n'avait pas dit la vérité. Je sus plus tard que mon père
lui avait fait promettre de ne jamais m'avouer ce ter-

rible secret. Je fis d'affreuses réflexions sur la folie
de ma mère. Cette idée me poursuivit jour et nuit.
Je me représentais toujours la malheureuse folle chargée de chaînes qui meurtrissaient ses membres, enfermée dans quelque cellule et couverte de hideux haillons. Je m'exagérais l'horreur de sa position. Je ne
savais rien des différents degrés de la folie, et je
m'imaginais qu'une folle, c'était une créature méchante qui me tuerait si je m'approchais d'elle. Cette
impression pénible me torturait le cerveau à tel point
qu'il m'arriva à plusieurs reprises de m'éveiller la nuit
en criant, parce que je rêvais que les mains glacées
de ma mère m'avaient saisie à la gorge, et que ses
hurlements me déchiraient les oreilles. Lorsque j'attei-
gnis ma dixième année, mon père vint me chercher.
Il paya l'arriéré dû à la femme qui me gardait et
m'envoya en pension. N'ayant pas d'argent, il m'avait
laissée dans le Hampshire plus longtemps qu'il n'aurait
voulu. Ici encore la pauvreté me faisait sentir son
étreinte. Je courais le risque de rester ignorante parmi
ces enfants campagnards et grossiers, parce que mon
père était sans fortune. »

Milady s'arrêta pour reprendre haleine. Elle parlait
vite. On voyait qu'il lui tardait d'en avoir fini avec
cette histoire qui lui était odieuse. Elle était toujours
agenouillée et sir Michaël ne cherchait pas à la relever.

Il était immobile sur sa chaise. Quelle était cette
histoire qu'il écoutait ?... De qui disait-elle la vie et
où aboutirait-elle ?... A coup sûr, ce n'était pas celle
de sa femme. Elle lui avait autrefois raconté sa jeunesse, et le récit qu'elle lui avait fait, il y avait cru
comme à la parole de l'Évangile. Elle avait été orpheline de bonne heure, et son enfance s'était écoulée dans
un pensionnat anglais sans que le moindre événement
fût venu troubler le calme de sa vie.

« Je racontai à mon père, qui vint enfin, ce que j'avais appris. Il fut vivement affecté quand je lui parlai de ma mère. Il n'était pas ce que le monde appelle généralement un homme sensible et bon, mais j'ai su plus tard qu'il avait tendrement aimé sa femme, et qu'il aurait volontiers sacrifié sa vie pour rester son gardien, s'il n'avait pas été forcé de travailler pour suffire aux besoins de la folle et de son enfant. Là encore la pauvreté reparaissait de nouveau et, à cause d'elle, ma mère était soignée par des mercenaires au lieu d'être entourée des soins d'un mari dévoué. Avant d'entrer en pension à Torquay, mon père me mena voir ma mère. Cette visite chassa du moins les idées qui m'avaient si souvent effrayée. Je n'entendis pas de hurlements, je ne vis pas de camisole de force ni de gardiens cruels. Une femme aux cheveux blonds, aux yeux bleus, s'avança vers nous plus légère qu'un papillon, nous sourit agréablement, et nous montra les fleurs qui ornaient sa chevelure, en babillant d'une voix gaie et rieuse. Mais elle ne nous reconnut pas. Elle en aurait fait autant pour tout étranger qui aurait franchi les portes du jardin où elle se promenait librement. Sa folie était une maladie héréditaire que lui avait transmise sa mère morte folle comme elle. Ma mère avait eu sa raison jusqu'au moment de ma naissance, et depuis lors son intelligence avait baissé de jour en jour jusqu'au moment où elle était devenue ce que je la voyais. Je m'éloignai de la maison des fous après avoir appris ces détails et j'emportai avec moi la certitude que le seul héritage que j'eusse à attendre de ma mère, c'était la folie. J'emportais encore autre chose : un secret à garder. Je n'avais que dix ans, mais je sentis tout le poids de ce fardeau. Il me fallait garder le secret de la folie de ma mère, car ce secret pouvait plus tard me faire du tort. Je ne devais pas l'oublier. Je m'en souvins et ce fut là peut-être ce qui me rendit égoïste et sans cœur, car je ne crois pas avoir de cœur. En grandissant, j'appris que j'étais jolie, belle, aimable, charmante. D'abord, j'entendis tout cela avec indifférence, mais peu à peu j'écoutai avec avidité et je me pris à songer que, malgré le secret de ma vie, il se pouvait que mon sort ici-bas fût plus heureux que celui de mes compagnes. J'appris ce qu'apprend tôt ou tard toute jeune fille en pension ; j'appris que mon bonheur dépendait du mariage que je ferais, et j'en conclus qu'étant plus jolie que mes amies, je devais faire un plus beau mariage. Quand je quittai la pension, j'avais dix-sept ans et cette idée en tête, et j'allai vivre à l'autre extrémité de l'Angleterre avec mon père, qui avait quitté le service et s'était établi à Wildernsea, parce que mon père s'imaginait que c'était un endroit charmant où l'on pouvait vivre à bon marché. L'endroit était charmant en effet et j'y étais à peine depuis un mois, que je savais déjà qu'une jolie fille n'y trouverait pas sitôt un mari ayant de la fortune. Je passe rapidement sur cet épisode de ma vie ; j'étais méprisable. Vous et votre neveu, sir Michaël, vous avez été riches toute votre vie, et le mépris vous est facile ; mais moi je savais jusqu'à quel point la pauvreté influe sur une existence, et je redoutais d'être pauvre. Le prétendant riche parut enfin ; le prince déguisé se montra. »

Elle s'arrêta un moment et frissonna convulsivement. Il était impossible de voir s'il s'opérait quelque changement sur sa physionomie ; sa tête était obstinément baissée vers le parquet. Tant que dura sa longue conférence, elle ne la releva pas, et pas un sanglot n'étouffa sa voix. Ce qu'elle avait à dire, elle le disait d'un ton froid et sec, ayant beaucoup d'analogie avec celui d'un criminel endurci et entêté jusqu'à la fin, qui se confesse à l'aumônier de la prison.

« Le prince déguisé se montra, répéta-t-elle, il se nommait George Talboys. »

Pour la première fois, depuis que sa femme avait commencé sa confession, sir Michaël tressaillit. Il commençait à comprendre. Une foule de remarques et d'incidents oubliés lui revinrent tout à coup à l'esprit et reparurent aussi vivement que s'ils avaient été ceux de sa propre vie.

« M. George Talboys était cornette dans un régiment de dragons, il était le fils unique d'un riche gentilhomme campagnard. Il devint amoureux de moi et m'épousa trois mois après que j'eus atteint ma dix-septième année. Je crois que je l'aimais autant qu'il m'était possible d'aimer quelqu'un, pas plus que je vous ai aimé, sir Michaël, pas autant même ; car, en m'épousant, vous m'avez élevée à une position qu'il ne pouvait me donner. »

Le rêve avait cessé. Sir Michaël Audley se rappela cette soirée d'été d'il y avait deux ans où il avait fait sa déclaration à l'institutrice de M. Dawson. Il se souvint de la sensation pénible de regret et de désappointement qu'il avait éprouvée ce soir-là, et il comprit qu'il avait en quelque sorte pressenti l'angoisse qui le torturait en ce moment.

Mais je ne crois pas que même dans sa souffrance il éprouvât cette surprise indicible, ce revirement complet de sentiment qu'éprouve un mari dont la femme a fait cette faute et devient cette créature perdue qu'il ne doit plus reconnaître. Je ne crois pas que sir Michaël eût jamais réellement donné toute sa confiance à sa femme. Il l'avait aimée et admirée, sa beauté et ses charmes l'avaient ensorcelé, mais il avait un sentiment vague qu'il lui manquait quelque chose, et l'appréhension et le désappointement qui l'avaient frappé au cœur le soir de sa demande en mariage, avaient toujours subsisté en lui plus ou moins distinctement depuis cette époque. Je ne crois pas qu'un honnête homme, quelque simple et confiante que soit sa nature, puisse jamais être trompé réellement. Sous la confiance qui se donne volontairement se cache une méfiance involontaire que la volonté ne peut détruire.

« Nous nous mariâmes, continua milady, et je l'aimai assez pour me trouver heureuse avec lui, tant que dura son argent, tant que nous voyageâmes sur le continent en grands seigneurs qui ne descendent qu'aux meilleurs hôtels et vivent de la façon la plus somptueuse. Mais lorsque nous revînmes à Wildernsea vivre avec mon père, il ne restait plus d'argent; George était triste, il songeait à ses ennuis, et avait l'air de me négliger. Alors je fus très-malheureuse et je me dis que ce beau mariage ne m'avait en somme procuré qu'une année de distraction et d'amusement. J'engageai George à s'adresser à son père, et il refusa. Je lui conseillai de chercher à obtenir un emploi, il ne réussit pas. Il nous était né un fils, et la crise qui avait été si fatale à ma mère allait arriver pour moi. J'échappai au danger; mais, après ma convalescence, je fus plus irritable et moins disposée à supporter les privations et le peu d'attentions de mon mari. Un jour je me plaignis amèrement. Je reprochai à George Talboys d'avoir associé à sa misère une pauvre jeune fille sans prévoyance. Il se mit en colère et quitta la maison. En m'éveillant le lendemain, je trouvai sur ma table de nuit une lettre dans laquelle il m'annonçait qu'il allait chercher fortune en Australie, et qu'il ne reviendrait que lorsqu'il serait riche. Je considérai ce départ comme un abandon, et je détestai l'homme qui me laissait seule avec un père incapable de me protéger et un enfant à nourrir. Il me fallut travailler pour gagner ma vie, et chaque heure de ce pénible travail d'institutrice fut une barrière nouvelle élevée entre

George Talboys et moi. Son père était riche; sa sœur vivait dans l'aisance et le luxe, et moi sa femme, moi la mère de son enfant, j'étais réduite à la mendicité. Le monde eut pitié de moi et je pris le monde en haine pour sa pitié. Je n'aimai pas mon enfant : c'était un fardeau qui pesait sur mes bras. La tache héréditaire que je portais en moi ne s'était encore manifestée d'aucune manière, mais à cette époque je devins sujette à des accès de désespoir et de violence. Ce fut alors que mon esprit perdit son équilibre et que je traversai cette ligne invisible qui sépare la raison de la folie. Je vis plus d'une fois mon père fixer sur moi ses regards alarmés. Il me caressait comme on caresse les enfants et les fous pour les adoucir, et je lui gardai rancune de ses caresses. A la longue ces accès de désespoir enfantèrent une résolution désespérée. Je me décidai à fuir cette maison où j'étais forcée de travailler pour gagner le pain de chaque jour et à quitter mon père qui me craignait plus qu'il ne m'aimait. Je résolus d'aller à Londres me perdre dans ce grand chaos de l'humanité. J'avais vu une annonce dans le *Times* pendant que j'étais à Wildernsea, et je me présentai chez mistress Vincent, la personne qui avait fait insérer l'annonce, sous un faux nom. Elle m'accepta sans me questionner sur mes antécédents. Vous connaissez le reste. Je vins ici et vous m'offrîtes la position que je convoitais; car cette position devait me faire entrer dans la sphère à laquelle j'aspirais depuis que j'avais été en pension, et que je m'étais entendu dire pour la première fois que j'étais jolie. Trois années s'étaient écoulées depuis le départ de mon mari, et je n'avais pas reçu de ses nouvelles. Je me disais que, s'il était encore en vie et qu'il fût revenu en Angleterre, il m'aurait retrouvée sous n'importe quel nom et n'importe où. Je connaissais assez bien son caractère énergique pour savoir à quoi

m'en tenir à ce sujet. Je me dis que j'avais donc le
droit de le croire mort ou de supposer qu'il voulait se
faire passer pour tel, et son ombre ne devait pas se
dresser entre la prospérité et moi. Telles furent mes
réflexions, et je devins votre femme, sir Michaël, avec
la résolution d'être pour vous une aussi bonne femme
qu'il était dans ma nature de l'être. Les tentations vul-
gaires qui viennent souvent assaillir et pousser au
mal quelques-unes de mes pareilles, ne m'effrayaient
nullement. J'eusse été fidèle et pure jusqu'à la fin de
ma vie quand bien même une légion de tentateurs
auraient juré ma perte. Cette folie que le monde appelle
l'amour n'est jamais entrée pour rien dans ma folie à
moi, et les deux extrêmes en se touchant ont du
moins fait d'un vice une vertu. Le manque de cœur a
garanti ma fidélité. Je fus charmée de mon premier
triomphe et de la grandeur de ma position et très-re-
connaissante envers celui qui m'y avait élevée. Le
bonheur me fit sentir, pour la première fois de ma vie,
un peu de compassion pour les souffrances des autres.
J'avais été pauvre moi-même, et maintenant que j'é-
tais riche, je pouvais secourir mes voisins indigents.
Je pris plaisir à être bonne et généreuse. Je découvris
l'adresse de mon père et je lui envoyai de fortes sommes sans déclarer mon nom, car je ne voulais pas
qu'il sût ce que j'étais devenue. Je profitai sans scrupule des avantages que me procurait votre libéralité.
Je prodiguai le bonheur partout. Je me vis aimée et
admirée, et je crois que j'eusse continué à être bonne
jusqu'à la fin de mes jours, si le destin me l'avait permis. Je pense que durant cette période mon esprit
retrouva son équilibre. Je m'étais observée avec soin
depuis mon départ de Wildernsea. Je m'étais dominée
autant qu'il m'avait été possible, et très-souvent je
m'étais demandé, pendant que j'étais assise dans le
petit salon paisible du docteur, si M. Dawson avait le

moindre soupçon de mon infirmité héréditaire. Le
destin ne voulut pas me permettre d'être bonne. Ma
destinée me força à être méchante. Un mois après
mon mariage, je lus dans un des journaux du comté
d'Essex, la nouvelle du retour d'Australie d'un certain M. Talboys, chercheur d'or qui avait fait fortune.
Le navire était en route à l'époque où je lus la nouvelle... que fallait-il faire? Je vous ai dit que je connaissais l'énergie du caractère de George. Je savais
que l'homme qui était allé aux antipodes chercher
une fortune pour sa femme, ne négligerait rien pour
la retrouver. Il était inutile de chercher à me cacher. A moins qu'il ne me crût morte, il me cherche-
rait jusqu'à ce qu'il m'eût découverte. Mon cerveau
fut ébranlé à l'idée du danger que je courais. L'équilibre fut de nouveau dérangé, je franchis une seconde
fois la limite, je redevins folle. Je me rendis à Southampton où mon père habitait avec l'enfant. Vous
vous souvenez que je donnai pour excuse à ce voyage
précipité une maladie de mistress Vincent, et que je
m'arrangeai pour n'emmener avec moi que Phœbé
Marks. Je laissai la soubrette à l'hôtel pendant que
j'allais voir mon père. Je lui confiai le secret du danger auquel j'étais exposée. Il ne trouva rien à redire
à ce j'avais fait; la pauvreté avait émoussé en lui
les principes de l'honneur, mais il eut peur, et me
promit de m'aider de toutes ses forces pour me tirer
d'embarras. Il avait reçu pour moi une lettre de
George adressée à Wildernsea, et renvoyée au nouveau domicile de mon père. Cette lettre avait été écrite
quelques jours avant le départ de *l'Argus*, et elle annonçait la date probable de l'arrivée du navire à Liverpool. C'était pour nous une indication sur laquelle
nous devions régler notre conduite. Nous prîmes à
l'instant même une décision. Le jour de l'arrivée probable de *l'Argus*, ou quelques jours plus tard, le

Times publierait la nouvelle de ma mort. Ce plan n'é-
tait pas sans difficulté. Il fallait, en annonçant ma
mort, indiquer l'endroit et la date. George accourrait
certainement, quelle que fût la distance, et découvri-
rait le mensonge. Avec la connaissance approfondie
que j'avais de son caractère, de son courage, de sa
détermination et de son aptitude à espérer quand l'espoir eût été impossible, j'étais sûre que tant qu'il
n'aurait pas vu la tombe sous laquelle je reposais, et
mon extrait mortuaire, il ne croirait pas que j'étais
perdue pour lui. Mon père fut complétement abasourdi et ne put rien inventer. Il se contenta de verser
des larmes comme un enfant, de se désespérer et de
s'effrayer, et il me fut complétement inutile dans cette
crise. N'ayant aucun espoir de sortir de cette difficulté, je m'en rapportai aux événements, et je me
berçai de l'idée que parmi bien d'autres coins obscurs
de la terre, Audley ne serait jamais découvert par
mon mari. J'étais assise auprès de mon père dans un
misérable réduit, prenant du thé, et jouant avec l'enfant qui examinait curieusement mes bijoux et ma
toilette, sans se douter que je fusse pour lui autre
chose qu'une étrangère ; j'avais l'enfant dans mes
bras, lorsqu'une femme qui s'occupait de lui entra.
Elle venait chercher l'enfant et le mettre en état de
paraître plus convenablement devant la *dame*, comme
elle disait. Je voulus savoir comment l'enfant était
traité, et je fis causer la femme pendant que mon père
s'endormait à côté de la table. Elle avait la figure pâle,
les cheveux cendrés, et portait environ quarante-cinq
ans. Elle paraissait contente de pouvoir causer avec
moi aussi longtemps que je voudrais le lui permettre,
et laissa bientôt l'enfant de côté pour me parler de ses
chagrins à elle. Elle était dans un très-grand embarras,
me dit-elle ; sa fille aînée avait été forcée par la maladie de quitter sa place, et le médecin disait qu'elle

était poitrinaire. C'était pénible pour la pauvre veuve d'avoir une fille malade à soigner, et toute une famille en bas âge à nourrir. J'écoutai patiemment tout ce qu'elle me raconta sur les souffrances de sa fille, son âge, sa piété, les remèdes du médecin, et bien autre chose encore; mais mon esprit était ailleurs; je ne l'écoutais pas, je ne l'entendais que d'une manière vague, comme un bourdonnement qui arrivait à mes oreilles, comme le bruit de la rue, ou le murmure du ruisseau qui coulait à l'extrémité de cette rue. Que m'importait les douleurs de cette femme? N'avais-je pas les miennes, auprès desquelles tout ce que sa nature grossière ressentait n'était rien. Ces sortes de gens ont toujours des maris malades, des enfants alités, et s'attendent à être secourus par les riches dans tous leurs embarras. Il n'y avait rien là qui sortît du commun. Je songeais à tout ceci, et j'étais sur le point de la renvoyer avec un souverain pour sa fille malade, lorsqu'une idée me traversa le cerveau avec tant de promptitude, que tout mon sang reflua à ma tête, et fit battre mon cœur avec la violence que j'éprouve lorsque je suis folle. Je lui demandai son nom. Elle s'appelait Plowson et tenait une petite boutique où elle vendait de tout, disait-elle, et qu'elle quittait de temps en temps pour venir voir Georgey et surveiller la jeune fille qui était la servante à tout faire de mon père. Sa fille malade se nommait Matilda. Je lui adressai plusieurs questions sur cette fille Matilda, et j'appris qu'elle avait vingt-quatre ans, qu'elle avait toujours été malade, et qu'en ce moment, comme disait le docteur, elle était atteinte d'une maladie de langueur qui l'emporterait rapidement, et qu'elle déclinait depuis longtemps. L'homme de l'art déclarait même qu'elle ne passerait pas la quinzaine. Le navire qui apportait George Talboys devait dans trois semaines jeter l'ancre dans la Merscy. Il est inutile de m'appesantir plus

longtemps sur ces détails. Je visitai la jeune fille. Elle
était jolie et mignonne. Son portrait pouvait à la ri-
gueur ressembler au mien, quoiqu'elle n'eût avec moi
aucune ressemblance, excepté sous ces deux rapports.
Je lui fus présentée comme une dame qui désirait lui
être utile. Je corrompis la mère en lui donnant plus
d'argent qu'elle n'en avait jamais vu et elle consentit
à tout ce que je voulus. Dès le second jour de ma
connaissance avec cette mistress Plowson, mon père
se rendit à Ventnor et loua un appartement pour sa
fille malade et son enfant. Dans la matinée suivante,
il emmena Matilda mourante et Georgey qu'on avait
décidé avec des gâteaux à l'appeler maman. Elle entra
dans la maison en qualité de mistress Talboys; un
médecin la soigna en la croyant mistress Talboys, et
quand elle mourut elle fut inscrite sur le registre sous
le nom de mistress Talboys. La nouvelle fut insérée
dans le *Times*, et deux jours après George Talboys
arriva à Ventnor et fit placer la pierre tumulaire qui
rappelle le souvenir de sa femme, Helen Talboys. »

Sir Michaël Audley se leva lentement et avec peine.
On aurait dit que la douleur morale avait raidi tous
ses membres.

« Je ne puis en entendre davantage.... dit-il d'une
voix rauque. S'il reste quelque chose à dire, il m'est
impossible de l'écouter.... Robert.... il est inutile d'aller plus loin.... C'est vous qui avez découvert tout
cela.... continuez votre œuvre en vous occupant du
salut et du bien-être de cette femme que je croyais
être la mienne.... Souvenez-vous dans tout ce que
vous ferez que je l'ai aimée réellement et tendrement.... Je ne puis lui dire adieu et je ne le lui dirai
pas jusqu'à ce que je puisse songer à elle sans amertume.... jusqu'à ce que je puisse avoir pitié d'elle....
Mais je prie Dieu de lui pardonner ses erreurs. »

Sir Michaël sortit de la bibliothèque sans jeter un

seul regard sur sa femme agenouillée. Il n'osait pas regarder une dernière fois celle qu'il avait aimée. Il se rendit dans son cabinet, sonna son valet de chambre et lui ordonna de préparer son portemanteau, de faire atteler pour le dernier train et de prendre tous les arrangements nécessaires pour accompagner son maître.

CHAPITRE XI

Le calme succède à la tempête.

Robert Audley suivit son oncle dans le vestibule, après que sir Michaël eut prononcé ces quelques paroles qui étaient comme le glas de mort de son espérance et de son amour. Dieu sait combien le jeune homme avait redouté l'arrivée de ce jour fatal. Il était venu cependant; et, quoiqu'il n'y eût eu aucune explosion de désespoir, aucun ouragan de reproches, aucune tempête d'angoisses et de larmes, Robert n'augurait pas bien de ce calme surnaturel. Il comprenait que sir Michaël emportait avec lui la flèche acérée que la main de son neveu avait dirigée contre son cœur. Il savait que ce calme étrange et glacial annonçait seulement la stupeur que produit toujours un coup inattendu et que la surprise rend pour un moment presque incompréhensible. Il savait que lorsque l'étonnement aurait cessé, le patient envisagerait audacieusement la souffrance, se familiariserait avec elle, et finirait par éclater en sanglots déchirants, qui briseraient comme un coup de tonnerre ce cœur généreux.

Robert avait entendu raconter que des hommes de

l'âge de son oncle pouvaient supporter le premier choc
d'un grand malheur sans trop d'émotion, mais qu'ensuite, ils s'éloignaient de ceux qui voulaient les consoler et succombaient lentement à la douleur qui n'a-
vait fait que les étonner tout d'abord. Il se souvenait
d'attaques de paralysie et d'apoplexie survenues en
pareil cas chez des hommes plus forts que son oncle,
et il se demandait dans le vestibule, s'il n'était pas de
son devoir d'être auprès de sir Michaël, et de ne pas le
quitter pour être à même de le secourir promptement.

Et pourtant était-ce prudent d'imposer sa société au
vieillard dans un moment où il venait de s'éveiller
d'un rêve et de s'apercevoir qu'il avait été la dupe
d'une figure trompeuse et le jouet d'une folle qui, par
nature, était trop froidement cupide et trop cruellement sans cœur pour être capable de sentir son infamie.

« Non, se dit Robert, je laisserai son cœur saigner
librement. L'humiliation entre pour beaucoup dans sa
douleur et il vaut mieux qu'il soit seul. J'ai fait ce que
je regardais comme un devoir sacré et je ne m'étonne
pas que je lui sois odieux. Il vaut mieux qu'il lutte
seul; je ne puis rien faire pour rendre le combat
moins terrible, et il vaut mieux que personne ne l'as-
siste. »

Pendant que le jeune homme était debout, tenant
encore d'une main la porte de la bibliothèque et se
demandant s'il suivrait son oncle ou s'il rentrerait
dans la salle où était la misérable créature qu'il venait
de démasquer, Alicia Audley ouvrit la salle à manger
et lui montra à l'intérieur la longue table couverte de
linge damassé blanc comme la neige et tout éblouissante de verres étincelants et d'argenterie.

« Papa vient-il dîner? demanda miss Audley, je me
sens en appétit et le pauvre Tomlins a envoyé prévenir trois fois que le poisson ne vaudrait rien. Ce ne

sera plus du poisson, ce sera une espèce de consommé que nous mangerons, » ajouta la jeune fille, en entrant dans le vestibule, le *Times* à la main.

Elle avait lu le journal au coin du feu en attendant qu'on servît.

« Oh ! c'est vous, monsieur Robert Audley, remarqua-t-elle indifféremment ; vous dînez avec nous, n'est-ce pas ? Allez donc chercher papa. Il est près de huit heures et d'habitude nous dînons à six. »

M. Audley répondit à sa cousine d'un ton sévère. Ses manières frivoles lui déplaisaient et il oubliait que miss Audley ne savait pas le premier mot du terrible drame qui s'était joué sous ses yeux.

« Votre père vient d'éprouver un malheur, Alicia, » dit le jeune homme gravement.

La figure rieuse de la jeune fille devint tout à coup inquiète. Alicia Audley aimait tendrement son père.

« Un malheur ! s'écria-t-elle, oh ! qu'est-il arrivé, Robert ?

— Je ne puis vous le dire pour le moment, Alicia, » répondit Robert à voix basse.

Il prit sa cousine par la main et l'emmena tout en parlant dans la salle à manger. Il referma soigneusement la porte et ajouta ensuite :

« Puis-je avoir confiance en vous, Alicia ?

— Pour quoi faire ?

— Pour consoler votre père et lui servir d'amie dans l'affliction qui vient de fondre sur lui.

— Oui ! s'écria Alicia avec vivacité. Comment pouvez-vous m'adresser une pareille question ? Croyez-vous qu'il y ait au monde une souffrance qui m'effrayerait si elle devait adoucir la sienne ? croyez-vous que je reculerais devant n'importe quel sacrifice pour soulager sa douleur ? »

Les larmes vinrent aux yeux de miss Audley pendant qu'elle parlait.

« Oh! Robert…. Robert!… comme vous m'avez mal
jugée, si vous avez pu croire que ce serait une trop
lourde tâche pour moi que celle de me dévouer à mon
père, dit-elle d'un ton de reproche.

— Non, non, mon Alicia, répondit tranquillement
le jeune homme, je n'ai jamais douté de votre affection, c'est votre discrétion qui m'inquiète; puis-je
compter sur vous ?

— Vous le pouvez, Robert, dit résolûment Alicia.

— Hé bien, j'aurai confiance en vous, ma chère
fille. Votre père va quitter Audley, pour quelque
temps du moins, le chagrin qu'il vient d'éprouver —
chagrin inattendu, entendez-vous — doit sans doute
lui faire détester cette résidence. Il s'en va, Alicia,
mais il ne faut pas qu'il s'en aille seul.

— Seul!… non…. non…. mais je pense que lady
Audley….

— Lady Audley n'ira pas avec lui, dit Robert gravement, elle va être séparée de votre père.

— Pour quelque temps ?

— Non, pour toujours.

— Séparée de lui pour toujours ! s'écria Alicia. Alors
ce chagrin a trait à lady Audley ?

— C'est lady Audley qui est la cause de la douleur
de votre père. »

La figure d'Alicia, pâle jusqu'en ce moment, devint
rouge tout à coup. Qu'était-ce que ce chagrin causé
par lady Audley et qui allait séparer pour toujours sir
Michaël de sa jeune femme ? Il n'y avait pas eu de
querelle entre eux…. l'harmonie avait constamment
régné entre Lucy Audley et son généreux mari. Ce
chagrin venait donc d'une découverte soudaine, il cachait donc le déshonneur. Robert Audley comprit la
signification de cette rougeur.

« Vous offrirez à votre père de l'accompagner partout où il voudra, Alicia, dit-il. Vous êtes son soutien

naturel dans un moment comme celui-ci, mais vous
lui serez plus utile en ne cherchant pas à pénétrer le
secret de sa douleur ; votre ignorance des détails sera
la garantie de votre discrétion. Ne dites à votre père
que ce que vous pouviez lui dire il y a deux ans avant
qu'il se remariât. Soyez pour lui ce que vous étiez
avant que cette femme vînt s'interposer entre lui et
vous.

— Je le serai, murmura Alicia, je le serai.

— Évitez de prononcer le nom de lady Audley. Si
votre père garde le silence, ayez de la patience ; s'il
vous semble que sa douleur ne finira qu'avec sa vie,
ayez encore de la patience et souvenez-vous que le
seul moyen de le guérir, c'est de lui faire espérer à
force de soins qu'il existe sur terre une femme qui
l'aimera jusqu'à son dernier jour et de toutes les forces de son âme.

— Oui, Robert, oui, mon cher cousin, je m'en souviendrai. »

M. Audley embrassa sa cousine sur le front. C'était
la première fois depuis qu'il avait dit adieu aux bancs
du collége.

« Ma chère Alicia, dit-il, vous me rendrez heureux
en agissant ainsi. J'ai été en quelque sorte l'instrument du malheur de votre père. Laissez-moi espérer
que ce malheur ne sera pas éternel. Rendez mon
oncle au bonheur, Alicia, et je vous aimerai comme
jamais frère n'a aimé une noble sœur, et l'affection
d'un frère vaut peut-être mieux, Alicia, que l'adora-
tion enthousiaste de sir Harry Towers, quoiqu'elle ne
lui ressemble guère. »

Alicia courba la tête et déroba ses traits à son cousin pendant qu'il parlait ; mais, quand il eut fini, elle
releva la tête et le regarda bien en face avec un sourire que rendaient plus brillant encore les larmes qui
remplissaient ses yeux.

« Vous avez bon cœur, Robert, dit-elle, et j'ai eu tort de m'emporter contre vous parce que.... »

La jeune fille s'arrêta tout à coup.

« Parce que quoi, ma chère cousine? demanda M. Audley.

— Parce que je suis une niaise, Robert, dit promptement Alicia; mais n'importe, je ferai ce que vous voudrez et ce ne sera pas ma faute si mon père n'oublie pas ses chagrins avant peu. J'irais au bout du monde avec lui si je pensais que le voyage lui fît plaisir. Je vais tout préparer. Pensez-vous qu'il parte ce soir?

— Oui, je ne crois pas qu'il veuille rester une nuit de plus sous ce toit.

— Le train part à neuf heures vingt, dit Alicia; nous quitterons donc la maison dans une heure si nous voulons le prendre. Je vous reverrai avant notre départ, Robert.

— Oui, Alicia. »

Miss Audley courut vers sa chambre et appela sa servante pour l'aider à faire les préparatifs de ce voyage dont elle ne connaissait pas la destination finale..

Elle se dévouait corps et âme à la tâche que lui avait confiée Robert. Elle aida la servante à garnir les portemanteaux et la fit sourire en mettant ses robes de soie dans des cartons à chapeau et ses souliers en satin dans son nécessaire de toilette. Elle mit la maison sens dessus dessous pour trouver tout ce qu'il lui fallait, et à la voir entasser ainsi ses cahiers de musique, ses broderies, ses parfums, on aurait supposé qu'elle allait s'embarquer pour quelque île sauvage où les ressources du monde civilisé étaient inconnues. Elle pensait au chagrin inconnu de son père et peut-être quelque peu à la figure sérieuse et à la voix grave de son cousin Robert, qui s'était montré à elle sous un nouveau jour.

12

M. Audley monta, lui aussi, au premier étage et chercha le cabinet de sir Michaël. Il frappa à la porte et attendit la réponse avec inquiétude. Au bout d'un moment, pendant lequel le cœur du jeune homme battit bien fort, le baronnet vint ouvrir lui-même. Robert vit que le valet de son oncle avait déjà fait les malles.

Sir Michaël s'avança dans le corridor.

« Avez-vous encore quelque chose à me dire, Robert? demanda-t-il d'une voix calme.

— Je viens seulement savoir si je puis vous être bon à quelque chose. Vous partez ce soir pour Londres?

— Oui.

— Avez-vous décidé en quel endroit vous vous arrêterez?

— Oui, à l'hôtel Clarendon, j'y suis connu. Est-ce tout?

— Oui, Alicia vous accompagnera.

— Alicia!

— Elle ne peut rester ici, il vaut mieux qu'elle parte aussi, jusqu'à ce que....

— Oui.... oui.... je comprends, interrompit le baronnet, mais ne pourrait-elle aller ailleurs.... est-il indispensable qu'elle soit avec moi?

— Elle ne peut aller autre part, elle n'y serait pas heureuse.

— Qu'elle vienne alors! dit sir Michaël, qu'elle vienne! »

Il parlait d'une voix comprimée et avec un effort visible, comme s'il eût été pénible d'avoir dit n'importe quoi; et Robert voyait qu'il aurait préféré se taire. Ces exigences de la vie étaient une torture nouvelle pour lui, parce qu'elles venaient le distraire de sa souffrance, et cela lui paraissait un chagrin plus lourd à supporter que la souffrance elle-même.

« Très-bien, mon oncle, alors tout est arrangé. Alicia sera prête pour neuf heures.

— Bon.... bon.... qu'elle vienne la pauvre enfant, murmura le baronnet; qu'elle vienne, si cela lui plaît. »

Il soupira en parlant de sa fille. Il songeait à l'indifférence qu'il lui avait témoignée à cause de la femme enfermée en ce moment dans la bibliothèque.

« Je vous verrai au moment de votre départ, mon oncle, dit Robert; je vous quitte d'ici là.

— Attendez! dit soudain sir Michaël; avez-vous dit à Alicia?...

— Je ne lui ai rien dit, excepté que vous quittiez Audley pour quelque temps.

— Et vous avez bien fait, Robert, dit le baronnet d'une voix brisée, vous avez bien fait. »

Il tendit sa main à son neveu, et celui-ci la porta à ses lèvres.

« Oh! mon oncle, comment m'excuserai-je à mes propres yeux de vous avoir fait souffrir ainsi?

— Vous avez fait votre devoir, Robert, vous avez fait votre devoir, mais j'aurais remercié Dieu s'il m'avait épargné cette angoisse en me faisant mourir avant ce soir. »

Sir Michaël rentra dans son cabinet, et Robert revint lentement dans le vestibule. Il s'arrêta sur le seuil de la chambre où il avait laissé Lucy, lady Audley, jadis Helen Talboys, la femme de son ami George.

Elle était étendue sur le parquet à l'endroit même où elle s'était agenouillée pour raconter son histoire. Était-elle évanouie, ou bien pensait-elle à la triste situation dans laquelle elle se trouvait? Robert s'en préoccupa fort peu. Il parut dans le vestibule et envoya chercher par un domestique la femme de chambre aux rubans roses qui fut tout étonnée et toute consternée en voyant sa maîtresse.

« Lady Audley est malade, lui dit-il; conduisez-la

chez elle et veillez à ce qu'elle ne sorte pas. Vous voudrez bien rester auprès d'elle sans lui parler ou lui permettre de se fatiguer en parlant. »

Lady Audley n'était pas évanouie; elle se laissa aider par la femme de chambre et se releva. Ses cheveux étaient en désordre, sa figure et ses lèvres avaient perdu leurs couleurs et ses yeux brillaient d'un éclat terrible.

« Emmenez-moi, dit-elle, et faites-moi dormir, faites-moi dormir, mon cerveau est en feu. »

Au moment de quitter la bibliothèque, elle se retourna et demanda à Robert :

« Sir Michaël est-il parti?

— Il partira dans une heure.

— Personne n'a péri dans l'incendie de Mount Stanning?

— Personne.

— J'en suis bien aise.

— L'aubergiste, Marks, a été brûlé sérieusement, il court un grand danger, mais il peut guérir.

— Tant mieux.... je suis contente que personne n'ait succombé. Bonne nuit, monsieur Audley.

— Je vous demanderai demain un entretien d'une demi-heure, lady Audley.

— Quand il vous plaira. Bonne nuit.

— Bonne nuit! »

Elle disparut en s'appuyant sur l'épaule de sa femme de chambre, et laissa Robert en proie aux plus vives inquiétudes.

Il s'assit devant le foyer dont la lueur diminuait, et réfléchit aux changements survenus dans cette maison qu'il avait trouvée si agréable à habiter avant la disparition de son ami. Il se demanda ce qu'il fallait faire en cette circonstance, et se perdit dans une sombre rêverie d'où le tira le bruit d'une voiture qui approchait de la porte basse de la tour.

Neuf heures sonnèrent à la pendule du vestibule au moment où Robert ouvrit la porte de la bibliothèque. Alicia venait de descendre avec sa servante, jeune campagnarde aux joues roses.

« Adieu, Robert, lui dit-elle, en lui tendant la main, adieu et comptez sur moi ; je soignerai mon père.

— J'y compte, adieu, Alicia. »

Pour la seconde fois de la soirée, Robert Audley pressa de ses lèvres le candide front de sa cousine ; et, pour la seconde fois, ce baiser fut celui d'un père ou d'un frère, et ne ressembla en rien à celui que lui eût donné sir Harry Towers.

A neuf heures cinq minutes, sir Michaël parut suivi de son valet à cheveux gris. Le baronnet était pâle, mais maître de lui. La main qu'il tendit à son neveu était froide comme de la glace, mais ce fut d'une voix ferme qu'il dit adieu à Robert.

« Je laisse tout entre vos mains, Robert, lui dit-il au moment de s'éloigner de cette maison qu'il avait habitée si longtemps. Je ne sais pas la fin de cette histoire, mais j'en ai entendu assez. Dieu sait que je n'ai pas besoin d'en entendre davantage. Je laisse tout entre vos mains, mais ne soyez pas cruel.... souvenez-vous que je l'aimais.... »

Il ne put achever sa phrase, la voix lui manqua.

« Je me souviendrai, répondit le jeune homme, et je ferai tout pour le mieux. »

Les larmes empêchèrent Robert de voir la figure de son oncle, et une minute après, la voiture était loin, et le neveu de sir Michaël avait repris sa place au coin du feu de la bibliothèque. Il songeait à la terrible responsabilité qu'il venait d'assumer en se chargeant de la destinée d'une femme coupable.

« Assurément, se dit-il, Dieu me punit d'avoir mené une vie si indolente jusqu'au mois de septembre dernier. C'est sans doute pour que je fasse amende honorable et que j'avoue qu'un homme ne peut choisir le genre de vie qui lui plaît, que la Providence fait peser sur moi cette responsabilité. On ne peut dire : « Je vais prendre l'existence à la légère et me tenir à l'écart des malheureuses créatures égarées qui se lancent avec énergie et courage dans la bataille de la vie. » On ne peut dire : « Je resterai sous la tente pendant que la mêlée est furieuse, et je rirai des imbéciles qu'on foule aux pieds là-bas, sur le terrain de la lutte inutile. » On ne peut faire cela; on ne peut qu'accepter humblement, et en tremblant, la tâche qu'il a plu au Créateur de vous imposer. S'il faut se battre, il n'y a pas à reculer, et malheur à celui qui ne répond pas à l'appel ; malheur à celui qui reste dans sa tente, quand le clairon strident donne le signal de l'action. »

L'un des domestiques apporta de la lumière dans la bibliothèque et ralluma le feu; mais Robert ne bougea pas de son siége auprès du foyer. Il resta assis comme il s'asseyait à Fig-Tree Court, les coudes appuyés sur les bras du fauteuil et le menton dans la main.

Au moment où le domestique allait sortir, il releva la tête.

« Puis-je envoyer une dépêche à Londres? demanda-t-il.

— On peut l'envoyer de Brentwood, monsieur..... pas d'ici. »

M. Audley regarda sa montre d'un air pensif.

« On ira à Brentwood, si vous voulez, monsieur, si vous désirez envoyer quelque message.

— J'ai une dépêche à envoyer, Richards, chargez-vous de cela.

— Volontiers, monsieur.

— Alors, attendez que je l'écrive.

— Oui, monsieur. »

Le domestique apporta ce qu'il fallait pour écrire, et plaça une table devant Robert.

Robert trempa la plume dans l'encre et contempla
un instant les bougies avant de commencer.

Voici quelle fut sa dépêche :

« Robert Audley, d'Audley en Essex, à Francis Wilmington, de Paper Buildings, Temple.

« Cher Wilmington, si vous connaissez un médecin
expérimenté qui s'occupe de la folie, et auquel on
puisse confier un secret, soyez assez bon pour m'envoyer son adresse par le télégraphe. »

M. Audley mit la lettre dans une grande enveloppe
et la tendit au domestique en lui donnant un souverain.

« Veillez à ce que cela soit remis à une personne
digne de confiance, Richards, et dites-lui d'attendre la
réponse. Elle doit arriver dans une heure et demie. »

Richards, qui avait connu Robert tout enfant, sortit
pour exécuter cet ordre. Dieu nous garde de le suivre
à l'office où les domestiques, groupés en cercle devant
le feu, discutaient les événements du jour sans y rien
comprendre.

Rien ne pouvait être plus éloigné de la vérité que
les suppositions de ces dignes gens. Quels fils tenaient-
ils du mystère qui s'était passé au coin du feu de cette
chambre où une femme criminelle s'était agenouillée
aux pieds de son seigneur et maître, pour lui raconter
l'histoire de sa coupable vie ? Ils savaient seulement
ce que le valet de chambre de sir Michaël leur avait
dit de ce soudain voyage : que son maître était aussi
pâle qu'une feuille de papier blanc, qu'il parlait avec
une voix étrange qui ne ressemblait en rien à la sienne,
et en quelque sorte — M. Parsons le valet — vous
l'eussiez fait tomber avec une plume, si vous aviez eu
l'idée de le renverser avec une arme aussi faible.

Les meilleures têtes de l'antichambre décidèrent

que sir Michaël avait reçu quelque nouvelle inattendue apportée par Robert (ils étaient assez sages pour mêler le jeune homme à la catastrophe), soit la mort de quelque cher et proche parent (les plus vieux serviteurs décimaient un à un les membres de la famille Audley, en s'efforçant de trouver quel parent ce pouvait être), soit quelque baisse dans les fonds, quelque mauvaise spéculation, ou la faillite d'une banque dans laquelle la plus grande partie de la fortune du baronnet était engagée. En général, on penchait pour la faillite d'une banque; et chaque membre de l'assemblée, avec une espèce d'avidité et de sombre plaisir, se jetait sur cette idée, quoiqu'une telle supposition dût entraîner leur propre ruine avec la perte totale de cette généreuse maison.

Robert s'assit près du triste foyer qui semblait triste, même maintenant que la flamme d'un grand feu de bois soufflait dans la vaste cheminée; il écoutait les sourds gémissements d'un vent de mars qui pleurait autour de la maison, et secouait le lierre tremblant attaché aux murs qui l'abritaient. Robert était fatigué, car il faut se rappeler qu'il avait été éveillé au milieu de la nuit par le craquement des boiseries dans l'auberge du *Château*. Sans sa présence d'esprit et son sang-froid, Luke Marks eût péri misérablement. Il portait encore les marques du danger qu'il avait couru : ses cheveux étaient roussis d'un côté, et sa main gauche était rouge et enflammée. Il s'était brûlé en cherchant à sauver l'aubergiste. Il était épuisé aussi par les émotions violentes de la journée, et il s'endormit dans un fauteuil devant le feu. L'entrée de Richards, qui rapportait la dépêche, le réveilla.

La réponse était courte :

« Cher Audley, toujours heureux de vous obliger. Alwyn Mosgrave, M. D., 12, Saville Row. Sûr. »

Avec le nom et l'adresse, c'était tout ce que contenait la dépêche.

« Il faudra porter une autre lettre à Brentwood demain matin, Richards, dit M. Audley en repliant le
papier, et je serais bien aise que ce fût avant déjeuner.
Le porteur aura un demi-souverain pour sa peine. »

Richards s'inclina.

« Merci, monsieur, ce n'est pas nécessaire; mais
comme il vous plaira. Monsieur, murmura-t-il, à
quelle heure voulez-vous qu'il parte?

— Aussitôt qu'il pourra; mettons donc que ce sera
à six heures du matin.

— Bien, monsieur.

— Ma chambre est-elle prête, Richards?

— Oui, monsieur, votre ancienne chambre.

— Très-bien. Alors, je vais me coucher. Apportez-
moi un grog aussi chaud que possible, et attendez que
j'aie écrit la dépêche de demain. »

Cette deuxième dépêche invitait le docteur Mosgrave à se rendre au château d'Audley pour affaire
très-sérieuse.

Quand la dépêche fut terminée, M. Audley jugea
qu'il avait fait tout ce qui dépendait de lui. Il but son
grog dont il avait grand besoin, car il avait été glacé
jusqu'aux os par ses aventures pendant l'incendie. Il
but lentement le pâle liquide doré, et songea à Clara
Talboys, à cette jeune fille à figure sévère, dont le
frère était maintenant vengé par l'humiliation de
celle qui l'avait fait périr. La jeune fille avait-elle entendu parler de l'incendie de l'auberge? C'était probable, Mount Stanning était un endroit si petit. Mais
avait-elle su qu'il avait couru un grand danger, et
qu'il s'était signalé en sauvant cet ivrogne d'aubergiste? Je crois bien que, même au coin de ce feu solitaire, et sous le toit que venait d'abandonner pour
longtemps celui qui en était le maître, Robert Audley

eut la faiblesse de lâcher la bride à son imagination, de la laisser s'envoler vers les pins qui se dressaient sous le ciel froid de février, et de songer aux beaux yeux bruns qui ressemblaient tant à ceux de son ami perdu.

CHAPITRE XII

L'avis du docteur Mosgrave.

Lady Audley dormait. Elle dormit profondément d'un bout à l'autre de cette longue nuit d'hiver. N'a-t-on pas vu des criminels dormir la veille de leur supplice, et n'être arrachés à leur paisible sommeil que par le geôlier de la prison qui vient les éveiller?

La partie était jouée et perdue. Je ne crois pas que lady Audley eût négligé d'utiliser ses cartes, et perdu le *trick* lorsqu'elle pouvait gagner. Le jeu de son adversaire avait été meilleur, et elle avait été battue.

Elle était plus tranquille maintenant qu'elle ne l'avait été depuis ce jour — ce jour si rapproché de son second mariage — où elle avait lu la nouvelle du retour de George Talboys des placers de l'Australie. Elle était rassurée maintenant qu'on savait son histoire et que son secret était découvert. Il n'y avait plus de nouvelle découverte à faire. Elle s'était débarrassée du terrible secret qui lui pesait, et son naturel égoïste et sensuel avait repris tout son empire. Elle dormait paisiblement sous le duvet et la soie et à l'ombre des grands rideaux en velours qui entouraient son lit. Elle avait ordonné à sa femme de chambre de coucher dans le même appartement qu'elle, et de laisser la lampe allumée toute la nuit.

Ce n'était pas qu'elle eût peur d'être visitée par des spectres dans le calme de la nuit; elle était trop complétement égoïste pour ne pas se moquer de tout ce qui ne pouvait lui infliger une douleur réelle, et elle n'avait jamais entendu dire qu'un esprit se fût porté à des violences. Elle avait craint Robert Audley; mais elle ne le craignait plus maintenant. Il avait achevé son œuvre, et elle savait qu'il n'irait pas plus loin, de peur d'attirer une honte éternelle sur le nom qu'il vénérait.

« Ils me renverront quelque part, je suppose, se dit milady, et c'est tout ce qu'ils peuvent me faire. »

Elle se regarda comme une espèce de prisonnière d'État dont on prendrait soin; un second masque de fer qu'on enfermerait dans quelque donjon. Elle devint indifférente au sort qui l'attendait. Elle avait vécu autant que cent personnes dans l'espace de quelques jours, et elle ne pouvait plus souffrir, pour quelque temps du moins.

Le lendemain matin, elle prit une tasse de thé et quelques rôties avec autant de calme que le condamné qui fait son dernier repas, pendant que les gardiens le surveillent de peur qu'il n'avale un morceau de l'assiette ou une cuillère, et n'échappe ainsi au bourreau. Elle déjeuna, prit son bain du matin, se parfuma les cheveux et choisit la plus belle toilette de sa garde-robe. Elle regarda l'ameublement luxueux de son cabinet, et soupira en se disant qu'elle allait quitter tout cela; mais elle n'eut pas un tendre souvenir pour l'homme qui avait orné sa retraite et lui avait prouvé son amour en répandant le luxe autour d'elle. Lady Audley songeait au prix que cela avait coûté, et s'avouait que très-probablement elle ne garderait pas longtemps toutes ces richesses.

Elle se regarda dans la psyché avant de quitter son cabinet. Le repos d'une longue nuit lui avait rendu les roses de son teint et l'éclat naturel de ses yeux bleus. Le feu terrible qui brillait en eux la veille avait disparu, et lady Audley eut un sourire de triomphe en contemplant sa beauté. Le temps n'était plus où ses ennemis auraient pu lui appliquer les fers brûlants de la torture, et détruire les charmes qui avaient fait tant de mal. Maintenant sa beauté lui resterait quand même, nul ne pouvait la lui enlever.

Le soleil brillait faiblement et lady Audley s'enveloppa d'un châle des Indes, châle qui avait coûté cent guinées à sir Michaël. Elle pensait que c'était une bonne précaution d'avoir ce châle avec elle, parce que si on l'emmenait à la hâte, elle aurait du moins sur elle quelque chose de son ancienne splendeur. Qu'on se rappelle les dangers auxquels elle s'était exposée pour avoir une belle maison, de belles toilettes, des voitures, des bijoux, des dentelles, et on ne sera pas étonné qu'au moment de sa défaite, elle ne voulût pas s'en séparer complétement. Si elle avait été Judas Iscariote, elle aurait gardé jusqu'à sa dernière heure les trente pièces d'argent.

M. Robert Audley déjeuna dans la bibliothèque. Il savoura longuement sa tasse de thé et fuma son mierschaum en réfléchissant sur la tâche qu'il s'était imposée.

« J'en appellerai à l'expérience de ce docteur Mosgrave, se dit-il. Les médecins et les avocats sont les confesseurs de ce prosaïque XIXe siècle. Il me viendra en aide assurément. »

Le premier train venant de Londres arrivait à Audley à dix heures et demie, et, à onze moins cinq, Richards annonça le docteur Alwyn Mosgrave.

Le médecin de Saville Row était grand, maigre, et âgé de cinquante ans environ. Ses yeux gris pâle

avaient peut-être été bleus jadis et avaient perdu avec
le temps leur couleur première. Malgré toute la puissance de la médecine, le docteur Mosgrave n'avait
pu engraisser ou se donner des couleurs. Sa figure
n'avait aucune expression, et pourtant elle avait
quelque chose de merveilleusement attractif. C'était
la physionomie d'un homme qui avait passé la plus
grande partie de sa vie à écouter les autres, et avait
annihilé son individualité et ses passions dès le début
de sa carrière.

Il s'inclina devant Robert Audley, prit une chaise en
face de lui et écouta le jeune avocat le cou tendu.
Robert s'aperçut que le regard du médecin devenait
pénétrant et fixe.

« Il croit que c'est moi qui suis le malade, se dit
Robert, et il inspecte ma physionomie pour y découvrir les symptômes de la folie. »

Les paroles du docteur Mosgrave vinrent confirmer
cette supposition.

« Ce n'est pas pour vous que vous désirez me consulter? dit-il d'un ton d'interrogation.

— Oh ! non. »

Le docteur Mosgrave regarda sa montre, un chro-
nomètre de Benson de cinquante guinées, qu'il portait dans sa poche comme ci c'eût été une pomme de
terre.

« Il est inutile de vous rappeler que mon temps est
précieux. Votre dépêche m'a annoncé que mes services étaient requis pour un cas.... dangereux....
sinon je ne serais pas venu ce matin. »

Robert Audley regardait tristement le feu et se demandait comment il aborderait la question.

« Je vous remercie, docteur Mosgrave, d'avoir ré-
pondu à mon appel. J'ai à vous demander votre avis
sur un cas difficile, et qui me chagrine plus que je ne
saurais le dire. Je m'en rapporterai entièrement à

votre expérience, qui, seule, peut nous sortir d'embarras, moi et ceux qui me sont chers. »

L'air affairé du docteur Mosgrave se changea en un air d'intérêt en écoutant Robert Audley.

« La confession du malade au médecin est, je crois, aussi sacrée que celle du pécheur au prêtre? demanda Robert avec un grand sérieux.

— Aussi sacrée.

— On ne peut la violer sous aucun prétexte?

— Sous aucun. »

Robert Audley regarda de nouveau le feu. Devait-il dire peu ou beaucoup de l'histoire de la seconde femme de son oncle.

« On m'a dit, docteur Mosgrave, que vous aviez consacré une partie de votre existence au traitement de la folie.

— Oui, ma clientèle se compose presque exclusivement de gens malades d'esprit.

— Vous devez alors entendre parfois d'étranges et même de terribles révélations? »

Le docteur Mosgrave s'inclina.

Il avait l'air d'un homme auquel on pouvait confier les secrets de toute une nation, sans que le poids de ces secrets l'incommodât le moins du monde.

« L'histoire que je vais vous conter n'est pas la mienne, dit Robert après une pause; vous m'excuserez donc, si je vous rappelle que je ne puis la révéler qu'autant que le secret sera convenu entre nous. »

Le docteur Mosgrave s'inclina de nouveau, mais son mouvement fut un peu plus sec.

« Je suis tout oreilles, monsieur Audley, » dit-il froidement.

Robert Audley rapprocha sa chaise de celle du médecin, et commença à voix basse cette histoire que lady Audley avait racontée la veille, agenouillée dans cette même chambre. La figure du docteur Mosgrave, tournée vers Robert, n'exprima aucune surprise à cette étrange révélation. Il sourit quand Robert en arriva à cette partie du récit qui avait trait au complot de Ventnor, mais il n'eut pas l'air étonné. Robert acheva l'histoire à l'endroit où elle avait été interrompue par sir Michaël. Il ne dit rien de la disparition de George Talboys, ni des soupçons horribles qu'elle avait fait naître. Il ne parla pas non plus de l'incendie de l'auberge.

Le docteur Mosgrave secoua la tête d'un air grave quand Robert eut fini.

« Vous n'avez plus rien à me dire? demanda-t-il.

— Non, je ne crois pas qu'il soit nécessaire d'en dire davantage, répondit Robert, cherchant à éluder la question.

— Vous voudriez prouver que cette dame est folle, et n'est pas responsable de ses actions, monsieur Audley? » dit le médecin.

Robert Audley fut stupéfié de la pénétration du docteur. Comment avait-il si promptement deviné son désir secret?

« Oui, si cela était possible, je voudrais lui trouver cette excuse.

— Et éviter le scandale d'un procès, n'est-ce pas, monsieur Audley? » dit le médecin.

Robert frissonna en s'inclinant en signe d'adhésion à cette remarque. Ce n'était pas seulement un procès qu'il redoutait, c'était la cour d'assises où comparaîtrait, au milieu des curieux empressés, la femme de son oncle, accusée d'assassinat et entourée de toutes parts de figures curieuses, qui viendraient contempler sa honte.

« Je ne pense pas que mes services puissent vous être de quelque utilité, dit tranquillement le docteur; je verrai cette dame, si vous le voulez, mais je ne la crois pas folle.

— Pourquoi?

— Parce que rien de tout ce qu'elle a fait ne prouve
la folie. Elle a fui de chez elle parce qu'elle n'y était
pas bien, et qu'elle voulait trouver mieux. Il n'y a pas
de folie là dedans. Elle a commis le crime de bigamie
pour obtenir une position et une fortune; ce n'est pas
de la folie; et quand elle s'est trouvée dans une situation désespérée, au lieu de recourir à des moyens extrêmes, elle a tramé un complot qui demandait du
calme et de la réflexion. Tout cela n'est pas de la folie.

— Mais la tache de la folie héréditaire...

— Elle peut se transmettre jusqu'à la troisième gé-
nération, et reparaître chez les enfants de cette dame,
si elle en a. La folie n'est pas forcément léguée par la
mère à la fille. Je voudrais vous venir en aide si je le
pouvais, monsieur Audley, mais il n'y a pas de preuves
de folie dans l'histoire que vous m'avez racontée. Aucun jury anglais n'accepterait en pareil cas l'excuse
de la folie. Ce que vous avez de mieux à faire, c'est de
renvoyer cette dame à son premier mari, s'il veut la
reprendre. »

Robert tressaillit à ces mots.

« Son premier mari est mort... du moins il a disparu... et j'ai mes raisons pour le croire mort. »

Le docteur Mosgrave vit le mouvement de Robert,
et remarqua que sa voix était embarrassée en parlant
de George Talboys.

« Le premier mari de la dame a disparu, dit-il en
appuyant sur les mots, et vous le croyez mort. »

Il s'arrêta un instant et contempla le feu, ainsi que
l'avait contemplé Robert quelques moments auparavant.

« Monsieur Audley, reprit-il tout à coup, il ne doit
pas y avoir de demi-confidence entre nous. Vous ne
m'avez pas tout dit. »

La figure de Robert exprima toute la surprise qu'il
éprouvait à ces paroles.

« Je ne serais pas de force à lutter contre les difficultés de mon métier, dit le docteur Mosgrave, si je ne voyais pas où finit la confiance et où commence la réserve. Vous ne m'avez appris que la moitié de l'histoire de cette dame, monsieur Audley. Il faut que je sache le reste avant de me prononcer. Qu'est devenu le premier mari de cette dame? »

Il adressa cette question d'un ton décisif, comme s'il devinait que la réponse serait la pierre angulaire de l'édifice qu'il explorait.

« Je vous ai déjà dit, docteur Mosgrave, que je ne le savais pas.

— Oui, répondit le docteur, mais votre figure m'a révélé que vous le soupçonniez. »

Robert Audley garda le silence.

« Si vous voulez que je vous serve, ayez confiance en moi, monsieur Audley. Le premier mari a disparu : quand et comment? Il faut que je sache l'histoire de cette disparition. »

Robert réfléchit quelques instants avant de répondre, mais peu à peu il releva sa tête, qui s'était courbée sous le travail de sa pensée, et il dit au médecin :

« J'aurai confiance en votre honneur et en votre bonté, docteur Mosgrave. Je ne vous demanderai pas de faire tort à la société, mais seulement de sauver un nom de la honte et de la dégradation, si vous le pouvez, en conscience. »

Il raconta l'histoire de la disparition de George et de ses doutes à lui, Dieu sait avec quelle répugnance.

Le docteur Mosgrave l'écouta aussi tranquillement qu'auparavant. Robert termina en faisant un appel à tous les bons sentiments du médecin. Il le supplia d'épargner le généreux vieillard qui avait fait le malheur de sa vieillesse, en ayant tant de confiance en sa femme.

Il était impossible de lire sur la figure attentive du docteur Mosgrave une conclusion quelconque. Il se leva quand Robert eut fini, et regarda de nouveau sa montre.

« Je n'ai plus que vingt minutes à vous accorder, dit-il. Je vais voir la dame, si vous voulez. Vous dites que sa mère est morte dans une maison de fous?

— Oui. Voulez-vous que lady Audley soit seule?

— Oui, seule, s'il vous plaît. »

Robert sonna la femme de chambre de milady, et le médecin fut conduit par l'élégante soubrette à travers l'antichambre octogone vers le joli boudoir avec lequel elle communiquait.

Dix minutes après il revint dans la bibliothèque où l'attendait Robert.

« J'ai causé avec cette dame, dit-il, et nous nous entendons à merveille. La folie existe! C'est de la folie cachée, qui peut ne jamais paraître ou ne paraître qu'une fois ou deux dans sa vie, mais elle est de la plus terrible espèce. Les accès en sont courts et sont occasionnés par une violente pression du cerveau. La dame n'est pas folle, elle a seulement la tache héréditaire dans le sang. Elle a la ruse de la folie et toute la prudence de l'intelligence; en un mot, monsieur Audley, elle est dangereuse! »

Le docteur Mosgrave fit un tour ou deux dans l'appartement avant de reprendre la parole.

« Je ne discuterai pas les probabilités des soupçons qui vous torturent, monsieur Audley, dit-il tout à coup, mais je ne vous conseille pas de faire un esclandre. Ce M. George Talboys a disparu. Vous n'avez pas les preuves de sa mort, et le seul motif d'accusation que vous auriez à faire valoir, ce serait la nécessité où elle était de se débarrasser de lui. Aucun jury des trois royaumes ne la condamnerait pour si peu. »

Robert Audley interrompit vivement le docteur Mosgrave.

« Je vous assure, mon cher monsieur, que ce que je redoute le plus au monde, c'est un esclandre.

— Sans doute, monsieur Audley, mais vous n'espérez pas que je pardonne avec vous une des plus graves offenses faites à la société. Si j'avais des motifs suffisants pour croire que cette femme a commis un crime, je ne souffrirais pas qu'elle échappât à la justice, dût l'honneur de cent familles en dépendre! Mais comme ces motifs n'existent pas, je vous aiderai de mon mieux. »

Robert Audley serra la main du médecin dans les siennes.

« Je vous remercierai plus tard quand je serai en état, dit-il avec émotion, je vous remercierai pour moi et pour mon oncle.

— J'ai encore cinq minutes et il faut que j'écrive à quelqu'un, » dit le docteur Mosgrave, souriant de la pression de main énergique du jeune homme.

Il s'assit à un bureau, et écrivit rapidement pendant sept minutes environ. Quand il s'arrêta, il avait rempli trois pages de papier.

Il mit sa lettre sous enveloppe et la tendit à Robert sans la cacheter.

L'adresse était celle-ci :

A monsieur Val,
Villebrumeuse,
BELGIQUE.

M. Audley promena ses regards inquiets de l'adresse au docteur. Ce dernier mettait ses gants avec autant d'attention que si cette opération eût été pour lui l'affaire solennelle de sa vie.

« Cette lettre, dit-il, en réponse au regard inquisi-

teur de Robert, est pour M. Val, un de mes amis qui
est propriétaire et directeur d'une excellente maison
de santé à Villebrumeuse. Nous nous connaissons depuis lontemps, et il consentira volontiers à recevoir
lady Audley dans son établissement. Il prendra sur
lui la responsabilité de sa vie à venir. Soyez tranquille,
cette vie ne sera pas accidentée. »

Robert Audley voulut parler et remercier de nouveau le docteur, mais un geste d'autorité du docteur
Mosgrave empêcha toute effusion.

« Du moment où lady Audley mettra le pied dans
cette maison, dit-il, sa vie d'action sera finie. Tous ses
secrets seront enfermés avec elle, et si elle a commis
des crimes, elle n'en commettra plus. Si vous lui
creusiez une tombe dans le cimetière voisin, vous ne
la sépareriez pas plus complétement du monde. En
ma qualité de physiologiste et d'honnête homme, je ne
crois pas que vous puissiez mieux faire que de l'enfermer, car la physiologie est un mensonge, si la femme
que j'ai vue il y a dix minutes peut être laissée libre
au milieu de ses semblables. Elle m'aurait sauté à la
gorge et étranglé avec ses petites mains si elle l'avait
pu, pendant que je causais avec elle.

— Elle devinait donc le but de votre visite?

— Elle le savait. « Vous me croyez folle comme ma
« mère et vous venez me questionner, m'a-t-elle dit.
« Vous voulez reconnaître en moi la tache héréditaire. » Adieu, monsieur Audley, ajouta à la hâte le
médecin, je suis en retard de dix minutes, et je n'ai
pas de temps à perdre pour arriver avant le départ
du train. »

CHAPITRE XIII

Enterrée vivante.

Robert Audley s'assit dans la bibliothèque avec la lettre du médecin devant lui, et songea à ce qui lui restait encore à faire.

Le jeune avocat s'était constitué le dénonciateur de cette femme coupable. Il avait été son juge et maintenant il était son geôlier. Tant qu'il n'aurait pas porté à son adresse la lettre qui était là devant lui, tant qu'il n'aurait pas confié au directeur de la maison de fous celle qu'il avait sous sa garde, le terrible fardeau pèserait sur ses épaules, et son devoir ne serait pas accompli.

Il écrivit quelques lignes à milady pour la prévenir qu'il allait la conduire à un endroit d'où elle ne reviendrait pas, et qu'elle ne devait pas perdre de temps à faire ses préparatifs. Il lui disait qu'il désirait partir dans la soirée si cela était possible.

Miss Susan Martin, la femme de chambre, trouva pénible d'avoir à faire tant de malles en aussi peu de temps, mais milady l'aida. C'était un amusement pour elle de plier, d'empaqueter soies et velours, et de rassembler bijoux et parures. « On ne veut donc pas

m'enlever ce que je possède, » se disait-elle. On l'exi-
lait, c'était clair, mais l'exil n'était pas sans espoir, et
dans n'importe quel coin du globe elle saurait, à l'aide
de sa beauté, se constituer une petite royauté, con-
quérir de vaillants chevaliers, et trouver des sujets
dévoués. Elle travailla donc de son mieux avec sa
femme de chambre qui flairait la ruine dans ce départ
précipité et ne déployait pas beaucoup de zèle. A six
heures du soir, elle envoya dire à M. Audley qu'elle
était prête à partir quand il le voudrait.

Robert avait consulté un volume de Bradshaw, et
découvert que Villebrumeuse était située en dehors
des lignes du chemin de fer, et qu'on ne pouvait y
arriver que par la diligence de Bruxelles. Le bateau
pour Douvres partait du pont de Londres à neuf
heures, et Robert pouvait y trouver place, puisque le
train qui passait à Audley à sept heures arrivait à
Shoreditsch à huit heures un quart. En passant par
Douvres et Calais, ils arriveraient à Villebrumeuse le
lendemain, dans l'après-midi ou dans la soirée.

A quoi bon les suivre dans leur triste voyage de
nuit? Milady occupa une des étroites cabines et s'enveloppa de ses fourrures qu'elle n'avait pas oubliées.
Son âme vénale aurait trop regretté les belles choses
qui lui appartenaient, pour qu'il lui fût possible de ne
pas y songer, même en ce moment suprême. Elle
avait caché de fragiles tasses à thé et des vases de
Sèvres et de Dresde dans les plis de ses robes de soie.
Elle avait enfoui ses bijoux et ses coupes dorées parmi
son linge ; elle aurait arraché les tableaux des murs et
la tapisserie des Gobelins de ses fauteuils si elle avait
pu. Elle avait pris tout ce qui pouvait s'emporter, et
elle avait suivi Robert Audley avec une soumission
passive, qui n'était que l'obéissance du désespoir.

Robert Audley se promenait sur le pont du bateau
à vapeur au moment où les horloges de Douvres son-

nèrent minuit, et la ville se montra bientôt comme un
croissant lumineux qui éclairait la sombre immensité
de la mer. Le steamer glissa rapidement vers les côtes
de France, et Robert Audley poussa un long soupir
de soulagement en se disant que son œuvre serait
bientôt achevée. Il pensa à la malheureuse femme
coupable qui se trouvait seule dans sa cabine et il eut
pitié d'elle, parce qu'elle était femme et abandonnée,
mais la figure de George lui apparut telle qu'il l'avait
vue le jour de son retour des Antipodes, et cette apparition lui remit en mémoire l'horrible mensonge qui
avait brisé le cœur de son ami.

« Pourrai-je jamais lui pardonner ? se dit-il ; pourrai-je jamais oublier la figure de George dans ce café
où il lisait le *Times*. Il y a des crimes pour lesquels
il n'y a pas de pardon et celui-ci est du nombre. Quand
bien même George reviendrait à la vie demain, la
blessure de son cœur ne serait pas guérie, il ne serait
plus l'homme qu'il était avant ce mensonge imprimé. »

Il était déjà tard, le lendemain, quand la diligence
ébranla le pavé inégal de la principale rue de Villebrumeuse. La vieille ville ecclésiastique, triste d'habitude, paraissait plus triste encore en la voyant sous
ce demi-jour grisâtre. Les réverbères, allumés de
bonne heure et placés à de grandes distances, ajoutaient encore à l'obscurité des rues. Ils ressemblaient
à ces vers luisants qui rendent plus sombres les coins
de la haie où ils ne brillent pas. La ville belge privée
de tout commerce était une retraite ignorée, portant
les traces de l'oubli et de la décadence sur chaque
façade de maison dans les rues étroites, sur chaque
toit en ruine, sur chaque bouche de cheminée. Il
était difficile de s'imaginer pourquoi les rues avaient
été bâties tellement étroites, que la diligence frôlait
presque les passants sur le trottoir et les forçait à se
rejeter sur les devantures des boutiques, car il y avait

du terrain de construction de reste derrière la vieille
ville. Robert Audley aurait pu remarquer que les rues
les plus étroites et les moins habitables étaient précisément les plus peuplées, tandis que les plus vastes
et les plus aérées étaient vides et désertes; mais Robert ne songeait à rien de tout cela. Il était enfoncé
dans un coin de la voiture et regardait milady assise
dans l'autre coin. Il se demandait quelle était l'expression de cette figure qui se cachait avec tant de soin
sous le voile.

Ils avaient eu à eux seuls le coupé de la diligence
pendant tout le voyage, car les voyageurs ne sont pas
nombreux entre Bruxelles et Villebrumeuse, et la diligence avait été conservée plutôt comme une tradition
du passé que comme une entreprise profitable à ses
propriétaires.

Milady n'avait pas dit un seul mot pendant toute la
route, excepté pour refuser les rafraîchissements que
Robert lui avait offerts aux relais. Elle se sentit mal à
l'aise en quittant Bruxelles, car elle avait espéré que
son voyage finirait là, et elle ferma les yeux avec dégoût et désespoir pour ne pas regarder le paysage toujours le même de la Belgique.

Elle leva enfin les yeux quand la voiture déboucha
dans un grand carré qui avait été jadis le jardin d'un
monastère et qui était maintenant la cour d'un hôtel
dans les caves duquel criaient et se jouaient les rats,
même en plein jour, pendant que le soleil brillait dans
les chambres supérieures.

Lady Audley frissonna en descendant de la diligence
au milieu de cette sombre cour. Robert était entouré
de commissionnaires qui se disputaient l'honneur
d'emporter ses bagages et décidaient eux-mêmes du
choix de son hôtel. L'un de ces commissionnaires
courut chercher une voiture sur la demande de Robert, et reparut en poussant de grands cris et en fai-

sant claquer son fouet avec un bruit qui retentissait
comme quelque chose de diabolique dans l'obscurité;
il ramenait une paire de chevaux si petits, qu'on aurait
pu croire qu'ils avaient été extraits tous deux d'un
cheval ordinaire.

Robert laissa milady dans la salle commune, sous
la garde d'une servante à figure endormie, pendant
qu'il se rendait dans un autre endroit de la ville. Il y
avait des formalités à remplir avant de faire enfermer
la femme de sir Michaël dans la maison indiquée par
le docteur Mosgrave. Robert eut à voir une foule
d'importants personnages, à prononcer grand nombre
de serments, à montrer la lettre du médecin anglais,
et à signer et contre-signer pas mal de papiers, pour
ouvrir à la cruelle femme de son ami perdu les portes
de cette demeure d'où elle ne devait plus sortir. Plus
de deux heures furent employées à tous ces arrangements, et quand le jeune homme revint à l'hôtel,
il trouva lady Audley en contemplation devant deux
bougies et une tasse de café à laquelle elle n'avait pas
touché.

Robert fit monter milady dans la voiture de louage
et prit place à côté d'elle.

« Où me conduisez-vous? lui dit-elle enfin. Je suis
lasse d'être traitée en enfant méchant qu'on met dans
un cabinet noir pour le punir d'une faute. Où me conduisez-vous?

— Dans une retraite où vous aurez le temps de vous
repentir du passé, mistress Talboys, » répondit gravement Robert.

Ils abandonnèrent les rues pavées et débouchèrent
sur une grande place où s'élevaient au moins une
demi-douzaine de cathédrales. Ils gagnèrent ensuite
un boulevard éclairé par des lanternes et aperçurent
des branches d'arbres sans feuilles qui tremblaient
au vent comme des spectres décharnés. De chaque

côté du boulevard, il y avait des maisons entre cour
et jardin, dont les grandes portes cochères étaient
surmontées de vases blancs renfermant des géraniums.
La voiture roula pendant trois quarts de mille environ
sur ce boulevard sablé, et vint s'arrêter devant une
porte cochère encore plus grande et plus massive que
toutes celles qu'ils avaient dépassées.

Milady poussa un petit cri en regardant par la portière. Une énorme lampe brillait au-dessus de cette
porte cochère et le vent de mars en faisait vaciller la
flamme en pénétrant sous le verre.

Le cocher sonna et une petite porte en bois à côté
de la grande fut ouverte par un homme à cheveux
gris, qui jeta un coup d'œil sur la voiture et se retira.
Il reparut trois minutes après derrière les montants
doublés de fer qu'il avait écartés, et qui laissèrent
apercevoir une cour déserte et pavée.

Le cocher fit entrer ses chevaux dans cette cour et
amena la voiture jusqu'à la porte d'une grande maison en pierre grise, dont la façade comptait bon
nombre de fenêtres, dont quelques-unes étaient faiblement éclairées et ressemblaient aux yeux pâles de
quelque veilleur fatigué de contempler l'obscurité de
la nuit.

Milady surveillait tous ces détails aussi froidement
que les étoiles qui se montraient dans ce ciel d'hiver;
elle jeta sur ces fenêtres un coup d'œil empressé et
pénétrant. A l'une d'elles, masquée par un mauvais
rideau d'un rouge fané, elle aperçut l'ombre d'une
femme coiffée d'une façon bizarre qui passait et repas-
sait sans cesse devant le rideau.

La méchante femme de sir Michaël plaça aussitôt la
main sur le bras de Robert et, lui montrant cette fenêtre à rideau :

« Je sais où vous m'avez amenée, lui dit-elle. C'est
une maison de fous. »

M. Audley ne lui répondit pas. Il n'avait pas bougé de la portière pendant qu'elle lui parlait. Il l'aida tranquillement à descendre de voiture, lui fit gravir quelques marches et la conduisit dans le vestibule de la maison. Il tendit la lettre du docteur Mosgrave à une femme entre deux âges et très-proprement vêtue, qui sortit d'une petite chambre donnant sur le vestibule et ayant quelque ressemblance avec le bureau d'un hôtel. Cette femme adressa un sourire à Robert et à lady Audley ; et après avoir remis la lettre à un domestique, elle les invita à entrer dans son agréable petite chambre qui était assez bien meublée et chauffée par un poêle microscopique.

« Madame est-elle fatiguée ? » demanda la Française avec un air de grande sympathie et en avançant un fauteuil à milady.

Madame haussa les épaules et parcourut l'appartement d'un regard observateur qui n'indiquait pas une très-vive satisfaction.

« Quelle est cette maison, Robert Audley ?... s'écria-t-elle avec fureur. Me prenez-vous pour une enfant que vous vous jouez ainsi de moi et que vous me trompez de la sorte ?... Quelle est cette maison ?... Est-ce ce que j'ai dit tout à l'heure ?... Parlez....

— C'est une maison de santé, milady, et je ne cherche pas à vous tromper, » dit le jeune homme gravement.

Milady réfléchit un moment en regardant Robert.

« Une maison de santé... répéta-t-elle. Oui, en France cela s'appelle ainsi, mais en Angleterre c'est une maison de fous. N'est-ce pas, madame, que c'est une maison de fous ? dit-elle en français en se retournant vers la femme et en tapant du pied sur le plancher.

— Ah ! mais non, madame, répondit-elle en protestant avec un cri aigu, c'est une maison d'agrément très-convenable où l'on peut s'amuser... »

Elle fut interrompue par l'arrivée du directeur de
cet agréable établissement, qui parut le sourire aux
lèvres et la lettre du docteur Mosgrave à la main.

Le directeur se déclara enchanté de faire la connaissance de Robert. Il n'y avait rien sur terre qu'il ne
fût prêt à faire pour monsieur en personne, et rien sous
les cieux qu'il ne s'efforcerait d'accomplir pour lui, en
sa qualité d'ami d'une connaissance aussi distinguée
que le célèbre docteur anglais. La lettre de M. Mosgrave l'avait mis au courant de ce qu'il y avait à faire,
et il se chargeait volontiers de soigner la charmante et
très-intéressante madame... madame...

Il frotta ses mains poliment, et regarda Robert.
Celui-ci se souvint alors pour la première fois, qu'il
lui avait été recommandé de présenter lady Audley
sous un nom supposé.

Il feignit de n'avoir pas entendu la question du directeur. C'est une chose qui paraît facile, de choisir
entre mille le premier nom venu ; mais M. Audley eut
l'air d'avoir oublié tous les noms qu'il connaissait pour
ne se rappeler que le sien et celui de son ami perdu.

Le directeur s'aperçut peut-être de son embarras,
et pour l'aider à en sortir, il se tourna vers la femme
et murmura quelque chose à propos du n° 14 bis. La
femme prit une clé, qui était suspendue avec plusieurs
autres au-dessus du manteau de la cheminée, et une
bougie qui se trouvait sur une planche dans un coin de
la chambre, et l'ayant allumée, elle traversa une salle
carrelée et s'avança vers un escalier en bois verni.

Le médecin anglais avait informé son collègue de
Belgique, que la question d'argent ne devait nullement
le préoccuper dans tous ses arrangements pour le
bien-être de la dame anglaise confiée à ses soins. Con-
formément à ces instructions, M. Val avait choisi pour
sa nouvelle pensionnaire un appartement magnifique :
l'antichambre était dallée en marbre blanc et noir,

mais sombre comme une cellule ; le salon était meu-
blé de draperies en velours peu faites pour égayer
l'esprit, et la chambre à coucher renfermait un lit
d'un mécanisme si curieux, qu'on ne voyait pas par
où on pouvait s'y glisser à moins de déchirer la couverture avec un canif.

Milady contempla ces appartements, passablement
tristes à la lueur de la bougie. Cette flamme solitaire
et pâle, ressemblant elle-même à un esprit, était mul-
tipliée par les mille apparitions encore plus pâles, qui
brillaient partout autour de la chambre : dans les pro-
fondeurs sombres des boiseries et des parquets pâles,
dans les vitres des fenêtres, dans les glaces, dans les
grandes étendues de choses brillantes qui ornaient les
pièces et que milady prenait pour de coûteux miroirs,
mais qui n'étaient en réalité que de méchantes imita-
tions en étain bruni.

Parmi la splendeur fanée du velours usé, des dorures
ternies et du bois poli et brillant, elle se laissa tomber
dans un fauteuil et se couvrit la figure de ses mains.
Leur blancheur et la lumière tremblante comme celle
des étoiles des diamants qui les couvraient étincelaient
dans la chambre faiblement éclairée. Elle s'assit sans
rien dire, inanimée, désespérée, fiévreuse, tandis que
Robert et le médecin français se retirèrent dans une
chambre à côté et parlèrent à voix basse. M. Audley
n'avait que fort peu de chose à ajouter à ce qui avait
déjà été dit pour lui par le médecin et avec bien meilleure grâce. Après s'être creusé l'esprit, il remplaça le
nom auquel lady Audley avait droit par celui de Taylor, et dit au directeur que cette mistress Taylor était
une parente éloignée qui avait hérité de la folie de sa
mère comme le docteur Mosgrave en avait informé
M. Val; qu'elle avait donné quelques preuves de dé-
rangement d'esprit, mais qu'elle n'était pas folle dans
la vraie acception du mot. Il le pria de la traiter avec

beaucoup d'égards et de compassion, de lui accorder
tout ce qui serait raisonnable, mais de ne la laisser
sortir de la maison sous aucun prétexte. M. Val la
ferait accompagner dans le jardin par une personne
de confiance et serait responsable de sa pensionnaire.
En outre, puisque M. Val était protestant, il trouverait
quelque ministre bienveillant qui viendrait prodiguer
à cette dame les conseils et les consolations dont elle
avait grand besoin.

Telle fut, en résumé, avec les arrangements nécessaires pour la question d'argent qui serait réglée de
temps en temps par M. Audley sans l'intermédiaire
de personne, la conversation du directeur et de Robert, conversation qui dura environ un quart d'heure ;
et quand ils eurent fini, ils retrouvèrent lady Audley
dans la même attitude que lorsqu'ils l'avaient quittée :
ses mains jointes couvraient toujours sa figure.

Robert s'approcha d'elle et lui dit tout bas à l'oreille :

« Vous vous nommez dorénavant mistress Taylor. Je
ne crois pas que vous ayez l'intention de révéler votre
véritable nom. »

Elle secoua la tête pour toute réponse et n'écarta
pas ses mains de sa figure.

« Madame aura une servante pour elle seule, dit
M. Val. Tous ses désirs seront satisfaits, tous ses désirs raisonnables, veux-je dire, ajouta-t-il, avec son
étrange mouvement d'épaule, et nous ferons notre
possible pour que le séjour de Villebrumeuse lui plaise
et lui soit profitable. Les pensionnaires dînent ensemble quand elles le veulent, je dîne moi-même très-
souvent à leur table, mon second toujours. Je demeure
avec ma femme et mes enfants dans un petit pavillon
aux environs ; mon second, un habile et digne homme,
réside dans l'établissement. Madame peut compter sur
tous mes efforts pour... »

M. Val aurait continué longtemps encore sur le

même ton, en se frottant les mains et en regardant radieusement Robert et la personne confiée à ses soins, si madame ne s'était levée furieuse et ne lui eût enjoint de se taire en le menaçant de ses doigts chargés de pierreries.

« Laissez-moi seule avec l'homme qui m'a amenée ici, cria-t-elle les dents serrées, laissez-moi seule ! »

Elle montra la porte avec un geste impérieux si rapide que la draperie de soie s'ouvrit avec fracas sous sa main. Les brèves syllabes françaises sifflaient à travers ses dents pendant qu'elle les débitait et semblaient mieux convenir à son ton et à sa disposition d'esprit que l'anglais familier qu'elle avait parlé jusqu'ici.

Le docteur français leva les épaules et s'en alla dans le noir vestibule en murmurant :

« Quel charmant diable, » avec un geste digne de Mlle Mars.

Lady Audley se dirigea rapidement vers la porte qui séparait la chambre à coucher du salon, la ferma, et, tenant toujours le bouton dans sa main, elle se retourna vers Robert Audley.

« Vous m'avez conduite dans une tombe, monsieur Audley, s'écria-t-elle. Vous avez usé lâchement et cruellement de votre puissance pour m'enterrer vivante.

— J'ai fait ce que me commandaient la justice envers les autres et la compassion envers vous, répliqua tranquillement Robert ; j'eusse mal agi à l'égard de la société, si je vous eusse laissé la liberté, après la disparition de George Talboys et l'incendie de l'auberge du *Château*. Je vous ai amenée dans une maison où vous serez traitée avec bonté par des gens qui ne savent pas votre histoire et n'auront aucun reproche à vous adresser. Vous mènerez ici une vie calme et tranquille, madame, comme celle que se choisissent

bien des femmes meilleures que vous dans ce pays
catholique et qu'elles endurent heureusement jusqu'à
la fin. La solitude de votre existence ne sera pas plus
grande que celle de la fille d'un roi qui, pour échapper aux malheurs de son temps, alla s'ensevelir dans
une retraite pareille à celle-ci. Ce sera une expiation
bien légère que je vous impose pour tous vos crimes,
une faible pénitence à laquelle je vous soumets. Vivez
ici et repentez-vous. Personne ne vous tourmentera.
Repentez-vous ! je n'ai que cela à vous dire.

— Je ne puis, s'écria-t-elle écartant ses cheveux et
fixant ses yeux dilatés sur Robert Audley. Je ne puis!
C'était bien la peine d'être belle, de comploter et de
ne pas dormir la nuit en songeant au danger pour en
arriver à un pareil résultat. Puisque je devais finir ici,
il aurait bien mieux valu renoncer à tout, lors du retour de George Talboys en Angleterre, et ne pas résister à la malédiction qui pesait sur moi. »

Elle saisit à pleine main les boucles dorées de ses
cheveux, comme si elle avait voulu les arracher de sa
tête. Elle lui avait servi si peu, après tout, la belle
auréole d'or qui contrastait si bien avec l'azur de ses
yeux bleus! Elle détestait sa beauté. Elle se détestait
elle-même.

« Je rirais de vous et je vous défierais, si j'osais,
reprit-elle. Je me tuerais, si j'en avais le courage,
mais je suis lâche, je l'ai toujours été. J'ai eu peur de
l'horrible héritage de ma mère... peur de la pauvreté... peur de George Talboys... peur de vous. »

Elle se tut un moment sans quitter sa place près de
la porte, comme si elle avait résolu de retenir Robert
aussi longtemps qu'elle le voudrait.

« Savez-vous à quoi je pense? dit-elle tout à coup.
Savez-vous à quoi je pense en vous regardant à la
lueur de cette bougie? Je pense au jour où George
Talboys disparut. »

14

Robert tressaillit en l'entendant prononcer le nom de son ami perdu, il devint pâle dans l'obscurité et sa respiration augmenta de force et de vitesse.

« Il était debout devant moi comme vous l'êtes maintenant, continua milady. Vous avez dit que vous renverseriez la maison de fond en comble et que vous déracineriez les arbres du jardin pour trouver le cadavre de votre ami. Vous n'auriez pas eu besoin de prendre tant de peine, George Talboys est au fond du vieux puits du bosquet derrière l'allée des tilleuls. »

Robert Audley leva les mains au-dessus de sa tête en poussant un cri d'horreur.

« O mon Dieu, dit-il après une horrible pause, toutes mes affreuses suppositions n'étaient donc rien à côté de la terrible vérité ?

— Il vint à moi dans l'allée des tilleuls, reprit lady Audley du ton dur avec lequel elle avait raconté son histoire. Je savais qu'il viendrait et je m'étais préparée de mon mieux pour cette rencontre. J'étais décidée à le corrompre, à le cajoler, à le défier, à tout faire plutôt que d'abandonner la position que j'avais conquise et revenir à la vie d'autrefois. Il vint, et me reprocha le complot de Ventnor. Il déclara que jamais de sa vie il ne me pardonnerait le mensonge qui lui avait brisé le cœur. Il me dit que je lui avais arraché le cœur, et qu'il ne lui en restait plus pour avoir pitié de moi. Il avoua qu'il m'aurait tout pardonné sans cette méchanceté calculée et que rien ne pouvait plus le détourner du projet qu'il avait conçu : celui de me traîner devant mon second mari et de me forcer à tout confesser. Il ne savait pas que j'avais sucé la folie en suçant le lait de ma mère. Il ne savait pas qu'il était possible de me rendre folle. Il me tourmenta comme vous m'avez tourmentée.... il fut sans pitié comme vous l'avez été. Nous étions dans le bosquet au bout de l'avenue des tilleuls. J'étais assise sur la maçonne-

rie en ruine du puits. George s'appuyait contre la barre
en fer du tourniquet et cette barre en fer démontée
remuait toutes les fois qu'il changeait de posture. Je
me levai enfin et je me tournai vers lui comme pour
le défier. Je lui déclarai que s'il me dénonçait à sir Michaël, je le proclamerais fou ou menteur et que je le
défiais de parvenir à faire croire à l'homme qui m'aimait aveuglément, comme je lui dis, qu'il avait des
droits sur moi. Au moment où j'allais le quitter après
ce défi, il me saisit par le poignet et me retint de force.
Vous vîtes la trace de ses doigts sur mon bras et ne
fûtes pas la dupe de mes explications. Je jugeai dès
lors, monsieur Audley, que vous étiez un homme à
craindre. »

Elle s'arrêta comme pour donner à Robert le temps
de parler, mais il attendit sans rien dire qu'elle ache-
vât son récit.

« George Talboys me traita comme vous m'avez
traitée, reprit-elle; il jura que s'il existait un témoin
pour constater mon identité, ce témoin fût-il à cent
mille lieues du château d'Audley, il irait le chercher
pour me confondre. Ce fut alors que je devins folle.
Ce fut alors que je retirai la barre de fer du montant
dans lequel elle jouait et que je vis mon premier mari
tomber dans le puits en poussant un cri horrible. Il y
a une légende sur l'immense profondeur de ce puits,
et je crois qu'il est à sec, car je n'entendis pas le bruit
de l'eau. Je me penchai sur la margelle et je ne vis
qu'un trou noir. Je m'agenouillai et j'écoutai, mais le
cri ne se répéta pas. Je restai là un quart d'heure,
et Dieu sait combien ce quart d'heure me parut
long. »

Robert Audley ne poussa aucun cri d'horreur quand
l'histoire fut finie. Il se rapprocha seulement de la
porte devant laquelle se tenait Helen Talboys. S'il y
avait eu un autre endroit pour sortir, il en aurait pro-

fité volontiers. Il reculait devant tout contact même momentané avec cette terrible femme.

« Laissez-moi passer, s'il vous plaît, lui dit-il d'une voix glacée.

— Vous voyez que je n'ai pas peur de vous faire ma confession, reprit Helen Talboys, et cela pour deux raisons : la première, c'est que vous n'oserez pas vous en servir de peur de tuer votre oncle en me traînant au banc des criminels; et la seconde, c'est que la loi ne m'infligerait pas un châtiment plus affreux que cet emprisonnement à vie dans une maison de fous. Je n'ai donc pas à vous remercier d'avoir été indulgent pour moi, monsieur Audley, car je sais où elle me mène votre indulgence. »

Elle s'éloigna de la porte, et Robert passa devant elle sans un mot, sans un regard.

Une demi-heure après il était dans un des principaux hôtels de Villebrumeuse et s'asseyait à la table du souper sans avoir envie de manger. Il ne pouvait même pour un moment chasser de son esprit l'image de son ami traîtreusement assassiné dans le bosquet d'Audley.

CHAPITRE XIV

Possédé du démon.

Jamais dormeur emporté par la fièvre dans le pays des rêves n'a paru plus étonné en présence d'un monde idéal que ne le fut Robert à l'aspect des vastes plaines et des peupliers rachitiques qui bordent la route entre Villebrumeuse et Bruxelles. Était-il bien possible qu'il revînt à la maison de son oncle sans la femme qui y avait régné pendant deux ans en maîtresse souveraine ? Il lui semblait qu'il avait emmené lady Audley secrètement et sans autorisation et qu'il lui fallait maintenant rendre compte à sir Michaël de la destinée de la femme que le baronnet aimait si tendrement.

« Que lui dirai-je ? pensait il ; lui avouerai-je la vérité…. l'horrible vérité ? Non, ce serait trop cruel. Il ne résisterait pas à cette épouvantable révélation. Et pourtant si je lui laisse ignorer ce qu'elle est devenue, il croira peut-être que j'ai été dur pour elle. »

C'était en réfléchissant de la sorte que Robert, assis dans le coupé de la diligence, regardait, sans le voir, le triste paysage qui se déroulait sous ses yeux. Maintenant que la sombre histoire de George Talboys était finie, il manquait une page au livre de sa vie.

Que lui restait-il à faire ? Une foule de pensées horribles lui vinrent à l'esprit en se rappelant ce qu'il avait entendu conter à Helen Talboys. Son ami, son ami assassiné, était caché au fond du vieux puits d'Audley. Depuis six mois il était là sans sépulture, enfoui dans l'obscurité du vieux puits du couvent. Que fallait-il faire ?

Rechercher les restes de son ami, c'était amener infailliblement une descente de justice et révéler l'histoire du crime de lady Audley. En prouvant que George Talboys avait trouvé la mort à Audley, il prouvait aussi que la main qui l'avait frappé était celle de lady Audley ; car on savait que le jeune homme était allé la rejoindre dans l'allée des tilleuls le jour où il avait disparu.

« O mon Dieu ! s'écria Robert, en face de cette horrible alternative, faut-il que le cadavre de mon ami reste à tout jamais au fond de ce puits parce que j'ai pardonné à la femme qui l'a assassiné ? »

Il comprit qu'il ne trouverait aucun moyen d'éluder cette difficulté ; mais il chercha quand même, et il lui arriva parfois de se dire qu'en somme cela importait peu à son ami mort, d'être enseveli dans un puits ou dans une magnifique tombe en marbre dont la beauté serait une nouvelle pour le monde entier ; parfois aussi il fut saisi d'horreur à l'idée du sort fait à la victime et il souhaita avoir des ailes pour achever son voyage et commencer la juste réparation.

Il arriva à Londres dans la soirée du deuxième jour après son départ d'Audley, et il se rendit tout droit à l'hôtel Clarendon, pour demander des nouvelles de son oncle. Il ne voulait pas voir sir Michaël, n'ayant encore rien décidé de ce qu'il aurait à lui dire, mais il lui tardait de savoir comment il avait supporté cet épouvantable choc.

« Je verrai Alicia, pensait-il, et elle me racontera

tout ce qui concerne son père. Il n'y a que deux jours
que sir Michaël a quitté Audley : il n'est pas probable
qu'il y ait eu déjà quelque changement favorable. »

M. Audley ne devait pas voir sa cousine ce soir-là.
Les domestiques de l'hôtel Clarendon lui annoncèrent
que sir Michaël et sa fille étaient partis dans la
matinée pour Paris avec l'intention de se rendre à
Vienne.

Robert fut content de cette nouvelle ; elle lui accor-
dait un moment de répit en lui permettant de ne rien
dire au baronnet sur sa coupable femme jusqu'à son
retour en Angleterre. Quand sa santé serait rétablie et
le calme revenu, il serait plus facile de le renseigner
sur sa femme.

M. Audley se fit conduire au Temple. Son appartement, qui lui avait toujours paru triste depuis la disparition de George Talboys, le lui parut plus encore
cette fois-ci ; car ce qui n'était autrefois qu'un soupçon était devenu une affreuse réalité. Il ne lui restait
plus la moindre lueur d'espérance. Ses craintes les
plus horribles n'avaient été que trop bien fondées.

George Talboys avait été assassiné lâchement et traîtreusement par la femme qu'il avait aimée et pleurée.

M. Audley trouva chez lui trois lettres qui l'atten-
daient. Il y en avait une de sir Michaël et une d'Alicia.
La troisième avait été écrite par une personne dont le
jeune avocat connaissait parfaitement l'écriture, quoiqu'il ne l'eût vue qu'une fois. Il rougit à la lecture de
l'adresse, et prit la lettre avec autant de soin que si le
papier eût été animé. Il la tourna et retourna en tous
sens, examina le timbre, la couleur du papier, puis il
la glissa sous son gilet en souriant d'une étrange manière.

« Quel être déraisonnable je suis, se dit-il. N'ai-je
donc tant ri des faiblesses d'autrui que pour devenir
faible à mon tour ? Pourquoi ai-je rencontré cette

belle jeune fille aux yeux bruns? Pourquoi Némésis
m'a-t-elle conduit dans le Dorsetschire? »

Il ouvrit les deux premières lettres. Il était assez
fou pour garder la dernière pour la bonne bouche,
comme un mets délicat à manger après les plats subs-
tantiels d'un dîner ordinaire.

La lettre d'Alicia lui disait que sir Michaël avait en-
duré son angoisse avec tant de calme, qu'elle aurait
préféré l'explosion du désespoir à cette désolante
tranquillité. Dans cette difficulté, elle avait fait appeler
secrètement le médecin de la famille et l'avait prié de
faire, comme par hasard, une visite à son père. Il y
avait consenti; et, après être resté une demi-heure
avec le baronnet, il avait dit à Alicia qu'il n'y avait
pour le moment aucun danger sérieux, mais qu'il
fallait tirer sir Michaël de cette torpeur et le forcer
malgré lui à prendre du mouvement.

Alicia avait aussitôt suivi ce conseil, et reprenant
sur son père tout l'empire d'enfant gâtée qu'elle avait
exercé autrefois, elle lui avait rappelé une promesse
qu'il lui avait faite jadis de la conduire en Allemagne.
Elle n'était parvenue que difficilement à lui arracher
son consentement; mais dès qu'elle l'avait eu, elle avait
pressé le départ, et elle annonçait à Robert qu'elle ne
ramènerait son père chez lui que lorsqu'elle lui aurait
fait oublier ses chagrins.

La lettre du baronnet était très-courte. Elle renfermait une demi-douzaine de chèques en blanc sur les
banquiers de sir Michaël Audley.

« Vous aurez besoin d'argent, mon cher Robert, lui disait-il, pour les arrangements que vous jugerez convena-
bles à l'égard de la personne que je vous ai confiée. J'ai
à peine besoin de vous dire que vous ne devez pas reculer devant la dépense. Rappelez-vous seulement que
je ne veux plus jamais entendre prononcer le nom de

cette personne. Je laisse à votre conscience le soin de décider ce que vous avez à faire pour elle, et je ne désire pas le savoir. Toutes les fois que vous manquerez d'argent, tirez sur moi pour la somme qu'il vous plaira, mais ne m'en faites pas connaître l'emploi. »

Robert Audley poussa un long soupir de soulagement en repliant cette lettre. Elle le débarrassait d'un devoir bien pénible à remplir, et lui traçait la marche àsuivre relativement à George Talboys.

Son âme dormirait en paix dans sa tombe inconnue, et sir Michaël Audley ne saurait jamais que la femme qu'il avait aimée était coupable d'un meurtre.

Robert n'avait plus à ouvrir que la troisième lettre, celle qu'il avait placée sur son cœur pendant qu'il lisait les autres. Il déchira l'enveloppe et retira avec soin et tendresse le papier qu'elle contenait.

La lettre était aussi courte que celle de sir Michaël. Elle ne renfermait que ces quelques lignes :

« Cher monsieur Audley,

« Le recteur de l'endroit a rendu deux fois visite à Luke Marks, l'homme que vous avez sauvé dans l'incendie de l'auberge du *Château*. Marks est dangereusement malade au cottage de sa mère, près d'Audley, et l'on ne croit pas qu'il vive longtemps. Sa femme le soigne. Il a témoigné le désir de vous voir avant sa mort. Venez donc sans retard, je vous en prie.

« Votre amie sincère,

« CLARA TALBOYS.

« A la cure de Mount Stanning, 6 mars. »

Robert Audley replia respectueusement le papier et le replaça sous son gilet à l'endroit où l'on croit com-

munément que se trouve le cœur. Il s'assit ensuite
dans son fauteuil favori, bourra sa pipe et la fuma en
regardant le feu aussi longtemps que dura le tabac.
A voir ses beaux yeux gris, on devinait que la revêrie
dans laquelle il était plongé n'avait rien d'ennuyeux.
Ses pensées s'envolaient avec les nuages de fumée
bleuâtre que vomissait sa pipe, et l'entraînaient dans
un monde où là mort, la douleur et la honte n'exis-
taient pas. Ce monde, créé par l'omnipotence de son
amour, n'avait pour habitants que Clara Talboys et lui.

Quand le tabac turc fut entièrement consumé et les
cendres secouées sur la dalle du foyer, le rêve
s'enfuit vers cette région enchantée qu'habitent les
visions de choses qui n'ont jamais été et qui ne seront
jamais; qui sont prises et gardées par quelque sombre
enchanteur qui, de temps à autre, tourne les clés et
ouvre les portes de son trésor pour la satisfaction
passagère de l'humanité. Mais le rêve s'évanouit, et le
pesant fardeau des tristes réalités vint tomber sur les
épaules de Robert plus tenace que jamais.

« Que peut me vouloir ce Marks? se demanda le
jeune avocat. Il a peut-être peur de mourir avant de
m'avoir fait sa confession, et il veut m'avouer ce que je
sais déjà, l'histoire du crime de milady. Je savais qu'il
connaissait le secret, j'en ai eu la certitude le premier
soir où je l'ai vu. Oui, il le connaissait et en usait à son
profit. »

Robert Audley ne voulait pas retourner dans le
comté d'Essex. Comment revoir Clara Talboys, maintenant qu'il savait où était son frère? Que de mensonges il faudrait inventer pour lui cacher la vérité?
Et pourtant serait-ce un service à lui rendre que de
détruire ses espérances? Et pourtant serait-ce avoir
de la pitié pour elle que de lui raconter cette horrible
histoire dont le récit jetterait un voile de deuil sur sa
jeunesse et détruirait toutes les espérances qu'elle

pouvait caresser au fond de son cœur. Il savait par sa
propre expérience avec quelle facilité on espère en
dépit de tout, alors même que l'espoir est mort, et il
ne pouvait se faire à l'idée que le cœur de la jeune fille
fût forcé d'endurer la même souffrance que le sien
en apprenant l'horrible vérité.

« Non, mieux vaut qu'elle espère en vain jusqu'à la
fin, se disait-il, mieux vaut qu'elle passe sa vie à chercher à découvrir le sort de son frère perdu que de
m'entendre lui révéler l'affreux mystère par ces quelques paroles : Nos craintes les plus horribles sont réa-
lisées, le frère que vous aimez a été lâchement assassiné dans la fleur de sa jeunesse. »

Mais Clara Talboys lui avait écrit pour le prier de
venir sans retard dans le comté d'Essex. Comment refuser d'obéir, quelque pénible que fût le voyage qu'on
lui demandait de faire? Et puis le mourant voulait le
voir : il serait cruel en se refusant à sa prière et en
tardant plus longtemps à se rendre à sa prière. Il regarda sa montre. Neuf heures moins cinq minutes. Il
n'y avait pas de train pour Audley qui partît de Londres après huit heures et demie ; mais à onze heures,
il en partit un de Shoreditsch qui arrivait à Brentwood
entre minuit et une heure du matin. Robert décida
qu'il prendrait ce train et ferait à pied le trajet entre
Brentwood et Audley, c'est-à-dire un peu plus de six
milles.

Il avait longtemps à attendre avant que le moment
arrivât de quitter le Temple pour se rendre à Shoreditsch et il demeura assis au coin de son feu à réfléchir
tristement aux étranges événements qui avaient rempli
sa vie depuis un an et demi, et qui, s'interposant
comme des ombres courroucées entre ses habitudes
paresseuses et lui, l'avaient chargé d'exécuter des
projets dans lesquels il n'était pour rien.

« Ciel ! se dit-il en fumant une seconde pipe, est-ce bien à moi que tout cela est arrivé? A moi qui flânais ici toute la journée en lisant Paul de Kock, en fumant mon doux tabac turc et qui avais l'habitude d'acheter une entrée à moitié prix pour rester derrière les loges au milieu de la foule, pour voir une nouvelle farce et finir ma soirée en prenant une côtelette et une pinte d'ale chez Évans. Était-ce bien moi pour qui la vie était chose si grave? Était-ce bien moi qui faisais partie de la bande d'enfants qui sont assis à leur aise sur les chevaux de bois, pendant que d'autres enfants courent sans souliers dans la boue et travaillent de leur mieux dans l'espoir de chevaucher à leur tour quand leur tâche sera finie ? Dieu sait que j'ai depuis cette époque fait une rude expérience de la vie; et, pour comble de désagréments, me voilà forcément devenu amoureux et tout prêt à grossir de mes piteux soupirs et de mes gémissements le chœur tragique qui chante éternellement les misères humaines. Clara Talboys! Clara Talboys! Se cache-t-il dans vos grands yeux quelque lueur de compassion pour moi. Que diriez-vous si je vous avouais que je vous aime aussi franchement, aussi sincèrement que j'ai déploré le sort de votre frère ; que le nouveau but d'existence que m'a tracé mon amitié pour l'homme assassiné devient plus absorbant à mesure qu'il se rapproche de vous et me charge au point de m'étonner moi-même? Que me répondriez-vous? Ah ! le ciel seul le sait. Si par hasard elle aimait la couleur de mes cheveux, ou le son de ma voix, elle m'écouterait peut-être. Mais se croirait-elle forcée de m'écouter longuement, parce que mon amour pour elle est pur et franc, parce que je serais constant, honnête et que ma fidélité serait inébranlable ? Oh ! non ; cela ne produirait aucun effet sur elle. Elle en serait touchée peut-être, elle me témoignerait peut-être même un peu de pitié, mais ce serait tout. Si une jeune fille avec des taches de rousseur et des cils blancs m'adorait, je la regarderais comme ennuyeuse; mais si Clara Tal-boys avait la fantaisie de fouler aux pieds ma grossière personne, je regarderais cela comme une faveur de sa part. J'espère que la pauvre petite Alicia rencontrera quelque Saxon à la belle chevelure dans le cours de son voyage! J'espère.... »

Ses pensées s'égarèrent et se perdirent. Comment espérer quelque chose pendant que le souvenir de son ami le hantait comme un spectre. Il se souvenait d'une histoire qu'on lui avait conté dans une longue soirée d'hiver, et cette histoire était celle d'un homme que hantait l'esprit d'un parent enterré quelque part, loin du cimetière où il aurait voulu reposer. Si cette histoire allait devenir vraie pour lui, si l'esprit de George Talboys allait le hanter ?

Il écarta ses cheveux avec ses deux mains, et regarda tout autour de sa chambre. Il se dessinait des ombres dans un coin, et ces ombres lui déplurent. La porte de son cabinet était entr'ouverte; il se leva et la ferma à clef avec beaucoup de bruit.

« Je n'ai pas lu Alexandre Dumas et Wilkie Collins pour rien, murmura-t-il; je connais toutes les ruses des esprits. Ils vous épient par derrière, viennent danser devant les vitres, et ouvrent leurs grands yeux quand il commence à faire noir. C'est une étrange chose qu'un ami bon et généreux, qui n'aurait jamais fait une action mesquine de sa vie, soit capable de n'importe quelle petitesse du moment qu'il devient un esprit. Demain je ferai éclairer au gaz l'escalier, et coucher le fils aîné de mistress Maloney dans le vestibule. Il joue agréablement les airs populaires sur un morceau de papier entrelacé avec une petite dent de peigne, et sa compagnie me sera très-agréable. »

M. Audley se promena de long en large pour tuer le temps. Il était inutile de partir de chez lui avant dix heures, et même en partant à dix heures, il arriverait à la gare une demi-heure trop tôt. Il était fatigué de fumer. L'influence du doux narcotique est assez agréable en elle-même, mais il faut être bien misanthrope pour ne pas souhaiter, après une demi-douzaine de pipes, la présence d'un ami qu'on puisse regarder rêveusement à travers le brouillard pâle et gris et qui puisse vous renvoyer un tendre regard en retour. Ne pensez pas que Robert Audley n'avait pas d'amis parce qu'il était souvent seul dans son paisible appartement. Le but qu'il avait poursuivi l'avait forcé à négliger ses anciennes connaissances, et c'était pour cette raison qu'il était seul. Comment aurait-il pu assister avec des amis à quelques soirées pour boire de bons vins ou à quelques agréables petits dîners arrosés avec le nonpareil, le chambertin, le pomard et le champagne? Comment aurait-il pu rester parmi eux, et les écouter causer négligemment politique, théâtre, littérature, courses, sciences, etc., lorsqu'il était poursuivi nuit et jour par d'horribles soupçons? Il ne le pouvait pas! Il s'était séparé de ces hommes comme si, en vérité, il eût été un officier de la police secrète souillé de mauvais contacts et ne pouvant être le compagnon d'honnêtes gentlemen; il s'était retiré de tous les lieux fréquentés et s'était enfermé dans sa chambre solitaire, n'ayant pour seul compagnon que le trouble habituel de son esprit, jusqu'à ce qu'il fût devenu aussi nerveux qu'une solitude continuelle puisse rendre le plus fort et le plus sage des hommes, bien qu'il pût se vanter de sa force et de sa sagesse.

Dix heures sonnèrent enfin à l'horloge de Saint-Dunstan, à celle de Saint-Clément le Danois, et à une foule d'autres dont le carillon retentit au loin; et M. Audley, qui avait mis son chapeau et son pardessus depuis une demi-heure, sortit de chez lui en

ayant bien soin de fermer la porte. Il se renouvela
mentalement la promesse de faire coucher Parthrick
(c'était le nom que mistress Maloney donnait à son fils
aîné) dans le vestibule. Ce jeune homme devait entrer
en fonction la nuit d'après, et si l'esprit de l'infor-
tuné George Talboys apparaissait, il aurait à passer
sur le corps de Parthrick avant d'arriver jusqu'à la
chambre de Robert.

Ne riez pas du pauvre Robert, parce qu'il était devenu hypocondriaque après avoir entendu l'horrible
histoire de la mort de son ami. Il n'y a rien d'aussi léger et d'aussi fragile que ce point d'appui invisible sur
lequel s'appuie la raison. Tel est fou aujourd'hui qui
sera demain sain d'esprit.

Qui peut oublier l'image presque effroyable du docteur Samuël Johnson? Le terrible disputeur des clubs,
solennel, lourd, sévère, impitoyable, l'admiration et
la terreur de l'humble Bozzy, le rigide mentor du
gentil Olivier, l'ami de Garrick et de Reynolds ce soir
et demain; et, avant le lever du soleil, un faible et misérable vieillard découvert par les bons monsieur et mistress Thrale, agenouillé sur le parquet de sa chambre
solitaire, dans une angoisse, une terreur et une confusion enfantines, priant Dieu dans sa miséricorde de
préserver son intelligence. Je pensais que le souvenir
de cette épouvantable matinée, les tendres soins qu'il
avait reçus alors auraient dû enseigner au docteur à
tenir sa main plus ferme à Streatham, quand il prenait le flambeau de sa chambre à coucher, dont il
avait coutume de faire tomber une pluie de petites
gouttelettes de cire fondue sur les riches tapis de sa
belle protectrice; et auraient dû même avoir un effet
plus durable, et lui apprendre à être miséricordieux
quand la veuve du brasseur devint folle à son tour et
épousa cet affreux chanteur italien. Hélas! qui n'a pas
été, qui ne sera pas fou à certain moment fatal de sa

vie? Qui est tout à fait en sûreté sur ce balancier tremblant?

Fleet Street était tranquille et solitaire à cette
heure tardive, et Robert Audley était en disposition
d'esprit à croire aux spectres : il aurait été peu étonné
de voir s'avancer le docteur Johnson vers le réverbère, ou l'aveugle Milton chercher à tâtons son chemin pour descendre les marches de l'église de Saint-
Bride.

M. Audley prit une voiture au coin de Farringdon
Street, qui le mena rapidement vers Finsbury Pave-
ment, à travers un labyrinthe de rues boueuses.

« Personne n'a jamais vu de revenant en fiacre, se
dit Robert, et Dumas lui-même n'a pas eu cette idée,
non qu'il ne soit capable de faire un roman de ce
genre si l'idée lui en venait. Un revenant en fiacre!
voilà un titre qui sonne bien. L'histoire pourrait être
celle de quelque lugubre gentleman en noir qui prendrait un véhicule à l'heure, étant obstiné sur le prix
des courses, et engagerait son conducteur dans des
rues solitaires, au-delà des barrières, et se rendrait de
toute manière fort désagréable. »

La voiture roula bruyamment sur le pavé pierreux
et déposa Robert aux portes de la station peu charmante de Shoreditsch. Il y avait très-peu de voyageurs
pour ce train de nuit, et Robert se promena librement de long en large sur une plate-forme en bois,
lisant les énormes affiches dont les lettres monstres
paraissaient s'évanouir et reparaître à la triste lueur
du réverbère.

Il eut à lui seul tout un compartiment du wagon
dans lequel il monta. Je me trompe en disant à lui
seul : l'ombre de George Talboys le poursuivit jusque
dans le coin de son compartiment de première classe.
Elle était derrière lui quand il regardait à la portière,
et cependant elle précédait la machine qui se précipi-

tait en avant, dans ce bureau aux billets vers lequel
le train avançait, près de cet endroit caché et non
sanctifié où les restes de l'homme mort étaient restés
négligés et oubliés.

« Il faut que je fasse enterrer mon ami convenablement, » se dit Robert, pendant qu'un vent froid soufflait au dehors et lui faisait l'effet de la respiration
glacée qui se serait échappée des lèvres d'un mort,
« ou bien je mourrai de quelque panique comme
celle qui m'a saisie ce soir. Il le faut à tout prix,
quand bien même je devrais arracher la coupable de
sa retraite et l'amener au banc des criminels. »

Il éprouva un soulagement quand le train s'arrêta à
Brentwood, quelques minutes après minuit. Une seule
personne descendit avec lui à cette petite station :
c'était un campagnard qui revenait d'assister à la re-
présentation d'une tragédie. Les campagnards vont
toujours voir les tragédies. Nos jolis vaudevilles ne
sont pas faits pour eux. Les jolis petits salons, ornés
d'une lampe modérateur et de fenêtres à la française,
où l'intrigue se déroule entre un mari confiant, une
femme coquette et une soubrette rusée qui passe son
temps à épousseter les meubles et à annoncer les visiteurs, ne font pas leur affaire. Ce qu'ils veulent, c'est
une bonne tragédie en cinq actes dans laquelle leurs
aïeux ont vu figurer Garrick et mistress Abington, où
eux-mêmes peuvent se souvenir de la belle O'Neil,
cette femme charmante dont les épaules et le beau
col devenaient cramoisis de honte et d'indignation
quand l'actrice représentait mistress Beverley, et que
Stukeley insultait à sa pauvreté et à son malheur. Je
ne crois pas que les O'Neils modernes jouent aujour-
d'hui leurs rôles avec tant de sensibilité. En tout cas,
cette sensibilité n'a plus de charme pour le public
depuis l'apparition de Rachel et du genre nouveau
qu'elle a créé.

Robert Audley jeta tout autour de lui un regard désespéré au moment de quitter la jolie petite ville de Brentwood et de prendre la route de la colline où la malheureuse auberge du *Château* avait fini par succomber sous les efforts combinés du feu et du vent.

« C'est une promenade désagréable que celle que je vais faire, pensa Robert en cherchant des yeux la route. La nuit est froide, et la lune se cache comme si elle avait envie de me faire croire qu'elle n'existe pas. Je suis pourtant bien aise d'être venu. Si ce pauvre diable est mourant et veut me voir, c'eût été une dureté impardonnable que de me refuser à ses prières. Puis *elle* désire ma présence, elle demande que le ciel me vienne en aide, et je ne saurais lui résister. »

Il s'arrêta contre la barrière en bois qui entourait le jardin de la cure de Mount Stanning, et regarda les fenêtres de l'habitation à travers une haie de lauriers. Il n'aperçut aucune lumière, et il fut forcé de s'éloigner sans autre consolation que celle d'un coup d'œil jeté sur la maison qui renfermait la femme désormais maîtresse de son cœur. Un monceau de ruines s'élevait à la place où jadis l'auberge du *Château* avait lutté contre les vents. La froide bise se jouait librement au milieu des quelques fragments qui avaient subsisté, et elle souleva en les secouant un nuage de cendres et de poussière qui enveloppa Robert Audley au moment où il passait.

Il était plus d'une heure et demie quand le voyageur nocturne entra dans le village d'Audley, et ce fut là seulement qu'il se rappela que Clara Talboys ne lui avait donné aucun renseignement sur la position exacte du cottage où se mourait Luke Marks.

« C'est Dawson qui a recommandé de transporter le malheureux chez sa mère, se dit Robert un instant après, et c'est probablement lui qui l'a soigné. Il pourra m'enseigner le chemin du cottage. »

Cette réflexion amena Robert à la porte de la maison où Helen Talboys avait vécu avant son second mariage. Cette porte était entr'ouverte, et une lumière allumée dans le petit laboratoire. Robert entra, et aperçut le chirurgien qui préparait une drogue à son comptoir d'acajou. Son chapeau était auprès de lui, et il était sans doute rentré depuis peu, bien qu'il fût très-tard. Le ronflement sonore de son aide, qui couchait dans un cabinet à côté, arrivait jusqu'au laboratoire.

« Je vous demande pardon de vous déranger, M. Dawson, dit Robert, quand le chirurgien leva la tête et le reconnut; mais je suis venu voir Marks, et comme je ne sais pas le chemin de son cottage, j'ai besoin que vous me l'indiquiez.

— Je vais vous le montrer, monsieur Audley, répondit le médecin. Je me rends moi-même au cottage dans quelques minutes.

— Marks va donc bien mal?

— Tout à fait mal, et le seul changement à attendre, c'est celui qui calmera pour toujours ses souffrances.

— Voilà qui est étrange, s'écria Robert. Il m'avait semblé que ses brûlures n'avaient rien de dangereux.

— Et vous ne vous étiez pas trompé. Si ses brûlures eussent été sérieuses, je n'aurais pas recommandé de l'éloigner de Mount Stanning. C'est la secousse qu'il a ressentie qui l'a mis dans cet état. Sa santé était minée depuis longtemps par ses habitudes déréglées, et la frayeur a fait le reste. Il a eu le délire pendant deux jours. Ce soir, il est plus calme; mais, avant demain soir, il aura cessé de vivre.

— Il a demandé à me voir, m'a-t-on dit? dit M. Robert Audley.

— Oui; c'est une fantaisie de malade, répondit le chirurgien d'un ton d'indifférence. Vous l'avez arraché aux flammes, et, quoiqu'il ait l'écorce un peu rude, il songe beaucoup au service que vous lui avez rendu. »

Ils étaient sortis du laboratoire, et le chirurgien avait fermé la porte à clef. Très-probablement c'était pour mettre à l'abri l'argent du comptoir que M. Dawson prenait tant de précautions ; car le plus hardi voleur n'aurait pas eu l'idée d'aller exposer sa vie pour des pilules, de la coloquinte, des sels et du séné.

Le chirurgien guida Robert le long d'une rue silencieuse et s'engagea tout à coup dans un sentier au bout duquel le jeune avocat aperçut une lumière pâle. Cette lumière devait éclairer une chambre mortuaire, tant ses reflets étaient faibles et d'un aspect étrange à cette heure avancée de la nuit ; c'était celle du cottage où Luke Marks souffrait sous la garde de sa mère et de sa femme.

M. Dawson souleva le loquet et entra dans la première pièce du cottage, suivi de Robert Audley. Cette pièce était vide et éclairée par une chandelle, dont le suif dégouttait sur la table ; Luke Marks était dans la chambre au-dessus.

« Dois-je lui dire que vous êtes ici ? demanda M. Dawson.

— Oui, oui, s'il vous plaît, prenez des précautions pour le lui dire. Si vous pensez que cette nouvelle puisse l'agiter, j'attendrai ; je ne suis pas pressé. Vous m'appellerez quand je pourrai monter. »

Le chirurgien inclina la tête en signe d'assentiment et gravit l'escalier qui menait à l'étage supérieur. C'était un bon homme que ce M. Dawson, et il fallait qu'il le fût pour être le médecin des pauvres de la paroisse et les soigner gratis avec douceur, sans jamais leur faire subir aucune de ces cruautés mesquines très-difficiles à prouver devant le conseil de santé pour les pauvres, mais pénibles tout de même pour ceux qui souffrent.

Robert Audley s'assit sur une chaise devant le foyer

sans feu, et contempla les objets qui l'entouraient.
Quoique la salle fût petite, les coins en étaient sombres; une vieille pendule se dressait devant lui, et les
bruits qui s'échappent d'une pendule après minuit sont
trop connus pour que je les décrive. Le jeune homme
écoutait en silence le tic-tac monotone qui semblait
compter les dernières secondes de vie accordées au
mourant et les voir fuir avec plaisir. Encore une minute! encore une minute! avait l'air de dire la vieille
pendule ; et Robert eut envie de lui jeter son chapeau
dans l'espoir d'arrêter son monotone et mélancolique
mouvement.

Il fut enfin tiré de ses réflexions par la voix du chirurgien, qui parut au sommet de l'escalier pour lui dire
que Luke Marks était éveillé et le verrait volontiers.

Robert monta aussitôt et, avant d'entrer dans cette
chambre rustique, il ôta son chapeau. Il ôtait son chapeau en présence de ce paysan, parce qu'il savait que
la mort, cette terrible visiteuse, n'allait pas tarder à
pénétrer dans ce cottage.

Phœbé Marks était assise au pied du lit, les yeux
fixés sur la figure de son mari. Aucune expression de
tendresse ne se lisait dans ses regards ; ils peignaient
une vive anxiété, et cette anxiété, c'était plutôt l'arrivée prochaine de la mort qui la causait que la crainte
de perdre son mari. La vieille mère du malade faisait
sécher du linge auprès du feu et préparait quelque
soupe que son fils ne prendrait probablement jamais.
Luke Marks avait la tête posée sur un oreiller ; sa
figure était d'une pâleur mortelle et ses mains s'allon-
geaient sur la couverture. Phœbé lui avait fait la lecture, car une Bible était encore ouverte au milieu
des fioles qui encombraient la table auprès du lit. Tout
était propre et bien rangé dans la chambre; le goût de
l'ordre et de la régularité avait toujours été le trait
distinctif du caractère de Phœbé.

La jeune femme se leva dès que Robert parut sur le seuil et courut au-devant de lui.

« Laissez-moi vous parler un moment, monsieur, avant d'écouter Luke, lui dit-elle rapidement et à voix basse. Je vous en supplie, laissez-moi vous parler avant lui.

— Qu'a-t-elle à dire ici? » demanda le malade d'une voix faible et courroucée.

Les ombres de la mort s'appesantissaient sur ses yeux, mais il y voyait encore assez bien pour remarquer les mouvements de Phœbé.

« Qu'a-t-elle à dire ici? répéta-t-il. Je ne veux pas de complots ni de préparations. Ce que j'ai à révéler à M. Audley, je le révélerai moi-même, et, si j'ai fait du mal, je veux essayer de le défaire. Qu'a-t-elle à dire ?

— Elle ne dit rien, Luke, mon cher, répondit la mère, s'approchant du lit de son fils qui, bien que rendu plus intéressant par la maladie, ne semblait pas justifier cette tendre épithète. Elle raconte seulement au gentleman comment tu t'es porté depuis qu'il t'a quitté.

— Je lui dirai bien moi-même. Il m'a sauvé du feu, il saura tout ; mais je ne veux pas que personne écoute.

— Sans doute, Luke, sans doute, » répondit sa mère pour le calmer.

L'intelligence de la vieille était un peu bornée, et elle n'attachait pas plus d'importance aux paroles que prononçait son fils en ce moment qu'à celles qu'il avait prononcées pendant son délire : cet horrible délire dans lequel il s'était vu d'abord enseveli sous des montagnes de briques et de mortier enflammés, et puis précipité au fond d'un gouffre, d'où la main d'un géant l'avait retiré en le saisissant par les cheveux.

Phœbé Marks avait emmené M. Audley sur le palier, qui avait trois à quatre pieds de large et était à peine assez grand pour les contenir tous deux, sans qu'ils se poussassent près du mur nouvellement blanchi, ou risquassent de tomber dans l'escalier.

« Oh! monsieur, s'écria Phœbé avec empressement, j'ai de tristes choses à vous conter. Vous souvient-il de ce que je vous ai dit en vous trouvant sain et sauf la nuit de l'incendie ?

— Oui, je m'en souviens.

— Je vous avouai mes soupçons, mais je n'en ai jamais parlé à personne, monsieur, et je crois que Luke a oublié tous les incidents de cette nuit ; il était déjà ivre quand mila.... quand elle vint à l'auberge, et je suppose que la peur a chassé tout souvenir de sa mémoire. En tout cas, il ne soupçonne rien, car il aurait parlé ; mais il est fort en colère contre milady, et dit que si elle lui avait procuré une place à Brentwood ou à Chelmsford tout cela ne serait pas arrivé, et je voudrais que vous ne dissiez rien devant lui.

— Oui.... oui.... je comprends.... j'y veillerai..

— J'ai appris que milady avait quitté le château d'Audley.

— Oui.

— Pour ne jamais y revenir ?

— Jamais.

— Mais elle ne sera pas maltraitée, n'est-ce pas ?

— Non.

— J'en suis bien aise, monsieur. Pardon pour toutes ces questions ; milady était très-bonne pour moi. »

La voix de Luke se fit entendre à l'intérieur, et Phœbé ramena M. Audley dans la chambre.

« Je n'ai pas besoin de toi.... dit d'un ton décisif Marks à sa femme quand elle rentra dans la chambre, je n'ai pas besoin de toi ; je ne veux voir que M. Audley. Descends et emmène ma mère. Non, ma mère peut rester ; sa présence me sera nécessaire tout à l'heure. »

La main affaiblie du malade montra la porte à

Phœbé, et elle sortit avec soumission en disant à son
mari :

« Je ne veux rien entendre, Luke ; mais j'espère que
tu ne parleras pas mal de ceux qui se sont montrés
généreux envers nous.

— Je parlerai comme il me plaira, lui répondit
Marks. Je n'ai pas d'ordre à recevoir de toi ; tu n'es ni
le curé ni l'homme de loi. »

Le propriétaire de l'auberge du *Château* n'avait subi
aucune transformation morale sur son lit de mort ; ses
souffrances avaient été trop rapides et trop cruelles.
Peut-être quelques faibles rayons de lumière, qui n'a-
vaient jamais éclairé sa vie, s'efforçaient-ils de percer
faiblement les sombres obscurités de l'ignorance qui
remplissaient son âme ? Peut-être quelque demi-ran-
cune, quelque demi-repentir obstiné le portaient-ils
à faire quelques rudes efforts pour racheter une vie
égoïste passée à boire et à faire le mal. Quoi qu'il en
fût, il essuya de la main ses lèvres blanches et, jetant
un regard sérieux sur le jeune avocat, il lui désigna
une chaise à côté du lit.

« Vous m'avez sondé de toutes les manières pour
connaître mes secrets, monsieur Audley, dit-il tout à
coup. Vous m'avez tourné et retourné en tout sens, et
je n'avais pas lieu de vous être reconnaissant avant
l'incendie ; mais je le suis maintenant. La reconnaissance n'est pas mon défaut d'habitude, parce que je
n'aime pas que, quand on me donne quelque chose,
comme du gibier, de la soupe, de la flanelle, du charbon, on aille ensuite le crier sur les toits ; j'aurais
voulu les envoyer au diable, mais un gentleman comme
vous, qui se jette dans le feu pour sauver une brute
comme moi, mérite bien qu'on lui dise au moins merci
avant de mourir. Je vous remercie donc, monsieur
Audley ; car je vois à la figure du docteur que je n'ai
pas longtemps à vivre. »

Luke Marks tendit sa main gauche (la droite avait été brûlée et était entourée de linges), et il serra faiblement celle de Robert.

Le jeune homme répondit cordialement à cette étreinte.

« Je n'ai pas besoin de remercîments, Luke Marks, dit-il ; je vous ai rendu ce service avec plaisir. »

Marks ne répondit pas tout de suite. Il était couché tranquillement sur le flanc et regardait Robert.

« Vous aimiez bien la personne qui disparut à Audley, n'est-ce pas, monsieur ? » demanda-t-il enfin.

Robert tressaillit en entendant parler de son ami mort.

« Vous l'aimiez beaucoup ce M. Talboys, m'a-t-on dit ? répéta Luke.

— Oui, oui, c'était un de mes bons amis, répondit Robert avec un peu d'impatience.

— J'ai entendu raconter aux domestiques du château l'effet que produisit sur vous l'annonce de sa disparition, et le maître de l'auberge du *Soleil* disait que vous n'auriez pas été plus inquiet si c'eût été votre frère.

— Oui, oui, je sais.... je sais.... dit Robert ; mais ne parlez plus de cela, je ne puis vous dire combien ce sujet m'est pénible. »

L'esprit de son ami sans sépulture devait-il le hanter à tout jamais ?... Il venait rendre visite à un mourant, et même là il était poursuivi par cette ombre agitée et tout lui rappelait le crime qui avait troublé sa vie.

« Écoutez-moi, Marks, dit-il sérieusement, j'apprécie toute votre gratitude, et je suis très-content du service que je vous ai rendu. Mais avant d'en dire plus long, laissez-moi vous faire une demande solennelle. Si vous m'avez fait venir pour me révéler le secret de la disparition de mon ami, ne vous donnez pas cette peine, je sais déjà tout ce que vous pouvez me dire. Je le tiens de la bouche même de la femme qui était jadis en votre pouvoir. Ne parlons donc plus de cela, vous ne pouvez rien me dire que je ne sache. »

Luke Marks regarda la figure sérieuse de son visiteur, et un faible sourire illumina pour un instant les traits hagards du mourant.

« Ainsi, je n'ai rien à vous révéler que vous ne sachiez déjà ? demanda-t-il.

— Rien.

— Alors, ce n'est pas la peine que j'essaye, dit le malade d'un ton pensif ; mais vous a-t-elle tout dit ? reprit-il après une légère pause.

— Marks, je vous prie de vous taire sur ce sujet, répondit Robert presque sèchement, je vous ai déclaré que je ne voulais pas en entendre parler. Les secrets que vous connaissez vous ont servi à avoir ce que vous vouliez. Vous étiez payé pour garder le silence, gardez-le jusqu'à la fin, cela vaut mieux.

— Vous croyez ?... ferai-je réellement mieux de me taire jusqu'à la fin ? murmura Marks très-agité.

— Je le crois, puisque vous avez reçu de l'argent pour cela ; ce serait du moins de l'honnêteté que de ne pas manquer à votre promesse.

— Mais si milady avait eu son secret, et moi le mien ? dit le malade en faisant une horrible grimace.

— Que voulez-vous dire ?

— Supposez que j'eusse depuis longtemps des aveux à faire, et que je m'en fusse abstenu parce que milady ne me traitait pas assez bien, parce qu'elle me donnait de l'argent comme on jette un os à un chien, pour l'empêcher de mordre. Supposez qu'à cause de ce manque d'égards, j'eusse gardé mon secret, et demandez-vous si je dois toujours me taire. »

Il est impossible de décrire le sourire de triomphe que grimaça cette figure effrayante.

« Il n'a pas sa raison, se dit Robert, ayons de la patience ; c'est bien le moins que je sois patient avec un moribond. »

Luke Marks contempla quelque temps Robert en souriant toujours de la même manière. La vieille, fatiguée d'avoir veillé plusieurs nuits de suite, s'était assoupie sur une chaise auprès du feu où bouillait la soupe qu'elle avait préparée.

Robert Audley attendit très-patiemment qu'il plût au malade de parler. Le moindre bruit arrivait distinctement à son oreille à cette heure de mort. Les cendres qui s'échappaient de la grille, le pétillement de la flamme, le tic-tac de la vieille pendule, les sourds gémissements du vent de mars (qui paraissait être la voix d'un banshee anglais criant son avertissement funèbre à ceux qui veillaient le mourant), la respiration pénible du malade : chaque son s'entendait séparément et prenait une voix qui retentissait comme un sombre message dans le silence solennel de la maison.

Robert avait caché sa figure dans ses mains, et songeait à ce qu'il allait devenir maintenant que l'histoire de George Talboys était finie, et que sa femme coupable était enfermée dans une maison de fous de la Belgique. Qu'allait-il devenir ?

Il ne pouvait se rendre auprès de Clara Talboys, car il voulait garder pour lui le secret horrible qu'on lui avait révélé. Comment oserait-il l'aborder avec l'intention de ne rien lui dire ? Comment pourrait-il regarder ses yeux et ne pas lui avouer toute la vérité ? Il sentait que toute sa force faiblirait devant ce regard calme et pénétrant. Se taire : il valait mieux ne plus la revoir. Tout dire : c'était empoisonner la vie de la jeune fille et la rendre malheureuse tant qu'elle n'aurait pas vengé son frère assassiné et oublié dans la tombe.

Ainsi entourée de difficultés qui lui paraissaient tout

à fait insurmontables, la vie n'avait plus pour Robert Audley le charme d'autrefois, et il s'avouait qu'il aurait été préférable pour lui de périr dans l'incendie de l'auberge du *Château*, bien que son caractère facile l'eût aidé à supporter jadis le triste fardeau qui lui pesait tant alors.

« Qui m'aurait regretté ? se dit-il, personne, excepté ma pauvre Alicia, et encore sa douleur n'eût-elle pas duré plus longtemps que les roses d'avril; Clara Talboys aurait-elle pleuré ma mort ?... Non ! elle n'aurait regretté en moi que l'instrument nécessaire à la découverte du sort de son frère.... Elle n'aurait.... »

CHAPITRE XV

Ce que le mourant avait à dire.

Dieu sait où les pensées de Robert auraient pu le conduire s'il n'avait été tiré de sa rêverie par un brusque mouvement du malade, qui se leva sur son séant et appela sa mère.

La vieille femme fit un soubresaut et se tourna tout endormie vers son fils.

« Qu'as-tu, Luke ? lui dit-elle avec douceur. Il n'est pas temps encore de prendre ta potion. M. Dawson a dit de ne te la donner que deux heures après son départ, et il n'y a pas encore une heure qu'il est parti.

— Qui vous dit que c'est la potion que je veux, s'écria Marks avec impatience, j'ai quelque chose à vous demander, ma mère. Vous souvenez-vous du 7 septembre dernier ? »

Robert tressaillit et regarda le malade avec inquiétude. Pourquoi revenait-il sur ce sujet défendu ?... Pourquoi rappelait-il la date de l'assassinat de George ?... La vieille femme secoua la tête de l'air d'une personne dont les pensées sont confuses.

« Mon Dieu, Luke, dit-elle, comment peux-tu me faire de semblables questions ? Ma mémoire s'est en-

volée depuis sept ou huit ans, et je ne pouvais pas au
paravant me rappeler le quantième du mois. Une
femme qui travaille à la journée ne se souvient pas de
ces bagatelles. »

Luke Marks haussa les épaules d'un air contrarié.

« Pourquoi l'avez-vous oublié, dit-il d'un ton bourru,
ma mère, je vous avais dit de vous en souvenir. Ne
vous avais-je pas prévenue qu'un temps viendrait où
il vous faudrait servir de témoin et jurer sur la Bible. »

La vieille femme secoua la tête de nouveau.

« C'est probable, puisque tu le dis, Luke, mais je
n'en ai pas la moindre idée; j'ai perdu la mémoire il
y a neuf ans, monsieur, ajouta-t-elle en se tournant
vers Robert, et je ne suis qu'une pauvre créature. »

M. Audley plaça sa main sur le bras du malade.

« Marks, dit-il, n'ennuyez pas votre mère avec vos
questions. Je ne veux rien savoir.... je ne veux rien
entendre....

— Et si je veux parler, moi, s'écria Luke avec énergie, si je ne veux pas mourir avant d'avoir révélé ce
secret pour lequel je vous ai fait venir. Je vous ai fait
venir pour cela, pour tout vous dire à vous et non pas
à *elle*.... Oh! non, pas à elle, j'aurais mieux aimé
mourir dans le feu, dit-il en grinçant des dents. Je lui
ai fait payer ses insolences, je lui ai fait payer ses
grands airs et ses manières, mais elle n'a rien su. Je
la tenais dans mes mains et j'en profitais, j'avais mon
secret qu'elle ignorait, et elle me payait pour me taire;
mais elle me traitait avec tant de mépris, moi et les
miens, que, m'eût-elle payé vingt fois plus, c'eût été
comme si elle n'avait rien fait.

— Marks.... Marks.... au nom du ciel, dit Robert
sérieusement, soyez calme, quel est ce secret que vous
cachiez à lady Audley?

— Je vais vous le dire; ma mère, donnez-moi à
boire, dit Luke, essuyant ses lèvres desséchées.

La vieille femme remplit un verre de tisane rafraîchissante et l'apporta à son fils.

Il but avec avidité, comme s'il avait senti que la mort arrivait à grands pas et qu'il devait la gagner de vitesse.

« Restez où vous êtes, » dit-il à sa mère, en lui montrant une chaise au pied du lit.

La vieille femme obéit et s'assit lentement en face de M. Audley. Elle tira ses lunettes de son étui, en nettoya les verres, les plaça sur son nez, et regarda tranquillement son fils, espérant sans doute que sa mémoire serait excitée par cette opération préparatoire.

« Je vous ferai encore une question, ma mère, dit Luke, et je crois que vous pourrez y répondre. Vous souvient-il de l'époque où je travaillais chez le fermier Atkinson. C'était avant mon mariage, j'habitais encore avec vous.

— Oui, oui, répondit mistress Marks avec la joie du triomphe, je m'en souviens très-bien. C'était au moment où nous ramassions les pommes du verger et où tu as acheté un gilet neuf à ramages. Je m'en souviens, Luke, je m'en souviens. »

M. Audley se demandait où aboutirait ce préambule et combien de temps il lui faudrait écouter une conversation qui ne signifiait rien pour lui.

« Si vous vous souvenez de tout cela, peut-être n'aurez-vous pas oublié le reste, ma mère, dit Luke. Vous rappelez-vous que j'amenai quelqu'un chez nous un soir où le fermier Atkinson rentrait ses derniers grains ? »

Robert, étonné, regarda de nouveau le malade et écouta avec intérêt ce que disait Luke Marks, quoiqu'il comprît à peine à quoi cela pouvait aboutir.

« Je me rappelle que Phœbé vint avec toi prendre une tasse de thé ou manger un morceau, répondit la vieille femme avec une grande animation.

— Au diable Phœbé! qui vous parle d'elle? s'écria
Marks. Qu'est-elle pour qu'on s'en occupe? Vous rappelez-vous que j'amenai après dix heures un monsieur
tout mouillé et couvert de boue? Il avait le bras cassé
et l'épaule presque démise; il fallut couper ses habits
pour les lui enlever, et il s'assit au coin du feu où il
regardait les charbons d'un air stupide sans savoir où
il était et chez qui il était. Vous souvenez-vous que je
le lavai comme un enfant, que je l'essuyai et que je
fus obligé de lui faire avaler de l'eau-de-vie avec une
cuillère que je glissai entre ses dents? »

La vieille femme fit signe de la tête que oui, et
murmura quelque chose pour prouver que tous ces
détails lui revenaient, maintenant que son fils les avait
rappelés.

Robert Audley poussa un cri terrible et tomba à
genoux à côté du lit du mourant.

« O mon Dieu!... s'écria-t-il, merci de ta bonté!...
merci d'avoir sauvé la vie de George Talboys!...

— Attendez, dit Marks, n'allez pas si vite. Mère,
donnez-moi cette cassette qui est sur la commode. »

La vieille obéit; et, après avoir fouillé au milieu des
tasses à thé, des boîtes sans couvercle et des faïences
qui encombraient la commode, elle en retira une cassette d'un aspect assez malpropre et dont le couvercle
glissait sous la pression de la main.

Robert était toujours agenouillé auprès du lit, la
figure cachée dans ses mains. Luke ouvrit la cassette.

« Il n'y a pas d'argent, dit-il, et c'est dommage, car
celui qu'il y a eu est parti depuis longtemps; mais
cette cassette renferme quelque chose qui vaut peut-
être plus que de l'argent, et ce quelque chose je vais
vous le donner, monsieur, pour vous prouver qu'une
brute comme moi a de la reconnaissance pour ceux
qui lui témoignent de la bonté. »

Il retira deux papiers pliés qu'il mit dans la main de Robert.

C'étaient deux feuilles arrachées à un agenda, sur lesquelles on avait écrit au crayon, et l'écriture était inconnue à Robert. Elle ressemblait à celle d'un campagnard.

« Je ne connais pas cette écriture, dit Robert en dépliant rapidement le premier des deux papiers. Qu'est-ce que cela a de commun avec mon ami? Pourquoi me le montrez-vous?

— Lisez d'abord, vous me questionnerez ensuite, » dit Marks.

Le premier papier que Robert Audley avait déplié contenait les lignes suivantes, très-mal écrites et tracées par une main qui lui était étrangère :

« Mon cher ami,

« Je vous écris dans une situation d'esprit dans laquelle jamais homme peut-être jusqu'à présent ne s'est trouvé.

« Je ne puis vous dire ce qui m'est arrivé.

« Sachez seulement qu'il m'est arrivé quelque chose qui me fait quitter l'Angleterre, le cœur brisé, pour aller mourir dans quelque coin ignoré; je vous conjure de m'oublier.

« Si votre amitié avait pu m'être utile, je n'eusse pas manqué d'y recourir; si vos conseils avaient dû m'aider, je vous les eusse demandés; mais ni l'amitié ni les conseils ne peuvent rien pour moi, et tous mes souhaits en ce monde se bornent à invoquer pour vous la bénédiction de Dieu et à vous supplier de m'oublier.

« G. T. »

Le second papier était adressé à une autre personne, et son contenu était plus court que celui du premier.

« Helen,

« Que Dieu ait pitié de vous et vous pardonne ce que vous avez fait aujourd'hui, comme je vous le pardonne moi-même.

« Vivez en paix.

« Vous n'entendrez plus parler de moi.

« Pour vous et pour le monde, je suis, à partir d'aujourd'hui, ce que vous avez voulu que je fusse.

« Ne craignez pas d'être tourmentée, je quitte l'Angleterre pour n'y jamais plus revenir.

« G. T. »

Robert Audley regardait ces lignes d'un air égaré. Elles n'étaient pas de l'écriture ordinaire de son ami, et pourtant elles portaient ses initiales et tout faisait croire qu'elles venaient de lui.

Il examina attentivement la figure de Luke Marks en se disant qu'on se jouait de lui peut-être.

« Ceci n'a pas été écrit par George Talboys, dit-il.

— Pardon, répondit Luke Marks, ce fut bien sa main qui traça chaque mot; seulement, il écrivit de la main gauche parce qu'il avait le bras droit cassé. »

Le soupçon disparut aussitôt de l'esprit de Robert.

« Je comprends, dit-il, je comprends... Dites-moi tout. Racontez-moi comment mon pauvre ami fut sauvé. »

Il ne pouvait s'imaginer que tout ce qu'il avait entendu était vrai. Il ne pouvait croire que cet ami, qu'il avait cru mort pendant si longtemps, était encore de ce monde et viendrait lui tendre la main quand le passé serait oublié; il était ébloui par ce rayon d'espérance qui venait de luire d'une façon si inattendue.

« Dites-moi tout, je vous en supplie... dites-moi tout, s'écria-t-il, pour que je comprenne si je puis.

— Je travaillais chez Atkinson en septembre dernier et j'aidais à rentrer les grains, dit Luke Marks, et comme le plus court chemin de la ferme au cottage était celui des prairies, je passais toujours par là. Phœbé, qui connaissait l'heure de mon retour, venait quelquefois m'attendre à la porte du jardin pour causer avec moi. Quelquefois elle ne venait pas, et alors je franchissais le fossé qui sépare le potager des prairies, pour aller boire un verre d'ale avec les domestiques ou souper avec eux. Je ne sais pas ce que Phœbé avait à faire dans cette soirée du 7 septembre, mais je me souviens très-bien que le fermier Atkinson m'avait payé mes gages ce jour-là et avait exigé un reçu. Bref, elle n'était pas à la porte, et comme je tenais beaucoup à la voir, parce que je partais le lendemain pour Chelmsford, je fis le tour du jardin et je franchis le fossé. Neuf heures avaient sonné à l'horloge d'Audley pendant que j'étais dans la prairie entre la ferme d'Atkinson et le château; il devait donc être neuf heures un quart quand j'arrivai dans le potager. Je traversai le jardin et je pris par l'allée des tilleuls. Sur mon chemin se trouvait le bosquet et le puits desséché. La nuit était noire, mais je connaissais l'endroit, et les lumières du château d'Audley brillaient dans les ténèbres. En arrivant près du puits, j'entendis un bruit qui me glaça le sang. Ce bruit, c'étaient les gémissements d'un homme qui souffrait et qui devait être caché parmi les buissons. Je n'avais pas peur des revenants, mais ces gémissements m'effrayèrent, et je restai une minute environ sans savoir que faire. Les gémissements se firent entendre de nouveau, et je me mis à chercher dans les buissons. Je trouvai un homme couché sous des lauriers, et comme ma première idée fut qu'il était là pour malfaire, j'al-

lais le saisir au collet et le conduire à la maison lorsqu'il me prit lui-même par la main sans se lever de
terre, et me demanda d'un ton sérieux qui j'étais et
quels étaient mes rapports avec les gens du château
d'Audley. Quelque chose dans sa manière de parler
me fit penser aussitôt que c'était un gentleman, bien
que je ne le connusse pas et qu'il me fût impossible
de voir sa figure. Je lui parlai donc poliment.

— Je veux m'éloigner d'ici, dit-il, sans être vu de
personne, entendez-vous. Je suis là depuis quatre
heures à moitié mort, mais je ne veux pas que personne me voie. »

« Je lui répondis que c'était facile ; mais ma première idée me revint. Il n'avait pas de bonnes inten-
tions, puisqu'il tenait à se retirer sans être vu.

— Pouvez-vous me conduire quelque part où il me
sera permis de quitter mes habits mouillés sans que
tout le monde le sache ? »

« Il s'était assis en parlant, et je vis que son bras
droit était cassé et le faisait souffrir. Je lui montrai
son bras en lui demandant ce qu'il avait.

— Il est cassé, mon garçon ; mais ce n'est pas
grand'chose, » ajouta-t-il en se parlant à lui-même.
« Un bras se raccommode, tandis qu'un cœur brisé,
c'est autre chose. »

« Je lui dis que je le conduirais au cottage de ma
mère, et qu'il y sècherait ses habits.

— Votre mère peut-elle garder un secret ? me demanda-t-il.

— Elle le garderait assez bien si elle s'en souvenait ;
vous pourriez lui raconter tous les secrets des francs-
maçons, des forestiers, des devins et des vieilles gens
d'autrefois ce soir, que demain elle n'en saurait plus
rien. »

« Ces paroles le rassurèrent, et il se mit sur ses
jambes en s'appuyant sur moi, car ses membres

étaient tellement meurtris qu'il ne s'en servait que difficilement. Je sentis quand il me toucha que ses habits étaient humides et couverts de boue.

« Est-ce que vous êtes tombé dans la mare, monsieur ? » lui demandai-je.

« Il ne me répondit pas ; il n'eut pas même l'air de m'avoir entendu. Je m'aperçus alors en le voyant debout que c'était un homme très-grand et bien fait. Il me dépassait de toute la tête.

— Conduisez-moi au cottage de votre mère et faites sécher mes habits, vous serez bien payé pour votre peine. »

« Je savais que la plupart du temps on cachait dans le mur du jardin la clef de la porte en bois, et je lui fis prendre ce chemin. Il pouvait à peine marcher, et ce n'était qu'en s'appuyant sur moi qu'il mettait un pied devant l'autre. J'ouvris la porte, et je l'amenai par les prairies jusqu'à notre cottage où ma mère était occupée à préparer mon souper. Je le fis asseoir dans un fauteuil devant le feu, et je pus l'examiner alors. Je n'ai jamais vu personne en pareil état ; il était tout couvert d'une vase verdâtre, et ses mains étaient écorchées. Je lui enlevai ses habits aussi adroitement qu'il me fut possible, et il se laissa faire comme un enfant. Il soupirait de temps en temps et regardait le feu sans s'occuper de son bras qui pendait inerte. Le voyant dans un état si fâcheux, je voulus aller chercher M. Dawson, et j'en parlai à ma mère ; mais il m'entendit, malgré son air distrait, et me défendit de sortir. Sa présence au cottage ne devait être connue que de ma mère et de moi. Il me permit cependant d'aller lui chercher de l'eau-de-vie, et onze heures sonnèrent quand je fus de retour du cabaret. J'avais eu une bonne inspiration en allant acheter de l'eau-de-vie, car il frissonnait de tous ses membres, et il me fallut lui desserrer les dents pour qu'il en avalât

quelques cuillerées. Il s'assoupit ensuite, et je veillai
pour entretenir le feu jusqu'au point du jour. Il s'éveilla
en ce moment et me déclara qu'il voulait partir sur-le-
champ. Je l'engageai vainement à retarder son départ.
Il insista, et, bien qu'il ne pût se tenir droit deux
minutes de suite, il ne changea pas d'idée. Ses habits
s'étaient séchés, et je l'en revêtis. Il poussait bien quelques gémissements de temps en temps, pendant que
je lavais sa figure et que je relevais son bras dans un
mouchoir noué autour de son cou, mais il voulait toujours partir; et, quand il fit grand jour, il se trouva prêt.

— Quelle est la ville la plus rapprochée d'ici en se
rendant à Londres? me demanda-t-il.

— Brentwood, lui répondis-je.

— Hé bien, si vous voulez m'accompagner jusque-là
et me mener chez un chirurgien qui arrangera mon
bras, je vous donnerai un billet de cinq livres pour
toutes vos peines. »

« J'y consentis volontiers, et je lui proposai d'em-
prunter un char à bancs, parce que la distance était
de six milles. Il secoua la tête en me disant non. Il ne
voulait personne dans le secret; il préférait marcher,
et il marcha effectivement. Chaque pas lui coûtait un
effort, mais il tint bon jusqu'au bout; je n'en ai jamais
vu de sa force pour l'entêtement. Il s'arrêtait quelquefois pour reprendre haleine, mais il repartait ensuite, et nous finîmes par arriver à Brentwood. Là,
je le conduisis chez un chirurgien qui raccommoda
le bras cassé, et l'invita à attendre qu'il fût mieux
avant de quitter la ville. Il répondit que cela n'était
pas possible, qu'il était pressé de retourner à Londres; et quand le chirurgien eut terminé l'opération
et lui eut mis son bras en écharpe.... »

Robert Audley tressaillit. Il venait de se rappeler
que, dans son voyage à Liverpool, le commis auquel
il s'était adressé pour demander des informations lui

avait dit que, parmi les passagers partis à bord du *Victoria Regia*, figurait un jeune homme portant le bras droit en écharpe.

« Quand son bras fut arrangé, continua Luke, il demanda un crayon au chirurgien. Le chirurgien sourit en branlant la tête et lui dit qu'il ne pourrait pas écrire de la main droite.

— C'est possible, reprit-il, mais de la, gauche je pourrai peut-être.

— Voulez-vous que j'écrive pour vous ?

— Non, c'est pour affaire confidentielle, et je vous serais obligé de me donner deux enveloppes. »

« Pendant que le chirurgien allait chercher les enveloppes, il tira son agenda de sa poche avec sa main gauche et déchira deux feuilles de papier. Il eut bien de la peine à griffonner ce qu'il voulait écrire ; mais il y parvint cependant, et il glissa les deux morceaux de papier dans les enveloppes qu'il cacheta. Il paya ensuite le chirurgien, qui l'engagea à rester à Brentwood jusqu'à ce que son bras fût mieux ; mais il s'y refusa en disant que c'était impossible, et il me dit de le suivre à la station, où il me donnerait ce qu'il m'avait promis. Je le suivis donc à la station. Nous arrivâmes assez à temps pour prendre le train qui s'arrête à Brentwood à huit heures et demie, et nous eûmes cinq minutes de reste. Il me conduisit dans un coin de la gare et me demanda si je voulais porter ces lettres à destination.

— Volontiers, répondis-je.

— Savez-vous où est le château d'Audley ?

— Certainement, ma fiancée y est soubrette.

— De qui ?

— De la nouvelle lady Audley, celle qui était institutrice chez M. Dawson.

— Hé bien, cette lettre-ci, qui est marquée au crayon, est pour lady Audley. Vous la lui remettrez sans que personne vous voie ; vous me le promettez, n'est-ce pas ?

— Oui.

— Cette autre est pour M. Robert Audley, le neveu de sir Michaël ; le connaissez-vous ?

— J'ai entendu dire que c'était un élégant, mais qu'il était très-affable pour ses inférieurs (c'est vrai que je l'ai entendu dire, monsieur, ajouta Luke entre parenthèse).

— Vous la lui porterez à l'auberge du *Soleil*.

— C'est convenu, monsieur. »

« Il me donna la seconde lettre et le billet de banque qu'il m'avait promis, puis il me souhaita le bonjour en me remerciant de mes services et monta dans un wagon de deuxième classe où sa figure meurtrie m'apparut pour la dernière fois.

— Pauvre George !... pauvre George !... s'écria Robert.

— J'allai tout droit au village d'Audley et j'entrai à l'auberge du *Soleil* pour vous remettre sa lettre, mais l'aubergiste me dit que vous étiez parti pour Londres dans la matinée. Il ne savait pas quand vous reviendriez ni en quel endroit vous habitiez à Londres, quoiqu'il m'avouât que ce devait être dans les environs de Law's Court, Westminster Hall, Doctor's Commons ou quelque chose de ce genre. Que devais-je faire ?... je ne pouvais vous envoyer la lettre par la poste, ne connaissant pas votre adresse, ni vous la remettre, puisque vous étiez parti : je me décidai donc à la garder jusqu'à ce que vous fussiez de retour. Je résolus d'aller le soir au château d'Audley et de savoir par Phœbé s'il m'était possible de voir milady. Je flânai toute la journée ; et, vers le crépuscule, je gagnai la prairie où Phœbé m'attendait comme d'habitude. J'allai avec elle dans le bosquet , et comme nous approchions du puits où nous nous étions assis plusieurs

fois pendant les soirées d'été, Phœbé devint pâle
comme un spectre et recula en me disant :

« Pas là !... pas là !...

— Pourquoi donc ? lui demandai-je.

— Parce que je suis nerveuse, ce soir, et qu'on
m'a dit qu'il était hanté. »

« Je n'insistai pas, et en la menant vers la porte, je
lui dis que tous les contes qu'elle avait entendus
étaient absurdes. A peine eus-je causé quelques instants avec elle, que je m'aperçus qu'elle avait quelque
chose, et je lui demandai ce qui l'inquiétait.

— Je ne sais pas ce que j'ai ce soir, me répondit-
elle, je ne suis pas comme de coutume ; c'est peut-
être à cause de ma frayeur d'hier.

— Quelle frayeur ? Ta maîtresse t'a-t-elle fait des
reproches ? »

« Elle ne me répondit pas tout de suite, mais elle
sourit de la manière la plus étrange que j'aie jamais vu.

— Non, Luke, ce n'est pas cela, dit-elle ensuite,
milady est toujours aussi bonne pour moi, peut-être
plus encore, et je crois que si je lui demandais de m'a-
cheter une ferme ou un fonds d'auberge, elle y con-
sentirait sans que je la pressasse trop. »

« D'où venait ce revirement d'idées !... Phœbé m'a-
vait dit, quelques jours avant, que milady était égoïste
et dépensière, et que nous n'aurions pas de longtemps
ce que nous voulions.

— Voilà un changement qui m'étonne, repris-je.

— Il y a de quoi, en effet, » ajouta-t-elle avec le
même sourire de tout à l'heure.

« Et elle tourna sur ses talons.

— Oh ! je vois ce que c'est, Phœbé ; tu me caches
quelque chose qu'on t'a dit ou que tu as découvert.
Si tu veux agir de la sorte avec moi, tu as tort, je t'en
avertis. »

« Elle me rit au nez.

— Qu'est-ce qui te passe donc par la tête, Luke ?

— Ce sont les idées que tu y as mises, et je te re-
pète que, s'il doit y avoir des secrets entre nous, nous
ne serons jamais mari et femme. »

« Là-dessus, Phœbé se mit à pleurer, mais je n'y
pris pas garde ; j'avais en poche la lettre pour milady
et je cherchais un moyen de la lui remettre.

— Peut-être n'es-tu pas la seule à avoir des secrets,
Phœbé ? lui dis-je. Il est venu hier un monsieur qui
voulait voir milady, un grand monsieur à barbe
brune. »

« Au lieu de me répondre, Phœbé pleura à chaudes
larmes et se tordit les mains; j'en étais abasourdi,
mais petit à petit elle m'avoua tout et je sus qu'elle avait
vu de sa fenêtre où elle était assise, milady se promener avec un monsienr dans l'allée des tilleuls. Ils
étaient entrés ensuite dans le bosquet, s'étaient appro-
chés du puits, et là..

— Arrêtez, s'écria Robert, je sais le reste.

— Phœbé me raconta tout ce qu'elle avait vu et ce
qui s'était passé entre elle et milady quand cette dernière était rentrée chez elle. Il paraît que Phœbé, sans
tout lui dire, lui avait donné à comprendre qu'elle savait son secret, et que, dorénavant, sa maîtresse dépendait d'elle. Vous voyez donc que milady et Phœbé
croyaient mort au fond du puits le gentleman qui était
tranquillement assis dans un wagon du train parti pour
Londres. En remettant ma lettre, milady apprendrait
le contraire, et nous perdions Phœbé et moi une bonne
occasion pour nous établir. Je gardai la lettre en me
disant que si milady était généreuse je lui avouerais
tout et je la rassurerais. Mais elle ne fut pas généreuse. L'argent qu'elle me donna, elle me le donna
comme on jette un os à un chien. Quand elle me parlait, il était facile de voir que ma figure lui déplaisait

et les paroles grossières ne lui coûtaient rien. Ma bile s'échauffa et je gardai mon secret. J'ouvris les deux lettres et je les lus ; mais je n'y compris pas grand'chose, et je les cachai dans cette cassette d'où elles ne sont pas sorties depuis. »

Luke Marks avait fini son histoire et était fatigué d'avoir parlé si longtemps. Il resta immobile dans son lit, regardant Robert d'un air inquiet, comme s'il s'attendait à des reproches, car il avait vaguement conscience que ce qu'il avait fait était mal.

Robert ne lui adressa pas de reproches. Il ne se sentait pas capable de faire un sermon.

« Le ministre lui parlera demain et le tranquillisera, se dit Robert, et si le malheureux a besoin d'un sermon, il vaut mieux que ce soit un prêtre qui le lui administre que moi... que lui dirais-je ? Sa faute est retombée sur sa tête, car si lady Audley eût été rassurée, elle n'aurait pas mis le feu à l'auberge du *Château*. Comment oser après cela se tracer son existence et ne pas reconnaître le doigt de Dieu dans cette étrange histoire? »

Les suppositions qu'il avait faites et en vertu desquelles il avait agi, lui parurent bien mesquines. Le souvenir de la confiance qu'il avait eue en sa propre raison lui fut pénible, mais il se consola en songeant qu'il avait essayé de faire son devoir envers les morts aussi bien qu'envers les vivants.

Robert Audley demeura auprès du mourant jusqu'au jour. Luke Marks s'était assoupi un peu après avoir fini son histoire. La vieille femme n'avait écouté que la moitié de la confession de son fils, et Phœbé était couchée en bas. Le jeune avocat veillait seul dans la maison.

Il ne pouvait dormir ; l'histoire qu'il venait d'entendre l'absorbait complétement. Il remerciait Dieu d'avoir sauvé son ami et il lui tardait de l'avoir retrouvé pour aller dire à Clara Talboys :

« Votre frère est vivant, je sais où il est. »

Phœbé remonta à huit heures et reprit sa place au chevet du lit du malade. Robert alla se reposer à l'auberge du *Soleil*. Depuis trois jours, il n'avait dormi qu'en chemin de fer, en bateau ou en diligence, et il était harassé de fatigue. Quand il s'éveilla, il était presque nuit, et la chambre dans laquelle il fit sa toilette était précisément celle qu'il avait occupée avec George Talboys, quelques mois auparavant.

L'aubergiste le servit à table et lui annonça que Luke Marks était mort à cinq heures de l'après-midi.

« Ça été un peu prompt, disait l'hôtelier, il n'a pas souffert. »

Robert écrivit ce soir-là une longue lettre à mistress Taylor, par l'entremise de M. Val, à Villebrumeuse, et cette lettre racontait à la coupable, qui avait porté tant de noms différents et ne devait plus en changer, le récit fait par le mourant.

« Ce sera peut-être, pensa-t-il, un soulagement pour elle, d'apprendre que son mari n'a pas péri à la fleur de son âge, en admettant, toutefois, que son égoïsme lui permette d'éprouver un peu de pitié pour la douleur d'autrui. »

CHAPITRE XVI

Retrouvé.

Clara Talboys retourna dans le Dorsetschire pour dire à son père que son fils unique était parti pour l'Australie, le 9 septembre, et que, très-probablement il était encore vivant, et qu'il reviendrait implorer le pardon de son père de la seule faute réelle qu'il eût commise en contractant ce mariage qui avait exercé une si terrible influence sur sa jeunesse.

M. Harcourt Talboys ne sut plus quel parti prendre. Junius Brutus ne s'était jamais trouvé dans une position pareille ; et M. Talboys, ne voyant aucun moyen de sortir d'embarras en imitant son modèle, fut forcé d'être naturel une fois dans sa vie et d'avouer que le sort de son fils l'avait vivement inquiété depuis le jour de sa conversation avec Robert Audley. Il consentit à ouvrir ses bras à l'enfant prodigue quand il rentrerait en Angleterre. Mais comment savoir l'époque de son retour et se mettre en communication avec lui ? C'était là la question. Robert se rappela l'annonce qu'il avait fait insérer dans les journaux de Melbourne et de Sydney. Si George était débarqué vivant dans l'une de ces deux villes, comment se faisait-il qu'il n'eût pas

eu connaissance de cette annonce ? Se serait-il montré
indifférent pour les inquiétudes de son ami, ou bien
n'aurait-il pas lu les journaux ? Comme il voyageait
sous un faux nom, les passagers et le capitaine du navire n'avaient pu constater son identité avec la personne dont il était question dans l'annonce. Quel parti
prendre ? Fallait-il attendre que George, fatigué de son
exil, revînt vers ceux qui l'aimaient, ou bien faudrait-
il adopter quelque mesure pour hâter son retour ?
Robert était en défaut ! Peut-être qu'au milieu de l'indicible soulagement d'esprit qu'il avait éprouvé en
apprenant que son ami n'était pas mort, il n'avait pas
la force de songer à autre chose qu'à cette conserva-
tion providentielle.

Dans cette situation d'esprit, il partit pour faire une
visite à M. Talboys, qui avait lâché la bride à ses bons
sentiments, au point d'inviter l'ami de son fils à venir passer quelques jours dans sa maison carrée et en
briques rouges.

M. Talboys ne vit que deux choses dans l'histoire
de George : le bonheur qu'il éprouvait à savoir son fils
sain et sauf et le regret de n'avoir pas été lui-même
le mari de milady pour se procurer le plaisir de faire
un exemple de sa signalée femme.

« Ce n'est pas à moi qu'il appartient de vous blâ-
mer, monsieur Audley, lui dit-il, pour avoir soustrait
cette coupable à la justice et contrevenu ainsi aux lois
de votre pays. Je veux vous observer seulement que
si cette femme m'était tombée entre les mains, elle
aurait été traitée différemment. »

C'était au milieu d'avril que Robert se retrouvait de
nouveau sous ces pins où ses pensées s'étaient égarées si souvent depuis sa première rencontre avec
Clara Talboys. Il y avait maintenant, dans les haies,
des primevères et des violettes ; et les ruisseaux qui,
lors de sa première visite, étaient durs et glacés

comme le cœur de M. Harcourt Talboys, avaient dé-
gelé, ainsi que le cœur de ce personnage, à la chaleur
du soleil d'avril et couraient capricieusement au milieu des buissons épineux.

On donna à Robert une chambre d'un style sévère
et un cabinet de toilette qui n'avait rien d'égayant; et,
tous les matins, il s'éveilla sur un matelas à ressorts
métalliques. Ce matelas éveillait toujours en lui l'idée
qu'il dormait sur quelque instrument de musique. Le
soleil, en pénétrant à travers les persiennes, faisait
briller les deux urnes placées au pied de son lit et leur
donnait quelque ressemblance avec les lampes en cuivre de la période romaine.

Une visite à M. Harcourt Talboys était plutôt un
retour vers l'enfance et les années de pension, qu'un
moyen de savourer la vie en sybarite. On trouvait dans
la maison Talboys ces fenêtres sans rideaux, ces des-
centes de lit, ces bruits de cloche le matin et ces
prières en commun, qui sentent par trop les institu-
tions privées, où les fils de bonne maison se préparent
à l'armée et à la marine.

Mais, lors même que la maison carrée et en briques
rouges eût été le palais d'Armide, et les serviteurs
qui la peuplaient une légion de houris, Robert n'eût
pas été plus content de l'habiter.

Il s'éveilla au son d'une cloche matinale et fit sa
toilette aux premiers rayons du soleil, qui brillent
sans vous égayer et vous font frissonner sans vous ré-
chauffer. Il rivalisa de courage avec M. Harcourt Talboys en se plongeant dans l'eau froide; et quand il
descendit pour faire, avant déjeuner, une promenade
sous les pins, dans la plantation touffue, il avait une
figure violette comme celle du maître de la maison.

Une troisième personne assistait généralement à
cette promenade, et cette troisième personne était
Clara Talboys, qui marchait à côté de son père, plus

belle que le matin, sous son large chapeau de paille à
longs rubans flottants. M. Audley aurait été plus fier
d'attacher à sa boutonnière un bout de ces rubans que
n'importe quelle décoration.

On parlait souvent de George dans ces promenades
du matin, et Robert Audley prenait carrément place à
la longue table du déjeuner, sans se rappeler la matinée où il s'était assis pour la première fois dans cette
salle, et avait détesté Clara Talboys, pour la froideur
avec laquelle elle avait écouté l'histoire de son frère.
Il savait à quoi s'en tenir maintenant. Il savait qu'elle
était aussi bonne que belle. Mais avait-elle découvert
combien elle était aimée de l'ami de son frère ? Robert se demandait parfois s'il ne s'était pas déjà trahi, si
l'influence magique qu'elle avait sur lui ne s'était pas
révélée par quelque regard imprudent, par le tremble-
ment de sa voix, qui n'était plus la même quand il
s'adressait à elle.

La vie ennuyeuse qu'on menait à la maison carrée
était égayée de temps en temps par un dîner auquel
assistaient quelques campagnards chargés de se supporter mutuellement, et par des visites matinales qui
faisaient irruption dans le salon, au grand désespoir
de M. Audley. Le jeune avocat se montrait surtout
malveillant pour les jeunes gens au teint frais et co-
loré, qui accompagnaient, dans ces occasions, leurs
mères ou leurs sœurs.

Évidemment, il était impossible que ces jeunes gens
pussent voir les beaux yeux bruns de Clara sans devenir amoureux d'elle, et la conséquence en était que
Robert était furieux contre tous ses rivaux. Il était
jaloux de tout ce qui approchait sa bien-aimée. Il était
jaloux d'un vieux fat de quarante-huit ans, d'un baronnet dont les favoris tiraient sur le rouge, des vieilles
femmes du voisinage que Clara Talboys visitait et
soignait, et des fleurs de sa serre auxquelles elle

consacrait son temps au lieu de s'occuper de lui.

Tout d'abord, il y avait eu entre eux beaucoup de cérémonies ; mais peu à peu, ils étaient devenus familiers et amis en causant des aventures de George. L'intimité était venue ensuite, et au bout de trois semaines, miss Talboys rendait Robert heureux en lui reprochant d'avoir mené si longtemps une vie inutile et d'avoir négligé les occasions de montrer ses talents.

Quel bonheur d'être sermonné par la femme qu'il aimait ! Quel bonheur de pouvoir s'humilier et se déprécier devant elle ! Comme l'occasion était belle pour lui donner à comprendre que, s'il avait eu un but unique à poursuivre, il eût cherché à être autre chose qu'un flâneur, et n'eût pas reculé devant les obstacles pour obéir à la voix qui lui disait de marcher. Aussi, il en profitait largement, et terminait d'habitude ses hypothèses en disant qu'il allait renoncer probablement à son genre de vie d'autrefois, et commencer une nouvelle existence.

« Croyez-vous donc, disait-il, que je lirai des romans français et que je fumerai du tabac turc jusqu'à soixante-dix ans ? Croyez-vous que le jour n'arrivera pas où ma pipe m'ennuiera ainsi que les romans français, et où la vie me paraîtra si monotone que je ne serai pas fâché d'y renoncer de manière ou d'autre ? »

Je constate avec peine que pendant que le jeune avocat se permettait ces lamentations hypocrites, il avait déjà vendu en esprit tout son mobilier de garçon, y compris la collection complète de Michel Lévy et une demi-douzaine de pipes montées en argent, pensionné mistress Maloney, et dépensé deux ou trois mille livres à faire l'acquisition d'un coin de terre verdoyant où se cachait une maisonnette toute tapissée à l'extérieur de plantes grimpantes et coquettement penchée sur le bord d'un lac.

Il va sans dire que Clara Talboys ne comprenait pas

la portée de toutes ces lamentations mélancoliques.
Elle recommandait à M. Audley de lire beaucoup, de
prendre sa profession au sérieux, et de recommencer
la vie sur un autre pied. Elle n'était peut-être pas
très-agréable, l'existence qu'elle proposait à Robert.
Travailler pour être utile à ses semblables et conqué-
rir une réputation n'était pas du goût du jeune avocat,
et il faisait la grimace à cette perspective désolante.

« Je consentirais bien à ce qu'elle me propose, se
disait-il, mais il faudrait une récompense à mon travail. Si elle voulait partager mon sort et m'aider à
supporter la fatigue de la lutte, rien de mieux; mais si,
pendant que je travaille, elle allait épouser quelque
noble campagnard ?... »

Avec un caractère irrésolu comme le sien, il est probable que M. Audley eût gardé son secret, effrayé de
parler et de briser le charme de cette incertitude qui
n'était pas l'espérance, mais qui était encore plus rarement du désespoir si, dans un moment d'oubli, la
vérité ne lui eût échappé.

Il était depuis cinq semaines à Grange Heath, et il
sentait que les convenances lui défendaient d'y rester
plus longtemps. Il fit donc ses préparatifs et son portemanteau, et un beau matin du mois de mai, il annonça
son départ.

M. Talboys n'était pas homme à se lamenter en termes passionnés sur le départ d'un convive; mais il
exprima ses regrets avec une froide cordialité, qui,
chez lui, équivalait aux plus chaudes protestations
d'amitié.

« Nous avons très-bien vécu ensemble, monsieur
Audley, lui dit-il; vous avez bien voulu trouver de votre goût notre existence calme et réglée, et vous vous
êtes même conformé aux usages de la maison avec une
complaisance que je regarde comme un compliment à
mon adresse. »

Robert s'inclina. Il remerciait le hasard qui l'avait toujours éveillé à temps le matin et empêché d'arriver en retard au luncheon de M. Talboys.

« J'espère donc, puisque nous nous entendons si bien, reprit M. Talboys, que vous voudrez bien nous honorer de vos visites toutes les fois que vous en sentirez le désir. Le gibier abonde dans mes propriétés, et mes fermiers seront pleins d'égards pour vous s'il vous plaît d'apporter un fusil et de chasser. »

Robert accepta avec empressement cette aimable invitation. Il déclara qu'il n'aimait rien tant que la chasse, et qu'il serait très-heureux de profiter des avantages qu'on lui offrait avec tant d'obligeance. Il ne put s'empêcher de jeter un coup d'œil vers Clara en parlant de la sorte. Les paupières des beaux yeux bruns interceptèrent un instant leur regard, et une légère rougeur illumina la charmante figure.

Cette journée était la dernière que le jeune avocat passait dans l'Élysée, et bien des heures ennuyeuses devaient s'écouler avant que le mois de septembre lui fournît une excuse pour revenir dans le Dorsetschire. Pendant cette longue absence, les jeunes nobles campagnards ou les vieux fats de quarante-huit ans pourraient user de leurs priviléges de voisins à son désavantage. Il n'était donc pas étonnant qu'il fût soucieux par cette belle matinée, et que sa compagnie fût si peu agréable pour miss Talboys.

Mais le soir, après dîner, quand le soleil baissa à l'horizon, et que M. Harcourt Talboys s'enferma dans son cabinet pour régler ses comptes avec son homme d'affaires et un des fermiers, M. Audley devint un peu plus aimable. Il se plaça à côté de Clara dans l'embrasure d'une des grandes fenêtres du salon et regarda les ombres du soir qui grandissaient à mesure que les derniers rayons du soleil disparaissaient au couchant. Il était heureux de se trouver en tête à tête avec elle, bien que sa joie fût troublée par l'ombre du train express qui allait l'emporter à Londres le lendemain ; il ne pouvait s'empêcher d'être heureux en sa présence, d'oublier le passé et de ne pas se préoccuper de l'avenir.

Ils parlèrent de ce frère disparu qui était toujours leur trait d'union, et Clara fut bien triste ce soir-là. Comment pouvait-elle être autrement en se rappelant que si George vivait, ce dont elle n'était pas sûre, il errait dans le monde, loin de ceux qui l'aimaient, et portait partout avec lui le souvenir de sa vie flétrie.

« Je ne comprends pas, dit-elle, comment papa peut se résigner ainsi à l'absence de mon pauvre frère ; car il l'aime, monsieur Audley, vous avez même dû vous en apercevoir. Ah ! si j'étais homme, j'irais en Australie, je le trouverais et je le ramènerais ici, si toutefois il est encore de ce monde, » ajouta-t-elle à voix basse.

Elle détourna la tête et regarda le ciel qui s'assombrissait. Robert plaça sa main sur le bras de la jeune fille. Cette main tremblait malgré lui, et sa voix tremblait aussi quand il parla.

« Faut-il que j'aille à la recherche de votre frère? demanda-t-il.

— Vous!... s'écria-t-elle en le regardant les yeux pleins de larmes, vous..., monsieur Audley!... croyez-vous donc que je pourrais vous demander un pareil sacrifice pour moi ou pour ceux que j'aime?

— Et pensez-vous, Clara, qu'un sacrifice me paraîtrait trop pénible, s'il était fait pour vous ?... pensez-vous que je trouverais trop long n'importe quel voyage, si je savais que vous m'accueilleriez au retour avec des remercîments pour vous avoir servi fidèlement ?... J'irai d'un bout de l'Australie à l'autre pour chercher votre frère, si vous le désirez, Clara, et je ne reviendrai qu'après l'avoir trouvé. Je vous laisse le soin de choisir la récompense de mes peines. »

Sa tête était courbée et elle resta quelques instants sans rien dire.

« Vous avez bon cœur, monsieur Audley, dit-elle en fin, et je sens si bien tout le prix de votre offre, que je ne trouve pas de remercîments à vous adresser. Mais ce dont vous parlez ne peut se faire. En vertu de quel droit vous imposerai-je un tel sacrifice?

— En vertu du droit qui me fait pour toujours votre esclave, que vous le vouliez ou non, du droit que vous donne sur moi l'amour que j'ai pour vous, Clara, s'écria M. Audley se jetant à genoux avec beaucoup de mala-dresse, il faut l'avouer, et s'emparant d'une petit-main qu'il couvrit de baisers. Je vous aime.... Clara.... je vous aime.... Vous pouvez appeler votre père et me faire sortir de cette maison si vous voulez, mais je vous aimerai tout de même et toujours, que cela vous plaise ou non. »

La petite main s'éloigna de la sienne, mais pas brus-quement, et elle s'appuya un instant toute tremblante sur les cheveux noirs de Robert.

« Clara... Clara... murmura-t-il d'une voix sup-pliante, faut-il que j'aille en Australie chercher votre frère? »

Pas de réponse. Je ne sais comment cela se fait, mais, en pareil cas, le silence est ce qu'il y a de plus agréable. Chaque moment d'hésitation est un aveu tacite, chaque pause une confession charmante.

« Irons-nous tous deux, voulez-vous, ma bien-ai-mée?... Irons-nous comme mari et femme, et ramène-rons-nous votre frère entre nous deux? »

M. Harcourt Talboys parut un quart d'heure après. Il trouva Robert Audley tout seul et se vit forcé d'en-tendre une révélation qui le surprit beaucoup. Comme tous les gens suffisants, il voyait très-peu ce qui se passait sous son nez; et il avait cru bénévolement que c'était sa société et la régularité qui régnait chez lui,

qui avaient charmé son convive et l'avaient retenu
dans le Dorsetschire.

Il fut donc un peu désappointé, mais il ne le laissa
pas trop voir et se montra passablement content de la
tournure qu'avaient prise les affaires.

« Il n'y a plus qu'un point pour lequel j'ai besoin
de votre consentement, mon cher monsieur, dit Robert lorsque tout fut réglé, nous passerons notre lune
de miel en Australie, si vous le permettez. »

M. Talboys fut pris à l'improviste. Il essuya quelque chose comme une larme qui parut dans ses yeux
gris et tendit la main à Robert.

« Vous allez à la recherche de mon fils, dit-il. Ra-
menez-le et je vous pardonnerai volontiers de m'avoir
enlevé ma fille. »

Robert Audley partit pour Londres, pour abandonner son appartement dans Fig-Tree Court, et s'informer des navires qui étaient en partance de Liverpool
pour Sydney dans le mois de juin.

Ce n'était plus le même homme : le présent, l'avenir, tout était changé pour lui. Le monde lui apparaissait couleur de rose et radieux, et il se demandait comment il avait pu le trouver si triste et d'une teinte si
neutre autrefois.

Il était resté à Grange Heath jusqu'après le luncheon et, quand il rentra chez lui, il faisait déjà sombre. Il trouva mistress Maloney qui frottait l'escalier,
suivant son habitude de chaque samedi soir, et il
lui fallut traverser une atmosphère saturée de vapeur au savon qui rendait la rampe graisseuse sous
sa main.

« Vous avez là-haut une masse de lettres, dit la
blanchisseuse en se relevant et s'adossant contre le
mur pour laisser passer Robert; il y a aussi des pa-
quets et un monsieur qui est venu plusieurs fois, et
vous a attendu ce soir, parce que je lui ai dit que

vous m'aviez écrit de donner de l'air à votre chambre.

— Très-bien, mistress Maloney, vous me servirez à dîner aussitôt que vous voudrez ; n'oubliez pas la pinte de shorry et veillez à mes bagages. »

Il monta tranquillement chez lui pour voir quel était son visiteur. Ce ne devait pas être un personnage important. Un créancier peut-être, car il avait tout laissé en désarroi en se rendant à l'invitation de M. Talboys ; et depuis lors, il s'était trouvé si bien dans la planète de l'amour, qu'il avait oublié toutes les affaires terrestres et les notes des tailleurs.

Il ouvrit la porte de son salon et entra. Les canaris chantaient leurs adieux au soleil couchant et les derniers reflets du jour se jouaient parmi les feuilles des géraniums. Le visiteur, quel qu'il fût, était assis le dos tourné contre la fenêtre et la tête penchée sur la poitrine ; mais il se leva en entendant Robert entrer et le jeune homme poussa un cri de joie et de surprise en tombant dans les bras de George Talboys, son ami perdu.

Mistress Maloney commanda un dîner plus copieux à la taverne qu'elle honorait de sa pratique, et les deux amis veillèrent une partie de la nuit au coin de ce feu qui avait été si longtemps solitaire.

Nous savons tout ce que Robert avait à dire. Il toucha légèrement à ce qui pouvait chagriner son ami ; il parla très-peu de la misérable femme qui terminait sa vie dans un faubourg retiré de la ville belge.

George Talboys parla brièvement de cette radieuse journée de septembre, où il avait laissé son ami endormi au bord de l'eau, pendant qu'il allait reprocher à sa femme l'infâme complot qui lui avait brisé le cœur.

« Dieu m'est témoin que, du moment où je tombai dans le puits, connaissant la main perfide qui m'avait poussé là où je pouvais mourir, ma première pensée fut celle de sauver la femme qui m'avait trahi et avait voulu me tuer. Je me retrouvai sur mes pieds au milieu de la vase, mais mon épaule était meurtrie et mon bras droit s'était cassé en donnant contre un des côtés du puits. Je fus pétrifié pendant quelques minutes, mais mon courage me revint; car je comprenais que je respirais la mort au fond de ce trou noir. J'avais fait, en Australie, un apprentissage qui pouvait m'être utile, je grimpais comme un chat. Les pierres du puits étaient inégales et rugueuses et je pouvais remonter en posant mes pieds dans les interstices, m'appuyant du dos contre la paroi opposée et m'aidant de mes mains malgré ma fracture. Ce ne fut pas chose facile, Robert; et je me demande pourquoi l'homme qui s'était tant de fois déclaré ennuyé de la vie, a pris tant de peine pour la conserver. Il me fallut plus d'une demi-heure pour arriver en haut du puits, et cette demi-heure fut pour moi une éternité de souffrances et de périls. Il m'était impossible de sortir du jardin avant la nuit et je m'étendis sous des buissons et des lauriers pour attendre qu'il fît noir. L'homme qui me trouva vous a dit le reste, Robert.

— Oui, mon pauvre ami, oui, il m'a tout dit. »

George n'était jamais retourné en Australie. Il avait effectivement pris place à bord du *Victoria Regia*, mais il avait changé de destination en route et avait été transbordé sur un autre navire de la même compagnie, qui faisait voile pour New-York, où il était resté tant que l'exil lui avait été supportable et que la solitude ne lui avait pas fait regretter ses amis.

« Jonathan m'a très-bien reçu, Robert, j'avais assez d'argent pour satisfaire à mes désirs très-modérés, et quand le sac aurait été vide, j'avais l'intention de repartir pour les placers de l'Australie. Les amis ne m'auraient pas manqué si j'avais voulu, mais quelle sympathie pouvait trouver mon cœur blessé chez des gens qui ne connaissaient pas mon mal? J'ai soupiré après une de vos poignées de main, Robert, et je me suis souvenu que c'était vous qui m'aviez aidé à supporter la plus terrible épreuve de ma vie. »

CHAPITRE XVII

En paix.

Deux années se sont écoulées depuis la soirée de mai où Robert a retrouvé son ami; et le joli cottage rêvé par M. Audley est devenu une réalité. Ce cottage s'élève entre Teddington Locks et Hampton Bridge, au milieu d'une forêt de verdure, et sa façade regarde la rivière. Un petit garçon âgé de huit ans se roule parmi les lis et les herbes de la rive en pente, et joue avec un baby qui se penche sur les bras de sa nourrice pour regarder d'un œil étonné son image qui se reflète dans les eaux tranquilles.

M. Audley commence à être connu, et s'est distingué dans la grande affaire de Hobbs contre Hobbs. Il a soulevé les éclats de rire de la cour par son compte-rendu délicieusement comique de la correspondance amoureuse de Hobbs. Le beau garçon aux yeux noirs est le fils de George Talboys, qui décline *musa* à Éton, et pêche à la ligne dans l'eau claire qui coule sous les frais ombrages, derrière les murs tapissés de lierre de son collége. Mais il vient très-souvent au joli cottage voir son père, qui y demeure en compagnie de sa sœur et de son beau-frère; et il est très-heureux auprès de son oncle Robert, de sa tante Clara et du joli baby, qui commence à peine à se traîner sur la pelouse. Cette pelouse descend en pente douce jusqu'au bord de l'eau, où se trouve un petit chalet suisse et un débarcadère où George et Robert amarrent leurs légers canots.

Il vient encore d'autres personnes au cottage, près de Teddington. On y voit aussi une brillante jeune fille au cœur gai et un vieux gentleman à barbe grise, qui a survécu au malheur de sa vie, et l'a surmonté en véritable chrétien.

Il y a plus d'un an qu'une lettre, bordée de noir et écrite sur papier étranger, est arrivée à M. Robert Audley pour lui annoncer la mort d'une certaine mistress Taylor. Cette dame avait expiré paisiblement à Villebrumeuse, après une longue maladie que M. Val appelait une *maladie de langueur*.

Un autre visiteur apparaît au cottage pendant l'été de 1861. C'est un jeune homme franc et bon, qui caresse le baby, joue avec George, et s'entend surtout à faire manœuvrer les bateaux qui sont toujours en mouvement quand sir Harry Towers est à Teddington.

Il y a un joli petit fumoir rustique dans le chalet suisse. Pendant les soirées d'été, les hommes vont y fumer; et c'est là que Clara et Alicia viennent les chercher pour les mener prendre du thé et manger des fraises et de la crème sur la pelouse.

Le château d'Audley est fermé, et c'est une vieille concierge qui est toute puissante dans la maison où retentissait autrefois le rire musical de milady. Un voile recouvre le portrait pré-raphaélite, et une épaisse couche de poussière dérobe à la vue les Wouvermans, les Poussins, les Cuyps et les Tintorets. On montre souvent la maison à des visiteurs curieux, quoique le baronnet n'en sache rien; et ces visiteurs admirent le boudoir de lady Audley, et font des questions à n'en plus finir sur la jolie femme à la belle chevelure, qui est morte à l'étranger.

Sir Michaël n'a aucune envie de revenir à l'ancienne demeure où il a fait jadis un rêve de bonheur impossible. Il reste à Londres jusqu'à ce qu'Alicia devienne lady Towers : et alors il ira habiter une maison qu'il a récemment achetée dans le Hertfordschire, tout près des domaines de son gendre. George Talboys est très-heureux auprès de sa sœur et de son ami. Il est jeune encore, et il n'y aurait rien d'impossible à ce qu'il trouvât quelque jour une autre femme qui le consolerait du passé. Cette sombre histoire s'oublie un peu chaque jour; et un temps viendra où le voile de deuil jeté sur la vie du jeune homme par sa méchante femme, aura complétement disparu.

Les pipes et les romans français ont été donnés à un jeune homme du Temple qui avait été l'ami de Robert pendant sa vie de garçon; et mistress Maloney reçoit une petite pension, payable par trimestre, pour avoir soin des canaris et des géraniums.

J'espère que personne ne trouvera mauvais que mon roman finisse en laissant tout le monde heureux et en paix. Si mon expérience de la vie ne date pas de longtemps, elle a du moins touché à bien des choses, et je suis de l'avis de ce grand roi philosophe qui disait que jamais, dans sa jeunesse ni dans son âge mûr, il n'avait vu « le Juste abandonné et ses enfants mendiant leur pain. »

FIN

TABLE DES MATIÈRES

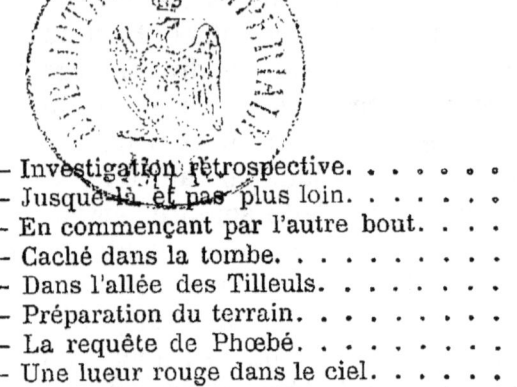

FIN DE LA TABLE.

COULOMMIERS. — TYPOGRAPHIE A. MOUSSIN.